家有小福妻

4

完

目次

壹之章◆蜀王謀逆揭罪行

書房裡，徐鴻達和朱子裕面色沉重地細細翻看每一封信，待全部的信讀完已是一個時辰後，這時方才察覺腹中飢餓。下人進來，把一直溫著的卷餅端上來。

此時徐鴻達和朱子裕心思都不在吃食上頭，隨便抓起卷餅，一邊吃著一邊還歪頭翻看王明恩的帳簿。兩人食量都大，這會兒吃卷餅也不耽誤看帳簿，因此兩人一頓把二十來個卷餅都吃完，這才各自盛了粥，喝了兩大口，又坐到書案旁邊。

為了理清王明恩這些年犯下的罪過，徐鴻達將帳簿中每一個人的來往單獨列在紙上。這時候最重要的是蜀王謀反的事，別的都暫且擱下，單揀了蜀王的帳目謄抄出來。

夜漸漸深了，徐鴻達疲憊不堪，朱子裕也快睜不開眼睛。

合上帳簿，徐鴻達道：「這些帳簿不是一朝一夕能核對完的，等明日再整理。」

朱子裕道：「小婿想著明日給我舅舅送一封信，再帶天莫和玄莫往川西走一遭，探探蜀王到底在那裡藏了多少兵馬。」

徐鴻達沉吟片刻，說：「你也別送信給楊提督了，直接走一遭，細細和他說清楚了。蜀王籌備多年，不知在那裡布下了什麼樣的軍隊，你們須格外小心。」

朱子裕點了點頭，又問道：「給京城的摺子怎麼寫？是先遞一封給皇上，還是等我摸清蜀王的底細再報？」

徐鴻達說：「新總督還有幾日到成都，總不好越過他去。正好趁這幾日，我將帳簿上的東西整理出來，待新總督來了以後密報與他。你去川西只為摸清底細，千萬不要打草驚蛇，等你回來，我們一起聯名上摺子。」

徐鴻達將東西收好，和朱子裕一前一後走到門口，想想不放心又折了回來，「這些東西事關重大，我還是在書房睡，看帳簿方便不說，又省得有人摸進來。」

朱子裕道：「離總督來還有好幾天，岳母肯定不放心您總睡書房。若是岳父覺得放在這裡不安全，我們不如把東西帶到後院。」

徐鴻達點了點頭，「這些要命的東西還是不離身比較好。」

翁婿兩個把東西都收拾妥當，拿了個大匣子裝好，又將晚上整理的白紙放到上頭，拿大包袱皮包嚴實了，由朱子裕提著到正院去。

寧氏看到朱子裕送來一個巨大的包袱，不禁問道：「裝的是什麼？」

徐鴻達含糊說道：「放在前院的皮襖潮了，拿回來烤烤。」寧氏聞言便不再作聲，將包袱放箱子裡，晚上洗漱乾淨，夫妻兩個躺在床上，屋裡沒有外人了，寧氏才悄聲問道：「神神祕祕的，到底拿回來什麼東西呀？」

徐鴻達側過身在她耳邊說道：「是蜀王謀反的證據。」

寧氏倒吸了一口涼氣，捂著嘴說不出話來。

徐鴻達閉上眼睛，「明日一早打發人去和知府告假，就說我病了。」

寧氏應了一聲，面帶擔憂地說：「這事你打算瞞著孟知府？」

徐鴻達嘆了口氣，「不瞞他不行，孟知府在裡頭也不乾淨，雖現在不知他牽扯了多少，但當初就是孟知府將王明恩引薦給蜀王的。」

翌日一早，朱子裕親自去了趟衙門，將王明恩及其管家、小妾帶到兵營單獨關押起來，並下了死令：「不許任何人接近他們，好吃好喝地養著，萬不能出一絲差錯。」並安排十人一組輪流值守，嚴加看管，這才帶著天莫、玄莫兩個策馬直奔成都。

徐鴻達則一早告了病假，說身上發熱，告三天假。孟知府聞言大喜，假模假樣地嘆道：「徐大人到任以後一刻都沒得清閒，這不就累病了？叫他好生休息，等病好再來當值，身子重要，萬事不能硬撐著。」

徐家去送信的家人諾諾地答應了，行了大禮才退了出來。

待人走遠了，孟知府吩咐師爺王人壽：「你去大牢瞧瞧，把王明恩帶出來，就說本官要見他。」王人壽答應著去了，過了許久慌慌張張地回來，「大人，王老爺被人帶走了！」

「什麼？」孟知府猛地站了起來，「被誰帶走了？帶哪兒去了？」

王人壽苦著臉說：「說是朱子裕一早來帶走的，獄卒也沒敢問。我去了才知道，前日郡主把王夫人帶到衙門也過了堂，下午就抓了王管家和薛姨娘來，今早一併給帶走了。」

孟知府黑了臉，「他朱子裕一個武官，居然敢到我衙門的牢房拿人，簡直狗膽包天！」

王人壽一聽就閉了嘴，原因無他，因為他知道孟知府也就只能在嘴上罵罵而已。單從品級上來說，雖說朱子裕和孟知府一個是武官一個是文官，可朱子裕可比孟知府高了半級。從身分上說，人家是未來的國公爺，還娶了郡主為妻，孟知府拿什麼和人家打擂臺？

孟知府罵了一通，罵完朱子裕就罵徐鴻達，稱他沒把自己這個上峰放在眼裡。

等孟知府罵夠了，王人壽道：「這徐鴻達是審出了什麼，才讓朱子裕將人帶走的？」

孟知府冷哼，「不過是怕本官放了刺殺他的凶手罷了。你瞧瞧他，打來了正事沒幹，整日盯著刺殺之事查個不休，心眼當真是比針鼻還小，以後也不會有什麼大前程。」

王人壽心裡嘟囔：有個郡主閨女、國公爺女婿，以後前程怎麼可能會差了？

孟知府絮絮叨叨了許久，也沒說到重點，王人壽終於忍不住了，說道：「老爺，當務之急是調來堂事筆錄看看徐鴻達到底問出了什麼。」

「對對對！」孟知府連連點頭，連忙打發心腹去叫負責記錄的刑房書吏來見，可等了半日，去的心腹一臉沮喪地回來，「回大人，這幾日負責堂事筆錄的書吏沒來當值，打發人到家裡去問，說是一早就被幾個士兵帶走了，說過幾日才能回來。」
孟知府瞪圓了眼睛，「這麼大的事他家人怎麼不說？」
心腹羨慕得直咂嘴，「說是來人為了安書吏家人的心，留了五十兩銀子給他家。他婆娘見了銀子，哪還記得替他告假？」
孟知府再次黑了臉，「那堂事筆錄也不見了？」
心腹點了點頭，「找遍了刑房都沒見到。」
王人壽插嘴道：「那升堂時當值的衙役呢？」
心腹立刻回過神來，說：「他們倒是都在。」
孟知府也等不及打發人去找了，直接帶著師爺去了衙門，挨個叫來這幾日升堂的衙役。徐鴻達性格溫和，坐了這麼多天公堂也沒杖責一名犯人，因此這些衙役升堂時都不太走心，多半站在那裡睜眼睡覺。
好在他們人多，磕磕絆絆地你一句我一句倒也湊出來不少，只說了審問刺殺之事，及以往的舊案子。再問審薛姨娘和王管家時說的什麼，這些衙役就有些懵了，「後來徐大人就不許我們進去了，我們都在外頭候著，叫我們押解人犯的時候書吏才出來喊我們。」
見問不出什麼有用的，孟知府背著手往回走，「這徐鴻達神神祕祕的到底在幹什麼？」
王人壽捋了捋山羊鬍，「只怕王夫人知道一二，不如大人讓夫人請王夫人召來一見。」
孟知府想起前日王夫人在自家犯蠢的事情，忽然想起什麼，「那日王夫人在我府上，和郡主透露了王明恩出錢給蜀王養馬的事，徐鴻達會不會揪著此事不放？」
王人壽點了點頭，「多半如此，因此他才怕讓大人知道。」看了看孟知府的臉色，王人壽問道：「這事要不要和蜀王說一聲？」

孟知府想了片刻，道：「先不急，朱子裕來川南的時候，蜀王故意抻著我們隱瞞郡主的消息，險些讓我們吃了大虧，這次我們也抻他一抻。」

王人壽皺了眉頭，總覺得事情沒有那麼簡單。

◆　◆　◆

因抱著匣子來往書房之間太過顯眼，徐鴻達索性叫人抬了一張書案放到西次間的窗下。為了不讓別人打擾，寧氏特意吩咐了丫鬟不許往那屋去，說是老爺養病需要清靜，一日三餐日常茶水都由寧氏進去打理。

子裕不在家，青青閒著沒事，跟著寧氏屁股後轉了一圈，就被徐澤然拽著指點了幅畫。正在琢磨給自己找點什麼事情做的時候，忽然下人來報，說自流井王明恩的夫人來了。

青青沉默了下，道：「請她到前廳吃茶，我換了衣裳就來。」

換好見客的衣裳，青青帶著丫鬟到了前廳，只見王夫人在裡頭轉圈，似乎惶恐不安。停下腳步，青青吩咐珍珠：「關上門，妳們在外面等我。」

門在身後關上，王夫人猛然回過身來，臉上的不安和期盼讓她的神情有些猙獰。

青青走到主位坐下，微笑著看著她，「怎麼突然就來了，可是有什麼急事？」

王夫人快走兩步，撲通一聲跪下，面帶乞求地道：「求郡主救救我的兒孫！」

青青垂下眼簾，「夫人可以說得直白些。」

王夫人也不繞圈子了，直接說道：「郡主昨日走後，我越想越害怕，便把薛姨娘的丫鬟捆了，又帶人去抄了薛姨娘的屋子，從裡面翻出這些東西，我不敢隱瞞都拿來了。我們老爺的書房我砸不開鎖，便砸了窗子進去，找到了家裡所有鹽井、宅子、莊子、田地的地契。」
青青看了眼王夫人旁邊的兩個大箱子，問道：「哪些是薛姨娘的東西？哪些是地契？」
王夫人道：「這個略大些的箱子是地契。」
青青點了點頭，王夫人又從懷裡掏出一本冊子遞給青青，「這些是近幾年來和我家走動頻繁的鹽商和官員，我口述讓我女兒寫的。往日我們老爺出去或是薛姨娘出去應酬，雖有的瞞著我，但我也有一兩個眼線，能想起來的，也都記在裡頭了。」見青青沒言語，王夫人說：「年節和這些人家來往的禮單我都找出來了，若是郡主需要，我一併呈上。」
青青略微翻看了一下冊子，說：「妳想拿這些東西換妳和妳兒孫的性命？」
王夫人叩了個頭，「正是如此。我原想著和王明恩和離，可是縱使這樣，我能逃脫一死，我的兒子和孫子身為王明恩的子孫卻難逃一劫。我想著若是郡主能救我們幾個，我就帶他們改名換姓遠走高飛，再不回自流井，也不再讓他們姓王。」
青青嘆了口氣，「此事我也做不得主，只能幫妳說項說項。」頓了頓，青青又道：「但是等王明恩事發，妳的作為可能會被千人指萬人罵，妳可想好了？」
王夫人昂起頭，「王明恩不仁也別怪我不義，至於旁人，他們是能替我死還是能救我一家老小？嘴長他們身上隨他們說去，我只要保我兒孫的性命就好。」
青青喚了丫鬟進來伺候王夫人洗臉，珍珠和瑪瑙將廚房送來的糕點擺上，換了新茶。
青青起身道：「夫人一早過來只怕沒用過早飯，不妨在這裡先用些茶點，我回房換一身衣裳，一會兒就過來。」
王夫人忙站起來說：「郡主只管去忙，我在這裡等郡主。」
青青點了點頭，又吩咐前廳的丫鬟：「今早有新包好的抄手，讓廚房給夫人下一碗，多加點辣子油，夫人口味略重些。」又吩咐珍珠、瑪瑙：「妳們不必跟著，就在這裡伺候，若是她們有什麼想不到的，妳們幫襯些。」

青青拿著冊子快步到正房，也顧不上向寧氏請安，直奔西次間去。寧氏眼皮一跳，打發心腹丫鬟到廊下守著，讓人挨著窗戶，這才緊緊關上房門。

徐鴻達見青青風風火火地進來，問道：「什麼事這麼著急？」

青青將冊子遞給徐鴻達說：「王明恩的夫人來了，帶來了王家所有家產的地契，和從薛姨娘房裡搜揀的東西。」

徐鴻達翻開冊子，看到上面嶄新的筆跡問：「上面寫的這些人是怎麼回事？」

青青忙說：「這個冊子是王夫人回憶的近幾年和王明恩來往密切的官員和鹽商，有可能也是和蜀王有牽扯的。」

見徐鴻達面色有些沉重，青青道：「其他東西都在前廳，我沒敢抬過來。薛姨娘屋裡搜揀的東西還好，這王家的家產抬過來算怎麼回事？」

徐鴻達沉吟道：「她這麼積極揭發王明恩，可是有所求？」

青青道：「她生了三個兒子，又有孫子，想求一條活路。」

徐鴻達搖頭道：「這事我做不得主。」看了看青青，徐鴻達問：「妳對她心軟了？」

青青嘆了口氣，「總覺得禍不及子孫。」看了眼徐鴻達，青青低聲道：「若不是她，我們可能至今都不知道蜀王有謀反的意向。」

徐鴻達猶豫了片刻，說：「等上摺子的時候我倒可以幫她說幾句好話，只是我曾聽說蜀王曾在先皇殯天時對皇上頗有微詞，說了很多難聽話被皇上聽了個正著，因此皇上對蜀王可謂是深惡痛絕，與其有關的人，皇上想必不會留什麼情面。」

青青道：「只希望皇上看在王夫人揭發王明恩的分上，饒她一回。」

徐鴻達說：「她活命倒是簡單，她的兒子和孫子都是王明恩的骨血，這可就不好說了。」徐鴻達不想把時間浪費在討論這些未知的事情上，遂說道：「讓人把箱子抬進來吧，至於王家的那些地契，讓她先拉回去保管好了，說不定以後這些能買她兒子的命。」

青青點了點頭，回到前廳，面對王夫人期盼的目光，輕聲問道：「若是捨了妳這千萬家資換妳兒孫性命，妳可捨得？」

王夫人笑了笑，「既然拿來，我就沒想抬回去。」

青青詫異地看了她一眼，「妳倒是有魄力。」

王夫人搖了搖頭，「那麼苦的日子都過來了，還有什麼日子是過不了的？」

青青囑咐說：「妳既然如此信任我，我也盡力為妳周旋。這些東西妳抬回去，仔細保存好了，以後說不定用得到。」

王夫人連連點頭，跪下朝青青磕了三個頭，才叫了自己帶來的婆子進來，將裝著王家各種地契房契的箱子又抬到馬車上。

待王夫人走了，青青叫了兩個粗壯的婆子來，將另一個從薛姨娘房裡查抄出來的大箱子抬進了正房。將人打發出去，寧氏和青青開了箱子，只見裡面放了許多匣子。徐鴻達先把上頭的匣子拿了出來，裡頭裝了滿滿的信件。徐鴻達先抱了這個匣子回西次間細看，其餘的讓青青和寧氏兩人先翻看著，若是有重要的，及時送進去給他。

坐在書案前，徐鴻達拿出第一封信，打開一瞧，恰好是蜀王妃寫的，看了眼日期，正好是徐鴻達等人來四川上任後不久。信上蜀王妃提到了楊四將軍到了成都任提督一事，說楊提督驍勇善戰，蜀王大事只怕要拖上幾年，讓薛姨娘務必時刻盯緊王明恩，若有動搖的念頭，一定要及時送信給蜀王府。大事成了，以後定冊封薛姨娘。

青青正好抱了一個匣子過來，湊過來看了信件的末尾幾句，忍不住冷笑道：「這蜀王和蜀王妃一個套路，就王明恩和薛姨娘這兩個傻子信，這樣的話想必蜀王不知和多少人說過。」

徐鴻達道：「蜀王這是找到了他們的軟肋。」將信收好，徐鴻達看向青青手裡的冊子，問道：「這是什麼？」

青青遞給徐鴻達，「這是一本小帳，裡面記錄了每年鹽商們為蜀王獻的銀兩和糧草。」

徐鴻達連忙接過來，翻開第一頁，上面寫著：盛德七年十月初八，鹽商李信民獻白銀五萬兩，米麵各一萬擔、豬肉二萬斤、羊肉五千斤。鹽商趙長斌獻白銀五萬兩、米麵各一萬擔，粗布一萬匹……」

看著上面娟秀的字，徐鴻達不解，「這麼重要的東西，怎麼是一個姨娘負責打理？」

青青說：「薛姨娘是蜀王送給王明恩的，許是知道薛姨娘得蜀王信任才叫她做這事。」

徐鴻達將疑問丟到一邊，「妳先幫我看信，把有用的挑出來。」

青青應了一聲，拿出一疊信坐到旁邊去看，半晌之後，青青驚呼一聲，「我知道為什麼蜀王如此信任薛姨娘了！」

徐鴻達一頭霧水，只見青青錯愕連連說道：「蜀王倒是真捨得，為了不知道能不能成的大事，居然能把自己的閨女送出去做妾，他還要不要臉面了？」

徐鴻達連忙過來看信，寧氏聽見動靜也過來了，兩口子湊在一起將信從頭看到尾，才明白了薛姨娘的身世：原來薛姨娘的親娘是蜀王府的一個針線丫頭。

當年薛姨娘的親娘往蜀王的書房送新裁好的衣裳，蜀王瞧她十指纖纖又十分白嫩，忽然覺得好看，當即關了門拉到榻上恣意快活了一番。

蜀王覺得她的青澀十分有趣，連續幾日都叫那丫頭來伺候，可不過才半個月蜀王就對她失了興趣，覺得那丫頭姿容只是中等，看久就膩歪了，遂拋到腦後，不再理睬。

也不知是幸運還是不幸，針線丫頭當月的葵水沒有來，過了四個月小腹也微微突起，她才意識到自己可能是有喜了。縱然是懷了蜀王的孩子，她也不敢言語，在蜀王府她並沒什麼親人，也不知道這事該怎麼辦，只能默默將此事埋藏在心底。等到月份大了的時候，她早早換上厚厚的棉襖，針線房的人都笑她飯量大，吃得肚子圓了臉也胖了。直到有一天，她做著針線，忽然腹痛如絞，下身也濕了一大片，領頭的嬤嬤才發現不對。

將人拽到火炕上，解開棉襖，拽下褲子，圓圓的肚子已說明了一切。此時也來不及想別的，兩個年紀大的嬤嬤洗了手幫她又推又按的，替她接生了個閨女。

扯了件舊棉襖將孩子包起來，針線房的管事嬤嬤喝道：「妳這個丟人現眼的東西，到底是和誰私通生了這個雜種？」

丫頭也不敢隱瞞，哭哭啼啼把蜀王拽她上炕的事說了，這下管事嬤嬤傻眼了，只能硬著頭皮去回蜀王妃。蜀王妃雖惱怒蜀王不自重，但聽說蜀王早已把那針線丫頭忘了，又只生了個女孩，便不再將此事放在心上，「就叫她養著吧！」其後便不了了之了。

因此薛姨娘雖是蜀王的親生女兒，但一直在針線房養大，直到她八歲那年，蜀王估摸有了野心，這才將娘倆接到後院。薛姨娘的生母還是丫鬟身分，薛姨娘卻被精心養育起來，還特意請了先生教導她詩詞書畫。

讓青青驚呼的這封信是蜀王妃寫的，上面詳細寫了薛姨娘生母李氏的近況，又情真意切地說請了名醫診治李氏的眼睛，還哀嘆說當年奴才們蒙蔽了她，她們母女在後院白受苦了八年，這才讓李氏的眼睛都累壞了，自己是多麼心痛。好在如今有名醫給調養著，天長日久的總能治好。囑咐薛姨娘一定要牢牢抓緊王明恩，利用王明恩在鹽商中間的影響力，為王爺爭取更多的人力支持和銀兩的支撐，待兵強馬壯之後，王爺成就大業，到時候就可以正大光明承認她的身分，還可以冊封她為公主，讓她的兒子當國公爺。

寧氏看到最後，點了點頭，「這一家子野心都不小。」

徐鴻達說：「別人不知道，但王明恩一定知道薛姨娘的身世，這才死心塌地跟著蜀王，也放心讓薛姨娘收著這樣的帳本。」

青青憐憫地說：「這薛姨娘就是個傻子，就是蜀王真的成就了大事，也不會認她的。除了王明恩，誰知道薛姨娘是蜀王的親生女兒？蜀王夫婦兩個明擺著拿她當棋子罷了。即便蜀王真能事成，薛姨娘也只有死路一條。旁的不說，若讓世人知道蜀王的女兒給鹽商做妾，蜀王還有什麼顏面、還有什麼威信在四川立足？」

徐鴻達道：「不過是個癡人，還抱著她生母能當貴妃自己做公主的美夢呢，但凡是個頭腦清楚的，也該明白自己的處境並不像蜀王妃說的那般美好。」

青青問道：「這幾日搜回來的東西足以證明蜀王謀反了吧？」

徐鴻達點點頭，「只等總督上任就可以動手了，只是還要摸清楚哪些人牽扯了進去，好一網打盡，不讓任何一個餘孽漏網。」

徐鴻達一連在家整理了幾日的證物，在孟知府要前往成都迎接新總督上任的時候，徐鴻達穿戴整齊出現在知府衙門外。

孟知府一見他就氣不打一處來，陰陽怪氣地說道：「徐大人身體養好了？我看著你紅光滿臉，病好得倒是快。」

徐鴻達淡定自若地道：「不過是起夜穿少了犯了咳嗽，吃了我閨女配的藥已經大好。」

一聽徐鴻達提起她的郡主女兒，孟知府不得不把滿肚子的不滿給嚥了回去，面皮抽搐了幾下，露出怪異的笑容，「徐大人這是準備繼續審案？」

徐鴻達一臉無辜，「不是去成都迎接錢總督嗎？」

孟知府差點被噎死，「四川這麼多同知，若都去迎接錢總督，只怕接官廳前得排出三里路去，你只管在家審你的刺殺案就好，不必往成都去了。」

徐鴻達露出不好意思的神情，「按理說下官是沒資格去迎接總督大人的，可當初在山東治理水患時，錢總督經常來與下官秉燭夜談。如今他到了四川，我不去迎接，只怕辜負了錢總督待我的情誼。」

孟知府頓時啞口無言，人家徐鴻達明說了和前總督是好朋友，他有多大臉面攔著？看著這個自己從各個方面都壓不下去的下屬，孟知府當真是吃了一肚子氣，「徐大人自便吧。」

徐鴻達笑得儒雅，「大人先請！」

孟知府一甩袖子上了自己的馬車，徐鴻達對其他官員拱了拱手，也上了自家的馬車。

馬車行駛得極快，四日後兩人正好在錢總督到的頭一天到達了成都。此時成都城內擠滿了成都各地來的官員，城裡的客棧都擠得滿滿當當的。

孟知府的心腹孟二茗在城裡繞了一圈，沒訂到合心意的上房。孟二茗忐忑不安地回來報信，孟知府轉身看了徐鴻達一眼，露出假笑，「聽說這成都府內的客棧都客滿了，不知徐大人準備下榻何處啊？」

徐鴻達一臉憂愁地說：「之前楊提督寫了信說已收拾好客房，下官倒是不愁去處，只是不知道知府大人要住在何處？若是實在沒住處，不妨跟著我去提督府，我厚著臉皮求一求，總不能讓大人在外面凍著。」

孟知府又一次被噎了回來，打來成都的那日起，徐鴻達先拿郡主壓他，又拿錢總督堵他的嘴，現在到了成都又拿楊提督打他的臉，合著這四川就他徐鴻達交遊廣闊是不是？

孟知府惱羞成怒，一氣之下說道：「我和蜀王是至交好友，我一會兒去蜀王府借宿。」

徐鴻達眼裡閃過一絲憐憫，拱手道：「祝大人好夢！」

孟知府抬頭看了看掛在天空中的太陽，不明白這個時辰說什麼「好夢」，冷哼一聲，「不知所謂。」便轉身上了馬車。

徐鴻達用旁人聽不見的聲音喃喃自語道：「好好珍惜現在吧，也沒幾日美夢做了。」

徐鴻達到了楊提督家，洗了臉換了乾淨的衣裳，楊成德得了信就匆匆地從兵營裡趕了回來。進了門，顧不得寒暄，直截了當地問道：「怎麼樣？都查出了什麼？」

徐鴻達將自己帶的東西呈給楊將軍，又道：「這些年蜀王籠絡了不少鹽商，光川南一處，蜀王每年就能得不下五十萬兩的銀子，更別提糧草、布匹等物了。」

楊成德緊皺眉頭，細看了徐鴻達整理的手箚，不禁勃然大怒，「這個狗東西，竟想自立為王，他還覺得委屈？也不想除了他，哪個親王有封地？這樣的人，早該割了他的腦袋！」

看了眼徐鴻達，楊成德緩和了語氣，「也就是徐大人細心，才從蛛絲馬跡中察覺到蜀王的不軌之心，進而掌握蜀王謀反的證據。」

徐鴻達道：「幸好皇上派楊提督到了四川，蜀王懾於提督的戰功，這才不敢輕舉妄動。」

楊成德冷笑，「只怪蜀王沒那個氣運！」

徐鴻達深以為然地點了點頭，又將寫好的摺子給楊成德看。

楊成德看了一遍就將摺子還給了他，「徐大人本就是狀元出身，又在翰林院待了多年，以徐大人之才，寫這摺子自然不會有什麼問題，等明日錢總督來了以後，讓他瞧一遍就趕緊八百里加急送回京城。當務之急是等子裕摸清楚蜀王的兵馬，我好趕緊發兵將蜀王拿下。」

徐鴻達皺了皺眉頭，「剛到成都時，我見各府的知府都來了，再加上成都本地的官員，只怕明日一時半刻和總督說不上話。」

楊成德笑了笑，道：「你放心，我早打發人到龍泉驛站去等著錢總督，待錢總督一到，就把密信給他。明日我們不去接官廳，直接去總督府等錢大人就是。」

翌日一早，成都的大小官員外加各地的知府都到接官廳候著總督，只見長長的隊伍排了半里多去。孟知府探頭往前瞅瞅往後看看，也沒瞧見徐鴻達的身影，心裡不禁冷笑，「你也就在川南嚇唬嚇唬我，到外頭來，真正按品級排序，看誰還鳥你！」

日頭漸漸升起，等候的官員們不復一早精神飽滿的狀態，一個個縮著脖子抱著手爐凍得直跺腳。龍泉驛站離成都不過四五十里路，算計著怎麼也該到了，怎麼就不見人影呢？

直到下午，太陽快落山了，眾官員在期盼中，才看到一輛華麗的馬車駛入眼簾，後面跟著一串長長的車隊。

眾人紛紛迎了上去，正要在馬車前行禮，忽然從裡面跳出一個丫鬟，聲音清脆地說道：「總督大人天一亮就坐著馬車進城，估摸著巳時左右能到達，你們怎麼沒瞧見總督大人？」

眾人面面相覷，回憶了半天才想起來早上是有一輛樸素的馬車經過此地，當時誰也沒理會，還嫌馬車跑得太快揚起了灰塵而咒罵了幾句。

聽說錯過了總督大人的馬車，大小官員都出了一身的汗，你推我趕地上馬車往城裡跑。那丫頭看著眾人慌亂的樣子，嫣然一笑，轉身撩起簾子回了車上。

總督家的車隊緩緩通過，眾官員坐上自己的馬車緊隨其後，到了總督府天已經黑了，一官吏出來拱了拱手道：「今日天色已晚，請諸位大人明日來見。」

眾人等了一天，結果錯過了正主，一個個懊惱不已，此時又冷又餓。聽那小吏說明日再見時，眾官員反而都鬆了口氣，成都的都往家跑、外地的都抓緊回住處，想著趕緊烤烤火，再吃上一頓熱湯熱飯暖和暖和身子。

此時錢萬里、楊成德和徐鴻達三人正在總督府的書房裡商議攻打蜀王的事。錢萬里看了徐鴻達整理的手箚，又看了他帶來的重要證物，心裡敬佩他的辦事能力，又因他沒越過自己上報，而是等自己上任後將這份天大的功勞留一份給自己，更多了十分的好感。

將證物放下，又看徐鴻達的摺子，前面都沒什麼問題，就是最後徐鴻達為王明恩的夫人求情那一段讓錢萬里不解，他指了指摺子道：「徐大人，你可不是這樣心軟的人。」

徐鴻達露出苦笑，「是我家郡主的意思。說來，我懷疑蜀王謀反也是從郡主口中知道的。郡主從王夫人那裡得知王明恩這幾年出了二十萬兩銀子給蜀王在川西建了馬場，立刻覺得不對，連忙送信給我，我這才心中生疑。郡主和子裕兩個又到王家，王夫人雖沒明著將證據送上來，但也大開了方便之門，之後又是送了滿滿一箱子罪證，我實在不好不為她說話。」

錢萬里沉吟了片刻，說道：「既然是郡主的意思，最好在奏摺上提一句，若不然只怕皇上不會當一回事。」

做為曾經的山東總督，錢萬里深知山東每年的稅賦是多少，這樣一個富省大地能給郡主做封地，足以知道郡主在皇上心中的分量。錢萬里深深覺得，這屋子裡的幾個人誰替王夫人求情都不如青青說話好使，乾脆直接寫明白，省得皇上殺了王夫人讓郡主不自在。

徐鴻達有意讓錢總督寫奏摺，錢萬里捋了捋鬍鬚笑道：「還是徐大人寫吧。」

徐鴻達讓了幾回，見錢萬里執意不動筆，便不再推辭。磨了墨把前面謄抄了一遍，到王夫人這處又細細潤色了一回。等寫好了奏摺，天已經大黑，錢總督和徐鴻達說：「不如你就歇在這裡，省得明天還要跑來，正好晚上有空你和我細細說說這事。」

徐鴻達點點頭，楊成德笑道：「既然這樣，我就先回去，等子裕回來，我再帶他過來。」

錢總督道：「今日我剛到成都，楊提督怎能不喝一杯便走？」說著下令擺上酒席。

楊成德也沒推辭，隨著錢總督一起去了花廳。

總督府的酒菜豐盛，但因蜀王的事還未解決，誰也不敢貪杯，酒過三巡，便不敢再喝。錢總督和徐鴻達將楊成德送到門外，這才一同去了書房。

錢總督一邊泡腳一邊打發人去內院和夫人說有要事和徐鴻達相商，晚上不回內院睡了。不多時錢夫人親自帶了人來，拿著厚厚的褥子和棉被，把書房里間的床又重鋪了一遍，笑著囑咐：「晚上別忙太晚，明日還有得亂。」

錢總督道：「這幾日不管什麼官的夫人遞帖子來，妳一概別見，就說水土不服病倒了。」頓了頓，他又加重了語氣，「尤其是蜀王府的人，叫妳的丫鬟應付應付就得了。」

錢夫人跟著丈夫到各地做官，如今五十多歲了，見過的聽過的不知有多少事。想到老爺接到楊提督的密信後獨自一人進城，想到他剛到成都就棄所有官員不顧，反而同楊提督、徐鴻達在書房裡待了一日，再聯想到暫時不許見外人的話，便知道這成都怕是要出大事了。

錢夫人正色道：「老爺放心，明日一早我就叫人出去抓藥。」看錢萬里翻找了好些蠟燭出來，一副秉燭夜讀的架勢，不禁問道：「晚上要不要叫人送夜宵？」

錢萬里道：「叫灶下留著火，若是餓了再說。」

錢夫人答應著出去了，錢萬里和徐鴻達在榻桌一左一右坐下，商議著行動計畫。

兩人捋出大概頭緒，已到了三更天，胡亂洗漱一番，就一顛一倒躺在床上入睡。待醒來時天已大亮，伺候的小廝稟道：「大人，諸位大人都在花廳裡等候老爺。」

錢總督叫人打了熱水來，和徐鴻達分別洗漱又吃了早飯，這才往花廳去了。此時花廳裡的大小官員都摸不出錢總督的脾氣，一個個坐立不安。錢萬里終於出現在花廳上，眾官員可算是鬆了口氣，紛紛上前行禮。

錢總督坐在主位上，本想瞧瞧這裡頭的人有沒有在名錄上的，便讓他們挨個介紹一番。這些官員總算見到了總督，一個個都想博個好印象，因此溢美之詞說起來都沒有重樣的。錢總督正聽得不耐煩，就見一個小廝過來在他耳邊道：「楊提督帶著朱大人來了。」

錢總督眼睛一亮，「朱子裕？」小廝點了點頭。

「好！」錢總督喜不自禁，站起身來就要往外走，好在剛邁出去一步看到滿屋子官員錯愕的神情這才回過神來，輕咳了兩聲，「諸位辛苦，都散了吧，有事改日再議。」

眾官員見錢總督興奮地往出走，都有些好奇到底是何人來了讓錢總督如此失態。跟在錢總督身後出去，剛出花廳沒走幾步，站在官員中間的孟知府眼睜睜看著朱子裕從外面進來。

錢總督親熱地在朱子裕肩膀捶了一拳，「好小子，幾年不見，長得比我高了！」

朱子裕身上臉上滿是塵土，張嘴一笑，那口白牙格外顯眼，他拱了拱手道：「聽到總督來了，就趕緊快馬加鞭回來。」

錢總督連叫了幾聲好，忙道：「咱們到書房好好敘舊，昨日楊提督和你岳父上午就來了，我和他們聊了許久，晚上還留你岳父在這過夜，現在就等你了。」幫著朱子裕拍了拍身上的灰塵，錢總督道：「趕緊跟我去屋裡洗洗，晚上你也別走了，和你岳父一起住這裡。」

孟知府想起自己昨日上午沒在接官廳前看到徐鴻達，還以為他因品級低所以才排到了看不見的位置，不料人家早到了總督府候著，還在總督府過夜……

摸了摸腮幫子，孟知府只覺得臉被啪啪啪打了幾巴掌，特別疼。

眼看著朱子裕就要被錢總督拽走了，孟知府忍不住上前想混個眼熟，和錢總督說上兩句話，以後在總督面前總比旁人更親近些。

「朱大人！」孟知府叫了一聲，在眾人或驚詫或羨慕的目光中朝錢總督等人快步走去。

朱子裕回過身來，看著孟知府滿臉諂媚的神色，不禁挑了挑眉。

「見過總督大人。」孟知府施了一禮，臉上堆起討好的笑容，「下官是川南知府，和徐鴻達徐大人是同僚，昨日沒瞧見徐大人，下官甚是擔憂，卻不想他早就到了總督府上。」

錢總督從徐鴻達那裡知道，王明恩認識蜀王是川南的知府孟慎矜牽的線。上下打量了孟慎矜一番，錢總督露出略微諷刺的笑意，「孟知府遠從川南來迎接本官，不知下榻何處？」

孟知府心中一喜，琢磨道：「難不成錢總督也有邀請我住在他府上？如此可謂是大善。有一層關係，在旁人眼裡我可也能算是錢總督的心腹了。」又琢磨著，「這錢總督剛來，還摸不清楚各人的底細，我也拿蜀王搏一回面子，叫他知道我也是有靠山的，到時候也高看我一眼。」越想心裡越美，孟知府笑呵呵地說道：「因成都府的客棧都滿了，下官只能在蜀王府上暫住了兩日，只是想著總住蜀王府上也不是事，正想著今日搬出來。」

朱子裕有些幸災樂禍，心說：「當著四川大大小小官員的面，你自己說了住在蜀王府家，等蜀王事發，看你怎麼為自己辯駁。」

錢總督也被孟知府的蠢模樣給逗笑了，「既然如此，你早日回川南去吧，總待在成都像什麼樣子？」說著同楊提督、朱子裕轉身離去。

孟知府見楊總督對自己笑的時候，還有些飄飄然，誰知還沒飄多久就被一巴掌拍下來。他愣然地看著錢總督的身影消失在視線裡，有些不知所措。

「哈哈哈哈……」一陣肆無忌憚的笑聲傳來，孟慎矜下意識回過頭，只見不少官員都笑得前仰後合，甚至有人明目張膽地道：「八成是被蜀王攆出來沒地方去，又想賴在楊總督家，你們瞧他那樣子像不像搖著尾巴的哈巴狗？」

身為官場的老油條，孟慎矜也知道剛才自己的舉動太過功利，可官場不就是這樣嗎？誰有關係不往上爬？若是能和上峰攀上關係，以後仕途能順當不少。

孟慎矜臉上閃過一絲難堪，憤憤不平地看了眾人一眼，心裡道：「若是你們也能搭上錢總督，只怕嘴臉比我還難看！」一甩袖子，孟知府快步往門口走去。孟二茗正在外面自家馬車上等著，見老爺出來了，忙問道：「老爺，咱們還往蜀王府去嗎？」

「去什麼蜀王府，回家！」孟慎矜惱羞成怒，瞪了孟二茗一眼，轉身鑽進了馬車。

錢萬里帶著楊提督、朱子裕來到書房，徐鴻達一瞧女婿渾身上下沒一處乾淨地方，忍不住問道：「這是怎麼了?怎麼弄得如此狼狽？」

朱子裕渾然不在意，向岳父請了安，方才笑道：「離著蜀王駐兵的地方還有五六里地，我就把馬栓在山裡，同天莫、玄莫步行前往兵營。蜀王的兵營大概有三萬多人，六七千匹馬。此時雖已是冬季，但瞧著士兵們吃住都不成問題，看來那些鹽商往這上頭沒少搭銀子。」

楊提督皺了皺眉頭，「居然有這麼多人？」

朱子裕說：「多半是藉著去年前年的戰事，從雲南和緬甸拉過來的人，我瞧著一個個雖然都吃得飽，但一看就沒有經過正規訓練，腿腳虛浮，出招無力，連日常的訓練一個個都有氣無力的，若是遇到了我們，只怕不消多時就能勝了他們。」

徐鴻達把朱子裕帶來的消息寫到摺子上，又請錢總督看了一遍，確認無誤後，在最後面署上四人的名字，由楊提督派人八百里加急送回京城。

摺子一時半刻送不到京城，楊提督便琢磨著抓捕蜀王的事。

錢總督見朱子裕及天莫、玄莫兩個一臉的疲憊，叫人帶他們去客房沐浴，先睡上一覺。朱子裕心裡存著事，只睡了兩個時辰就爬了起來，伺候的小廝殷勤地問他要吃什麼，朱子裕不耐煩將時間浪費在這上頭，道：「湯湯水水的不要，拿些熱饅頭和肉來就行。」

小廝麻溜地去了廚房，不多時就提了食盒回來。因朱子裕說要吃肉，這小廝倒也實誠，拿回來的都是肉菜。朱子裕左手拿起熱饅頭，右手拽來一個鹵鴨腿，再灌一口茶水，轉眼功夫就吃沒了一個饅頭。

朱子裕抓起第二個饅頭，剛咬了一口，玄莫聞見香味爬了起來，見朱子裕拿著一大塊烤得滋滋流油的羊排吃得香，頓時按捺不住湊過來說：「少爺，我也餓。」

朱子裕看了他一眼，一邊啃著羊排一邊含糊不清地說道：「你鼻子屬狗的啊？聞著香味連覺都不睡了？」

玄莫訕笑道：「肚子空，睡也睡不踏實。」說著鬼鬼祟祟地將一罈燜肉抱到跟前，用筷子夾了一塊放進嘴裡，嚼了幾下就吞進去了，叫了句：「香！」又叫那小廝：「這些東西等我家爺吃完就不剩下什麼了，趕緊給我也弄些羊排來。」

小廝笑著答應著去了，朱子裕不搭理他，就著饅頭吃完手裡的羊排，說道：「等你吃完了再去睡一會兒，這幾日好好養精蓄銳，過幾天有仗要打了。」

朱子裕漱完口趕緊去了書房，楊提督正在那侃侃而談，說著自己設想的行動計畫，「等聖旨一下，你就帶兵回川南，將涉案的鹽商、官員一舉成擒。蜀王府那邊我親自帶人去抓，等將蜀王抓獲後，我會帶兵直奔川西高原，去會一會蜀王的兵馬到底如何。」

商議完，徐鴻達不再在成都待著，坐馬車回成都審一審王明恩，看是否還有漏網之魚。若說之前徐鴻達審問王明恩還保留餘力，怕走漏風聲，現在便沒什麼顧慮了，也不將人帶回大牢，直接在朱子裕關押王明恩的地方就地審問。

「王明恩，你是打定主意跟著蜀王謀反了？」

王明恩跪在徐鴻達面前，起初還面露不屑，以為徐鴻達會繼續抓著刺殺一事不放，不料隔了幾日，徐鴻達竟直奔核心，問起王明恩最害怕的問題來。掩飾住心底的詫異，王明恩佯裝無辜，「我不知道大人說的是什麼？」

「不知道？那我念給你聽。」徐鴻達嗤笑一聲，拿出一封信讀了起來。王明恩起初還不在意，可聽了兩句就變了臉色，他已經察覺到這是自己藏在書房密閣內的信件。

看著王明恩變臉，徐鴻達又拿起帳簿念了兩行。王明恩面如死灰，知道自己藏的東西怕是都被徐鴻達翻了出來。

「你是怎麼拿到這些東西的？」王明恩臉上帶著恨意，「是不是我家那個死婆娘？我就知道她恨不得我死了，好將家產都占為己有！」

徐鴻達「呵呵」冷笑兩聲，問道：「你覺得你的問題有用嗎？就謀逆這個大罪，你覺得你還能有家產？等聖旨一下，你家還有幾個活人都不好說了。」

王明恩瞬間白了臉，磕磕巴巴地說道：「我沒謀逆，大人，我沒謀逆……」絮絮叨叨反反覆覆只是幾句話，徐鴻達喝住了他的話，問道：「薛姨娘到底是什麼身分？」

王明恩癱軟在地上，半晌才小聲說道：「是……是蜀王的庶出女兒……只是因為她生母低賤，蜀王不能認她，方讓她隨母姓許給了我，說……」

「說什麼？」徐鴻達很感興趣地問道：「說等蜀王大事成了以後，封薛姨娘為公主，封你做國公爺？」

王明恩張了張嘴，又無力地閉上了。他跪在地上有些想不通，才短短幾日時間，徐鴻達怎麼就把他隱瞞了幾年的事情查得清清楚楚的。

徐鴻達看著他，聲音忽然和緩下來，「王明恩，你糊塗啊！你千萬家資，本可以享受一生的榮華富貴，怎麼就被那水中月鏡中花似的許諾迷昏了頭？這謀逆可是要掉腦袋的事，難道你不知道？」

王明恩「嗷」一聲捂著臉哭了出來，自被徐鴻達抓進大牢起，他從沒覺得自己會死。刺殺罪名成立又怎樣，大不了捨下幾十萬兩銀子，難道還買回不了一條命？在王明恩的眼裡，什麼都是可以用銀子買的，但是他忘了，扯上謀逆，別說是銀子，就是銀山都不好使。

拿出薛姨娘藏著的捐銀帳簿念了一遍，徐鴻達正色問道：「除了這些人，還有什麼人參與了謀逆？有沒有官員涉案？」

秉著自己活不了也不讓旁人好過的心態，王明恩用袖子抹了抹臉上的鼻涕眼淚，臉上閃過一絲狠厲，咬牙切齒地說道：「既然逃不了一死，索性大家一起掉腦袋！」

抬頭看了眼徐鴻達，王明恩閉上眼認真回想，「薛姨娘帳簿上的都是大頭，還有幾個小鹽商也參與了進來。因每回不過捐贈幾百兩銀子，我們看不上眼，就沒記上。」說著，逐一將名字念了出來。

早早被送到軍營中的刑房書吏，讓徐鴻達和王明恩的對話嚇傻了眼，當初就不明白為什麼把他帶到軍營來，事隔幾日再審案子，居然扯出謀逆的大事，聽兩人說的名錄，川南有些名頭的鹽商竟扯進去一大半還多。

王明恩把知道的名字都說了，徐鴻達一回頭看到書吏還在發愣，喝了一句：「都記下來了嗎？」書吏這才回過神來，忙不迭把前面漏下的內容補寫上，不敢再走神。

王明恩又道：「當年是孟慎矜找我說，蜀王有一宗大買賣需要本錢，等以後買賣成了，得的利益可比鹽井的出息多。我當時還覺得好笑，什麼買賣能比出鹽還賺錢，但想著蜀王平時巴結都巴結不上，這會兒有機會自然得去結識一下，便跟著他去了。等到了蜀王府才發現，原來不止是我來了，張家的當家人也在那裡，李家和趙家隨後也到了。」

張、王、李、趙是川南最大的四個鹽商，張家的鹽井甚至比王家還多上十來口。

王明恩垂下眼簾，「蜀王起初並沒說什麼事，只留我們喝酒聽戲。過了三五日，張家老爺不知因何緣故，執意告辭，蜀王大為不悅，我還想著張家不識抬舉，一個藩王成天陪著你一個商人吃酒，還有什麼不知足的。許是蜀王看出了我的心思，便帶我去逛他家園子……」

王明恩瞇起眼睛，陷入了回憶，「我就是在那裡碰到薛氏的。蜀王叫下人離得遠遠的，單留薛氏斟茶。蜀王說他想養一批兵馬，只是沒有那麼多銀子，若是我願意出這筆錢，他就將庶女許配給我，事後成就大事，晉我為國公。」

王明恩臉色越發灰敗，「我當時被豬油蒙了心，一聽見能成為蜀王的女婿還能當國公爺就點頭應了，想著反正養馬屯兵也不過幾十萬兩銀子，倒還出得起。又看到蜀王妃請了一些武將家的女眷賞花吃席，只當蜀王將軍中也把控了。過了兩日，李家和趙家也應了這事，只是他們出錢不如我爽快，蜀王便將川南這一塊交給了我，每回籌集銀兩都是由我牽頭。」

徐鴻達點了點頭，又問道：「孟知府到底知不知道謀逆這事？」

王明恩道：「蜀王沒同他明說，但我想以孟知府的老練，他多半也猜得到，要不然他為何那麼積極幫著蜀王牽線促成這事？」

徐鴻達想了想孟慎矜這個人的秉性，心裡有些疑惑，總覺得他沒這麼大的膽子。王明恩不等徐鴻達繼續問，又老實說道：「咱們川南多半是鹽商，官員不太多，旁邊幾個府倒是有不少官員參與了進來。」

徐鴻達精神一振，忙道：「快說！」

王明恩道：「馬場剛建好那一年，蜀王心裡高興，便邀我去他家過年，因我住在前院，便將那來走禮的官員們都記下來了。」見徐鴻達有些遺憾地嘆氣，王明恩道：「我知道這些未必都是蜀王的人，但其中有一些是蜀王親自見了的，還在書房密談了許多，我想這些多半和謀逆案有關。」

徐鴻達忙叫書吏把這些人的名字記下來。

說到這裡，王明恩似乎不過癮，又把近些年收受賄賂的官員們舉報了個遍，說道：「大人不是想查李光照落馬的事嗎？其實這是張家的一個子侄叫張志剛幹的，那會兒他不知從哪裡學武回來，歸來的路上我和李家的李明浩正好瞧見了他，便拽他去吃酒。李明浩沒安好心，把李光照的新政說得十分苛刻，張志剛年輕氣盛，又仗著自己剛學了功夫，登時火冒三丈，非說要給李光照好看。過了半日，我們聽說李大人騎的那匹馬不知被什麼打斷了膝蓋骨，使得李大人摔了下去，還不巧頭撞在石頭上死了。」

徐鴻達心裡微酸，沉了臉道：「將張志剛和李明浩都給我帶回來！」

王明恩仰頭大笑又落了淚，「有藩王、官員陪我一起死，我還有什麼不知足的？」

徐鴻達搖了搖頭，讓人把王明恩押下去，王明恩聞言連忙磕頭問道：「大人，有一事還望大人解惑！」

徐鴻達點了點頭，王明恩道：「為何大人忽然懷疑蜀王謀逆？」

徐鴻達瞇起眼睛搖頭，既然青青要保王夫人，他自然不會在這個時候多說什麼。可憐王明恩至死也不知道，這件大案牽扯出來，源自於王夫人對青青說的一句「蜀王養的馬都是我們老爺出的銀子」這樣簡單的話。

朱子裕之前帶來一百親兵，如今都聽徐鴻達調遣，半天時間就抓了人回來。前腳徐鴻達將人帶回兵營，後腳張志剛的母親去了張家老宅求張大老爺張聖和，李家的夫人也親自坐了馬車跑到孟夫人面前哭訴。

孟知府顧不得男女有別，聽到一言半句的進來問李夫人到底是怎麼回事。

李夫人拿著帕子抹著眼淚道：「還望知府老爺為民婦做主！中午時候來了一群兵，抓了我們老爺就走，問他們是什麼人，他們只說徐同知大人要審我們老爺刺殺李巡撫一案。蒼天有眼，我們老爺連刀都拿不動，怎麼會刺殺巡撫？」擦了擦眼淚，李夫人又說：「聽說張家的一個侄子也被抓走了。」

「這個徐鴻達，他到底想幹什麼？」孟知府氣得跳腳，「他還把不把本官放在眼裡？」說著也不怕惹怒郡主了，氣勢洶洶地去了衙門，誰知一到那裡，差役說這幾日沒瞧見徐鴻達。

跟在身後一路小跑的師爺王人壽和心腹孟二茗，面面相覷不知如何是好。

孟知府想了想，說：「李夫人說是士兵去拿人，那人多半在兵營，我們去兵營瞧瞧。」

王人壽勸阻道：「老爺，這兵營咱們向來插不進手去，去了不是白被打臉？」

孟知府冷哼，「只要徐鴻達在裡頭，他還敢不出來見本官？」說著轉身上了轎子。

到了兵營，孟二茗拿了一錠銀子遞給守門的士兵，陪笑道：「來的是知府大人，要見徐同知徐大人。」

那人接過銀子，冷冷地說道：「等著！」說著朝對面的人使了個眼色，便往裡頭去了。

孟知府聽見讓一個知府在外面等同知召見，氣了個倒仰，可讓他硬往裡闖，他沒那個膽量，只能憋了一肚子氣忍著。過了好半天，看門的士兵才出來，不屑地瞧了他一眼，「徐大人正在審案，沒空見你。」

孟知府怒極喝道：「本官是他的上峰，叫他趕緊滾出來見我！」

士兵白了他一眼，佯裝聽不見。

王人壽上前小聲說道：「老爺，咱們回去再商議。」

其實再商議也想不出轍來，明擺著總督和徐鴻達關係親近，就是上告也多半被壓下來。隨後孟知府每日都琢磨如何把徐鴻達打壓下去，誰知才隔了半個月，朱子裕忽然帶著五千大軍直奔川南，到了川南後又分成數個小隊，直奔名錄上的人家。孟知府正在和兩個心腹同知商議著如何陷害徐鴻達呢，朱子裕便從天而降，帶著兵馬闖進了知府衙門。

孟慎矜白了臉，被按在地上瑟瑟發抖，哆哆嗦嗦喝道：「朱子裕，你想幹什麼？」

朱子裕冷笑道：「皇上有旨，知府孟慎矜涉及蜀王謀反案，立即革職，打入大牢。」

孟慎矜不敢置信地瞪大了眼睛，「什麼？蜀王謀反？」

朱子裕笑了，「多新鮮呢，合著你不知道似的？」

孟知府都快哭了，一個勁兒為自己辯白：「我是的真不知道！我們一個在川南，一個在成都，並不相熟，我怎麼會知道這樣的大事？」

朱子裕不耐煩地道：「前幾日你去成都不還住在蜀王府？別的官員可沒這待遇。行了，你和我再扯這些也沒用，回頭總督大人自會提審你。」

孟知府想起自己前些日子在成都說借住蜀王府時錢總督的神情，想起徐鴻達將王明恩關在軍營裡不讓自己去探監，這才明白了是怎麼回事。原來他們早就知道蜀王謀反，他們這是把自己當同夥了。

「我是冤枉的呀，我真的不知道！」孟知府哭喊著，朱子裕卻不再搭理他，揮了揮手，孟慎矜就被剝了官袍拖了出去。

涉嫌謀逆的都是一抓一家子，書房裡剛抓了孟慎矜，已有奴僕急奔到後院去報信。孟夫人聽說一群官兵闖進來把孟慎矜抓走，頓時手足無措，不知如何是好。

她的陪房看不下去，想了想，開了箱子掏出兩件厚棉衣套她身上，又幫她裹了個斗篷。

孟夫人有些發愣，「妳這是幹什麼？」

她的陪房抹了把淚，「夫人，牢裡冷，這時候多穿點，等一會兒去牢裡省得受苦。」

孟夫人愣住了，「我……我也要坐牢嗎？」

進來報信的奴僕哭道：「說是老爺參與了蜀王謀逆，一家子都得下大牢。」話音剛落，一屋子丫鬟都嚶嚶嚶哭了起來。孟夫人愣了半天，連連搖頭，「不可能，咱家老爺沒那個膽子，他就是貪點財，哪有謀逆的心思啊？」

陪房哭著說：「咱們說這話人家也不聽啊，還是想想法子吧！」

孟夫人被捂得渾身冒汗，拿帕子擦擦額頭，忽然想起一個人來，「我去找郡主說項！」

來報信的人這才想起來，「夫人，帶人闖進咱們府裡的就是郡主的夫婿。」

陪房在旁邊也想起一件事來，「是不是那回郡主來咱們家，撞到了王明恩的夫人，聽了王夫人那句蜀王養馬所以……」

孟夫人頭都大了，哭道：「這個煞星啊……」

朱子裕看著士兵將孟慎矜拖出去，這才帶著人往內院來，路過之處尖叫連連，兩個士兵將這些奴僕往外驅趕，把他們都關在空院子裡，待孟慎矜定罪，這些奴僕是要被發賣的。

孟夫人在正房聽到嘈雜的聲音由遠及近，估摸著士兵們進了二門。陪房雙手合十，念叨了句：幸好姑娘們都嫁了出去，少爺們也都在老家，若是一起被抓了，這要怎麼活？

朱子裕帶著士兵過來時，看到了將自己裹成球的孟夫人，不禁笑了，「看來夫人對自己的處境十分了解。穿的多點也好，省得半夜著涼。來人，帶走！」

看著兩個凶神惡煞的士兵向自己走來，孟夫人臉都白了，慌亂地拽著陪房不敢撒手。陪房半摟著孟夫人哀求道：「大人，還請鬆鬆手，我們夫人從沒見過這樣的陣仗！」

那士兵一把拉開陪房，冷笑道：「沒事，打今兒起就能整天見這樣的陣仗了。」說著一左一右拖著孟夫人就走。

幾個人將孟夫人關到牢裡，十來個士兵從內到外將內院的丫鬟婆子也送到前院關人的院子去，除了幾個人守院門外，便不再搭理他們。

孟夫人被推進牢房，只覺得光線昏暗不說，還到處瀰漫著尿騷味。士兵也掩了鼻子，吩咐獄卒：「這個是孟知府的夫人，把她同孟慎矜關一起。」

「老爺！」被推進牢裡的孟夫人，一眼瞧見了坐在牆角稻草上的孟知府，連忙奔過去，哭喊道：「這是怎麼回事啊？」

孟慎矜滿臉愁容，穿著夾襖坐在抱著手臂發抖，孟夫人連忙從身上解下皮毛斗篷披在他身上，心疼得眼淚都掉了下來。

孟慎矜長吁短嘆道：「這大好日子不過，你說他造什麼反呢？」

孟夫人一邊拿帕子擦淚，一邊附和道：「眼看再等兩年老爺就能升官，偏偏蜀王……

唉，你說你也真是，咱們家被牽扯進來，多半是你為蜀王和鹽商中間牽線這事。」

孟慎矜十分懊惱，「當時蜀王說要做大生意的，還不是他說事成了幫我在京城謀個正四品的差事，我這才應下來的。」

「老爺，這可怎麼辦啊？咱沒參與謀反啊，你和新來的總督大人好好說說。」

孟慎矜被搖得頭昏腦脹，不可避免地想起自己在錢總督面前說的話，心底冰涼：這回怕是難以脫罪了！

在稻草上坐了不知多久，又呼啦啦來了一群人，孟夫人趴著牢門往外看，只見眼熟的鹽商及其夫人都被押了進來。這些人有的哭泣有的叫罵，還有一個夫人不服氣地嚷嚷：「你們再敢推我一下，我就到知府夫人面前去告你們一狀！」

押解他們的衙役頓時笑了，其中一個把她拽到孟知府的牢前，哈哈大笑道：「來來來，趕緊告狀，知府夫人早在這等裡你們了！」

孟夫人羞愧地捂著臉轉過身去，那些叫罵的看見蹲在牢裡的孟夫人、坐在草垛上的孟知府，全都傻了眼，誰也不敢再吭聲了。

朱子裕按照名錄把人都抓了進來，騎著馬轉了一圈，覺得閒著無事可做，索性找到徐鴻達說：「此時尚有一萬精兵在川南，不如趁機把幾個寨子給端了？」

徐鴻達道：「最近光盯著蜀王的事了，倒讓他們多蹦躂了幾天，你既然閒著就走一遭。人也不用帶回來，知府衙門的牢房已經滿了，把太平寨的人關到縣衙大牢就行。」

朱子裕應了一聲，翻身上馬，帶著兵馬直奔太平寨。

徐鴻達拿著名錄到大牢，挨個對了名號，這些人都得押到成都讓錢總督審訊。

徐鴻達一進大牢，頓時喊冤的試圖賄賂的喊成一片。太平寨王二虎和楊大壯自打那日喝完羊湯看著徐大人把王明恩抓回來，就沒在搭理過他們。雖獄卒得了囑咐，平時也不為難他們，一天還有兩碗乾飯吃，但是總在牢裡待著也膩歪。

王二虎每日除了數螞蟻，就是和楊大壯比誰抓的蟑螂多，眼看被關得都要發黴了，忽然今日瞧見一撥又一撥的犯人被關了進來，而且都是衣著鮮亮養尊處優老爺太太。

「大哥，快看！」王二虎趴在牢門上，興奮得兩眼直冒光，「你瞅瞅那個像不像李家那位大老爺？這個這個，王家的四少爺！哎，四少爺，認得我不？」

關在對面的王有德也道：「四弟啊，你也進來了？還有五弟、堂叔？來來來，住我這間牢房，地方寬闊！」

反正都要幾人一個牢房，差役們順手就把王家的幾個人塞了進來。

王有德笑著拍了拍牆壁，「隔壁也是熟人，咱們老王家的管家和薛姨娘關一起了，當時大伯就在對面那個牢房關著，每回薛姨娘小解的時候，大伯都盯著王管家不讓他看，哈哈！」

王家幾個人看著王有德沒心沒肺的樣，都沒好氣拿眼直瞪他。王有德絲毫不在意，樂呵呵地問道：「就你們進來了？還有沒有？大哥、二哥、三哥呢，怎麼沒見他們？」

王老四冷哼一聲，「他們有個好娘，不用像咱們似的得關在牢房裡，有專人在家裡看管他們，等候發落。」

王二虎看到對面熱熱鬧鬧的樣子，不禁有些羨慕，「咋咱們太平寨還不來人呢？要是劉老五進來就好了，他身上揣了好幾副骰子，若是他來了，一定要把他拽咱們牢房來，到時候咱們可有玩的了。」

孟松看著楊大壯連連點頭的模樣，對這兩個二傻子有些無語，「你倆就不能想想咱們啥時候能夠出去嗎？」

王二虎和楊大壯一臉看二傻子似的表情看著他，「想那個有什麼用？咱們想的又不算數。有那功夫，不正好玩兩把骰子？」

孟松：這麼說好像也沒錯！

川南抓了幾百人，成都更是血雨腥風，楊成德帶著兵馬殺進了蜀王府。縱使蜀王府有訓練精良的私兵，也敵不過楊成德的鐵蹄，不到半個時辰，楊成德就生擒了蜀王及蜀王妃。

「楊成德，你大膽！」蜀王雙目通紅，惡狠狠地盯著楊成德。

「下官可沒有王爺大膽！」楊成德不屑地一笑，隨即宣讀了聖旨。

蜀王不是沒想過是不是謀逆的事暴露了，可他怎麼想也覺得不像。在聽說楊成德要來四川軍中任提督後，他便將所有的計畫擱置了，連川南的鹽商都少了來往，按理來說應該隱藏得很好，怎麼會被人抓到把柄呢？

楊成德可沒功夫為他答疑解惑，把蜀王府大大小小的主子都綁了起來，隨即帶著人馬親自去了川西高原。

可憐在那裡操練士兵的蜀王親信還做著當兵馬大將軍的美夢，就見楊成德帶著三萬大軍攻打過來。蜀王的士兵多半是從雲南和緬甸運過來的，他們有的見過楊成德，一時慌了神，紛紛叫道：「滅了緬甸的那個楊成德來了！」

這些士兵多半是為了混飽肚子來的，訓練不精，最重要的是對蜀王壓根兒算不上忠心。一聽楊成德來了，士兵們一個個扔了武器四散逃開，最後只剩幾千人算是蜀王的私軍強撐著做最後的抵抗。

京城裡的盛德皇帝看著四川送來的捷報十分滿意，太后道：「蜀王雖是大逆不道，但畢竟是你的親弟弟。錢萬里審完了，叫他把人送回京城，讓大理寺再審一回，也堵堵朝臣的嘴，免得他們說你不顧手足之情。」

盛德皇帝點點頭，「母后說的是。」

太后一臉嚴肅，「四川這一下空了不少官位，又有許多鹽商被抓，楊成德得守著四川，防止蜀王餘孽殺回來。錢萬里和徐鴻達既要審訊這些從犯，又要重振四川的發展，只怕脫不開身。我想著等過了年，不如就叫朱子裕押送蜀王回來吧？趁著他立了這個大功的機會，你趕緊給他在京城安排個差事，免得一不留神他又帶著嘉懿跑了。」

盛德皇帝連連點頭，「就依母后所說，朕這就下旨。」

……

蜀王被抓後，錢萬里帶人從蜀王府裡搜到不少謀反的證據，甚至在蜀王書房的一個箱子裡有早做好的龍袍。又一封摺子遞回了京城，若不是太后想讓朱子裕帶著青青藉著押解蜀王進京的藉口趕緊回來，盛德皇帝恨不得立刻下旨就地把蜀王給砍了。

涉案鹽商不知被抓了多少，很多官員也陷在裡頭，好在眼瞅著就進臘月了，有公務的話副職就辦了，等過了年想必皇上會把缺空的位置補上。

王夫人由於其「特殊貢獻」，再加上青青替她求了情，盛德皇帝難得地饒了她一命，只是她的兒孫們從今以後不許再姓王，也不得再回川南。

王夫人巴不得擺脫王明恩，當即寫了和離書，又帶兒子們去縣衙改了名字。王家宗族眼睜睜看著卻無可奈何，若是有選擇，他們也恨不得改了去，就怕下來一道株連九族的旨意，到時候姓王的都得掉腦袋。

帶不走王家的財產，但是各自的私房都能拿走。到底是富甲一方的人家，一些人將私房規整一下，加起來的財產也夠讓人咋舌的了。

該抓的人都抓了，周邊的幾個土匪窩也都給踏平了，朱子裕終於清閒了下來，有空陪陪自己的小媳婦。

青青這幾天每日都往後街的新宅子去轉一轉，看看打掃得怎麼樣了。寧氏有時也陪著過來瞧一瞧，笑著說青青：「你們倆也就在外任時能過一過小倆口的日子，回了京城還是好好在鎮國公府待著，別成天往中城的宅子跑。」

青青笑說：「我倒覺得還好，在哪裡不是待呢？就是子裕總覺得不自在。」

如今正值冬天，外面園子沒什麼看的，兩人在正房轉了一圈，又添了擺設，讓人在屋裡點上火盆，總得把牆燒暖了，才好搬過來。

兩人從後門回了家，剛脫下衣裳打熱水洗手和臉，朱朱帶著朱寶回來了。

青青一見她就笑了，「這幾日怎麼沒過來？」

朱朱說：「我來過兩回，正巧妳都出去了，如今這些事都了了？」

青青點頭，「該抓的都抓起來了，剩下的就是總督大人操心的事了。咱們爹爹不過只是幫著審理案宗，聽說宣判還得上摺子給皇上。」

寧氏按了按太陽穴，嘆了口氣，「皇上當初是讓妳爹過來進行鹽稅改革的，來了半年，鹽稅的事還沒上手，反倒撞破了蜀王謀反的事。」

朱朱說：「雪峰那邊剛把鹽稅的事摸清楚，正要和爹商議呢！」

青青搖了搖頭，「我看也甭商議了，以前鹽業紅火，皇上才想提高鹽稅。如今這鹽商抓了一大半，又都是斷子絕孫的大罪，只怕這川南的鹽務皇上會另有盤算。」

寧氏道：「我也不知道什麼鹽務什麼稅法的，我只想讓妳爹消消停停當他的同知就好。」

朱朱湊過來悄聲問道：「爹這回可是立了大功，皇上有沒有給他升官啊？」

寧氏拍了下她的頭，斥道：「胡說什麼？妳爹剛升同知沒半年，哪那麼快再升官的？」

青青聞言搖頭，認真地說：「娘，您別說，真保不齊給我爹升官。您看看這四川，大小官員抓了一半進去，指不定皇上看我爹一順眼，就給他一個知府當當。」

寧氏嘆道：「大官也好，小官也罷，關鍵在守住自己的心。妳瞧瞧孟知府不就是因為看不透這個，不僅丟了烏紗帽，還連累一家老小跟著坐牢？妻賢夫禍少，以後咱們要以此為戒，時常勸著自家男人，千萬不要被那些權啊勢啊迷昏了頭。」

朱朱笑道：「有娘在，給爹一百個膽子他也不敢想這些。子裕更不用擔心，人家以後就是國公爺，是真刀真槍上過沙場的，什麼權勢能比得上這個？我家雪峰雖然文不及我爹，武不及子裕，但好歹出身不錯，公公婆母又時常教導他，想必他眼皮子不會那麼淺。」

寧氏聞言笑了，「妳們說的是。咱們不說那些糟心的了，眼瞅著就要進臘月，咱們也該籌備籌備過年的事。也不知川南這裡有什麼習俗，現在不知道上哪問去。」

朱朱和青青面面相覷，相熟的人家都在牢裡了。

朱朱想了想，說：「要不，還是按咱們老家的規矩過年，不過是圖個熱鬧罷了。」

青青點點頭，「我姊說的是，過年的規矩都差不離，也不必要生搬硬套，依我說，還是在吃上頭多學學當地人的法子。」

寧氏捏了捏青青的小肉臉，「以前妳姊每句話都離不開吃的，如今怎麼變成妳這樣了？妳看看妳，來四川以後，小臉胖了一圈。」

青青連忙捂著自己的臉，哀怨地看著寧氏，「人家還在長個子呢，這是虛胖，虛胖！等我長高就能瘦下來了。」

寧氏忍俊不禁，「也就子裕不嫌妳，旁人家若是娶了一個能吃的媳婦，心裡得哭死。」

朱朱幽怨地看著寧氏，「娘，您是在說我嗎？」

寧氏忙把朱朱摟在懷裡，「不是說妳……好吧好吧，妳們多吃點，反正也吃不胖。中午想吃什麼，娘叫人給妳們做去。」

青青眼珠一轉，饞兮兮地說：「我聽說當地人熏的臘腸臘肉特別好吃。」

寧氏便叫人出去打聽，過了好半天下人才回來說道：「今年新做的還不能吃，還是去酒樓問了，掌櫃給包了些他們自家熏的臘肉和臘腸，也不知是不是姑娘說的那樣。」

青青聽了連忙去瞧，朱朱把朱寶託付給寧氏，也跟著去瞧新鮮。

徐家的廚娘是從京城帶來的，沒做過臘肉，倒是請的本地廚娘盯著臘肉一臉興奮，一邊比劃一邊用當地方言說：「這塊肉熏得好，瞧瞧這黃裡透紅的樣子，一準好吃！」

朱朱和青青兩人眼睛亮晶晶地看著臘肉，聽到廚娘說好吃紛紛點頭。

廚娘笑道：「姑娘們只管等著吃就行，這裡煙熏火燎的，小心嗆著妳們。」

青青說：「別看我現在下廚少了，其實我做菜也很好吃。」見那四川廚娘不相信的模樣，青青看見灶上有一塊豆腐，便挽起袖子洗了手，把豆腐兩面去皮，拿豬油燒了鍋底，待鍋裡冒了青煙後，這才下了豆腐……

青青手腳麻利，不一會兒，一盤熱氣騰騰的麻婆豆腐就上桌了。

朱朱笑著說：「聞著這個味兒，我能吃下一碗飯去。」

珍珠忙取了小碗給朱朱和青青各盛了一點米飯，兩人果然就著豆腐將飯都吃了。

……

朱子裕從外面回來，青青聽到下人來報，連忙回了院子。朱子裕剛換了衣裳，見到青青笑著問道：「中午吃了什麼飯？有現成的讓他們端一些上來。」

青青說：「上午買了塊臘肉，滋味足又有咬頭，讓他們給你炒一盤。」

朱子裕點頭道：「青青安排的菜色，就沒有不好吃的。」

「貧嘴！」青青笑咪咪地嗔了朱子裕一句，轉身吩咐珍珠去廚房走一遭。

朱子裕洗乾淨手臉，又換了衣裳，跟青青一人一邊坐在榻桌兩邊，「今天皇上聖旨來了，說叫我過了正月把蜀王押解回京，到京衛指揮使司任指揮僉事。」

青青瞪圓了眼睛，「這就回京啦？咱們還沒搬進租的那個宅子呢！」

朱子裕愧疚地拽住青青的手，「我也沒想到皇上突然又把我調回京城，許是四川這邊大事已定，留太多咱們家的人在這裡不好。」

這話說的也沒錯，提督楊成德是朱子裕的親舅舅，川南又有朱子裕的岳父和姊夫在。原本官場上就有迴避的規矩在，之前因四川的鹽務改革艱難又涉及官員命案，這才將這些人都派了來。如今蜀王被擒，參與謀逆案的鹽商都被抄家，川南大部分鹽井都歸了朝廷，這鹽稅改革已不是勢在必行的事了。

怕青青不高興，朱子裕連忙說了件喜事，「岳父這回立了大功，皇上直接封他為川南的知府，岳父這會兒在衙門應該收到聖旨了。」

青青果然露出了笑臉，「我爹是個有氣運的人，才考上進士幾年就成知府了，這就是人家常說的官運亨通吧！」

朱子裕笑著在青青的臉上捏了一把，「有妳這個閨女整天東家跑西家轉幫著套話找證物，岳父哪能不官運亨通？」

青青不好意思地捂住了臉，「也就是在川南，我還能仗著郡主的耍耍無賴，若是回京城，誰認得我是誰呢？」

朱子裕認真地看著青青，「妳是我朱子裕的媳婦，誰要是敢為難妳，我定不讓他好看！」

青青輕聲嗔道：「哪有你這樣霸道的？」

朱子裕摟住青青在她耳邊輕吻，「哪裡霸道了？人家都說我是怕老婆的耙耳朵。」

青青忍不住笑了，剛把手放耳朵上想摸摸朱子裕耳朵軟不軟，就聽珍珠在門口道：「姑娘，飯食提來了。」

青青不輕不重地擰了一把朱子裕的耳朵才撒手。

溫了一杯黃酒，朱子裕吃炒臘肉吃得別有滋味，青青托著下巴笑盈盈地瞅著朱子裕。

朱子裕夾起一塊肥瘦相間的臘肉，見青青看得目不轉睛，便將手裡的肉塞到青青嘴裡。

青青愕然。

朱子裕一臉滿足，「還想吃什麼？我都夾給妳。」

青青甜甜地笑了，「你這個呆子！」

最近因為蜀王的事，朱子裕很待少在家裡，如今清閒下來，小倆口你餵我一口，我餵你一口，一頓飯吃了大半個時辰。朱子裕被青青帶著愛意的眼神看著，魂都美飛了，一邊傻呵呵地笑著，一邊往嘴裡扒拉菜飯。而青青是早就吃過飯的，卻時不時被朱子裕餵一口，等兩人回過神來，這才發現都撐得快走不動了。

青青看著朱子裕捂著肚子直打嗝的模樣，大笑起來。朱子裕趁機將青青摟在懷裡，一隻手摟著，一隻手咯吱她腋窩，「還笑……嗝……笑我……嗝……」

小倆口笑鬧了好一陣，等到消停下來，各自喝了熱茶，才勉強將笑意給壓了下去。見朱子裕撐得厲害，青青打開匣子翻了消食的藥丸出來，自己吃了一粒，往朱子裕嘴裡也塞了一粒，這才叫珍珠帶著小丫鬟進來收拾碗筷。

看了眼外面陰沉的天氣，朱子裕嘆了口氣，「冬天就這點不好，賞不了魚也看不了花的，只能在屋裡轉圈。」

青青笑咪咪地說：「冬天也有冬天的好。在屋裡點著火盆燒得暖暖的，抱著熱茶，欣賞外面的雪景，再手談一局，是不是像神仙一樣的快活？」

朱子裕見丫鬟都退了出去，屋裡沒有旁人，便將青青打橫抱了起來，一邊往臥房跑一邊笑道：「下棋有什麼快活的，在被窩裡打滾才像神仙一樣快活！」

青青冷不防被抱跑了，用手直捏朱子裕的手臂。

朱子裕故意哼哼唧唧地逗她，「再使勁點，對對對，就是這裡，再使勁捏……」

青青笑得氣都喘不勻了，軟綿綿地依偎在朱子裕懷裡。朱子裕瞧著青青臉頰微紅，越發等不得了，將人放到床上，連床幔都等不及扯下，順勢就壓了上去。

青青一邊躲著他落下的細吻，一邊阻住他拽自己的衣裳，「青天白日的，羞不羞？」

朱子裕急得眼睛都冒火了，笑嘻嘻地說：「青天白日的才有趣，看得更清楚。」

青青紅著臉，水汪汪的眼睛看著朱子裕，「想要也行，咱們得先玩一個遊戲。」

朱子裕的視線在青青身上遊移，略帶挑逗地道：「什麼遊戲？我定贏得妳哭著喊饒。」

青青笑說：「我教你玩一個剪刀、石頭、布的遊戲」。三言兩語講了規則，然後說道：「誰輸了誰脫一件衣裳。」

朱子裕精神一振，催促道：「這個好！來來來，看爺怎麼贏妳！」

過了一會兒，朱子裕光著上半身，看著衣衫完整的青青，欲哭無淚，「妳不脫嗎？」

青青無辜地看著他，「我又沒輸。」

只剩一條褲子的朱子裕，咬了咬牙，「爺偷偷逛賭坊的時候都是贏得人家脫褲子，還沒有自己脫褲子的時候，最後一把，我就不信贏不了妳！」

「來來來！」青青精神十足，「剪刀、石頭、布！」

朱子裕眼睜睜看著自己出的剪刀敗在了青青的石頭下……

「快脫！」青青笑得倒在了床上。朱子裕一把將褲子扯掉扔在地上，轉身壓在了青青身上，用大手緊緊把她的拳頭包裹在手心裡，嘴裡念叨著：「剪刀石頭布！好了，我贏了，該我把妳的衣裳脫了。」說著三兩下將青青剝了個精光，翻身壓了上去。

「你耍賴！」青青揮動著手和腳，試圖把壓在自己身上的人推下去。朱子裕低下頭堵住了她的嘴，把她的話都吞進了肚子裡。

朱子裕這一陣子早出晚歸，腦子裡裝的都是公事，晚上到家以後也是洗洗睡了，有一段日子沒和青青親熱。朱子裕正值血氣方剛的年歲，和青青又是新婚燕爾，這一得了空，難免就想跟著青青纏綿一回。

青青起初存了逗朱子裕的心思，隨著一串串帶著愛意的細吻下來，青青很快就笑不出來了，只能緊緊抱著朱子裕的肩膀，隨著他一起沉浮。

要了一次朱子裕仍不饜足，摟著青青說了會兒話，兩人再次吻到了一起。青青早已軟弱無力，只能由著他任意索取。與剛才的急切不同，這回朱子裕彷彿在吃一頓難得的珍饈，慢慢欣賞，細細品嘗。等這一回完事，青青趴在床上，連動的力氣都沒有了。

火盆燒得熱，朱子裕也不叫人，光了身子取來銅壺倒了半盆溫水，浸濕汗巾子，把兩人收拾得乾乾淨淨。已經睡著的青青哼哼了兩聲，腳趾舒服地蜷到一起又舒展開。

待兩人醒來的時候，天已經黑了。青青披上衣服叫了珍珠一聲，在外間候著的珍珠連忙進來點著燈，又奉上一杯溫茶。小倆口鬧了一個時辰，這會兒青青的喉嚨乾得都快冒煙了，喝了一杯茶水仍不足，又續了一杯這才緩了過來。

青青揉了揉眉心，問道：「母親那邊擺飯了嗎？」

珍珠小聲道：「夫人早早就打發人來說外面變天了，風颳得大，不讓過去，免得被風吹著了。又說早上也不必早早起來請安，難得到了臘月，都輕鬆幾天，她也要躲會兒懶。」

青青聽完又鑽進被窩，「那我再多睡一會兒。」

朱子裕還在沉睡，珍珠不敢大聲說話，默默地點了點頭。

青青想了想，又道：「妳去和廚房說，讓她們熬些魚湯來，在裡頭煮些魚丸就成了，旁的也吃不下。」

珍珠應了一聲，退了下去。

青青準備再瞇一會兒，可剛閉上眼睛，旁邊就有一隻不安分的手伸了過來。青青側過頭去，只見朱子裕雙眼緊閉、呼吸綿長且低沉，睡得很香，可再瞧他的手，一會兒上面捏捏，一會兒下面摸摸，專找細嫩的地方占便宜。

青青壞心眼地捏住朱子裕的鼻子，「我讓你再裝睡！」

朱子裕睜開眼睛，笑著將青青摟到懷裡，哼哼唧唧地撒嬌，「媳婦抱抱！」

青青揉了揉他的頭髮，覺得手感順滑，忍不住又多捋了兩把。朱子裕像是被順毛的小狗一樣，臉上帶著滿足的神情，由著青青一下一下地揉著自己的頭。

兩人不知躺了多久，直到聽到外間開門的聲音，青青估摸著魚湯來了，毫不眷戀地把朱子裕推到一邊，在床尾找到自己的小衣，可拿來一瞧已皺巴巴的不能看了。

朱子裕披著中衣起來，按照青青的指使開了箱子，給她取了一套乾淨的衣衫出來。夫妻兩個收拾妥當出來，瑪瑙道：「姑娘要的魚湯送來了，剛在爐子上溫了，這會兒端上來？」

青青點點頭，「之前還覺得中午吃多了，晚上少吃些就得了，誰想到睡了一覺倒餓了。」

朱子裕不壞好意地瞅著她，臉上帶著暗示的笑容，「只睡了一覺嗎？」

當著丫鬟的面，青青臉皮很薄，在朱子裕的腰上掐了一把，朱子裕立刻舉手告饒，「我不說了不說了！吃飯吃飯！」

雖然青青只要了魚湯，但廚房自然不會只送一樣上來，除了一大碗冒著熱氣熬得雪白的魚湯外，還有炸蝦餅、胭脂野雞脯、煨三筍、醋烹脆骨等四樣小菜。

青青夾了一個炸蝦餅咬了一口，「這蝦餅做得鮮，應是剛撈出來的鮮蝦，哪買的？」

瑪瑙道：「說是一個叫王二虎的冒著寒風從河裡打的，特意送來孝敬。」

青青挑了挑眉，「爹把那個王二虎給放了？」

瑪瑙不知道細節，只是聽廚房的人說了一句，記住了這個人名罷了。

朱子裕倒是知道這一節，笑著說道：「這是王二虎和那個楊大壯命好，這不，趕上抓了一批謀逆的反賊，牢裡實在塞不下，岳父想著這兩個人以前沒做過惡事，第一回犯案就栽岳父手裡了，看著脾氣秉性也不是那種惡人，一人打了三十板子就將這事揭過去了，說再有下回，兩次的帳一次算，逃過了發配的命運，他們能不感激岳父嗎？」

青青笑說：「也是這人心裡還有善念，才有感恩的心。也有那種你放了他，他還嫌你沒給他送到家的，這樣的人對他再好也是白搭，天生的白眼狼。」

想到太平寨那些人，青青又問：「不是說抓了好些人，如今都怎麼著了？」

朱子裕道：「下面縣官正審著，但凡身上背了人命官司的都判死罪，其他的根據罪責來判刑。有死鴨子嘴硬不肯說的，那縣官叫他們互相檢舉，若是坐實了就給緩幾年刑罰，因為這個，那些人也不顧兄弟情義了，什麼都往外說。還有一些在寨子裡種地做雜務的人，一人打了二十板子都放了，要他們找些營生做，以後不許再進什麼寨子，否則抓住就流放。那些人聽了怕得不得了，都老老實實回家去了。」

青青蹙起眉頭，「裡面的人不會互相胡亂攀咬吧？」

朱子裕笑道：「這些人都分開關著分開審，有三個人檢舉才給定罪。」

青青想到這些縣令審了不知多少案子，早就心中有數，自己是跟著瞎操心了。

朱子裕索性一次說完，省得耽誤吃飯，「那個孟松身上背了不少案子，但之前也為審案提供了不少線索，因此審案的時候酌情考慮，將他發配到了一個不算苦的地方。」

朱子裕說得詳細，青青便不再關注太平寨的人，拿起調羹喝了幾口魚湯。這魚湯熬了不知多久，魚肉都化在了湯裡，端的是香醇味美。魚丸更是彈性十足，還充滿蝦的鮮甜。

青青吃得萬分滿足，「還放了蝦丸，這王二虎到底網了多少蝦啊？他不是被打了三十板子嗎？此時又下了冷水，別弄出病來，倒糟蹋了爹的好心。我有些丸藥，讓人送去給他。」

朱子裕道：「這王二虎皮實著呢，岳父當時就賞了藥才讓他們走的，這會兒都好幾天了，既然能捕蝦，說明已經大好了。」看青青吃得香甜，朱子裕把自己碗裡的蝦丸都舀給她，「這麼喜歡吃，也算這王二虎立了功，明日我打發人去瞧瞧他，給他指個路子，好叫他以後安安分分的，免得糟蹋了妳和岳父的苦心。」

也不知前陣子是累壞了，還是沒有公務要忙了，朱子裕晚上讓人在榻桌上多放兩盞燈，拿了本兵法看了起來。青青閒著沒事做，拿出做了一半的衣裳縫了起來。

朱子裕看了幾頁書，伸手拿茶的時候，看見青青在做一件藏藍色的外衫。朱子裕伸手一撈，拽起一個袖子，笑得相當得意，「這是做給我的？」

青青看了他一眼，「不是，做給我爹的。」

朱子裕聽了立刻不幹了，書也不看，可憐兮兮地拽著青青的衣裳，「岳父不是有岳母給做衣裳嗎？我還沒有新衣裳穿呢！」

「傻樣！」青青將線頭咬斷，示意朱子裕站起來比量衣裳的長短。朱子裕顧不上穿鞋，赤著腳就站在榻前。青青拿起衣裳，在朱子裕期待的目光下左比右比，故作為難地說：「原本是想做給我爹的，怎麼瞧著你穿著更合身些？等做好了給你穿吧。」

朱子裕忙鞠躬作揖，「多謝娘子！」

青青被逗得直笑，朱子裕跳上了榻，把燈又挑得更亮些，說道：「大晚上的，做這個費眼睛，等日頭好了再縫。」

青青說：「想做了給你過年穿的，你知道我做活慢，我怕到過年都做不好。」

朱子裕笑道：「妳做什麼樣我就穿什麼樣，到時候岳母問子裕啊你那衣裳怎麼少個袖子，我就說我家青青還沒做完，等出了正月，這衣裳就能有兩個袖子啦！」

青青拿了個布頭就往朱子裕身上丟，笑罵：「胡說八道！」

這樣一笑鬧，朱子裕的書看不下去，青青的針線活也做不了，索性叫丫鬟抬水沐浴。舒舒服服地泡完澡，小倆口躲進被窩裡相擁著，感受著時光靜好。

貳之章 ◆ 奉詔返京塵埃定

一夜無眠，醒來時外面已天光大亮，青青只當是醒得太晚了，連忙叫人。

珍珠進來道：「外面下雪了。聽掃院子的婆子說，以往一年也就下兩三次小雪，有的時候連著兩年也不見雪花，如今這鵝毛般的雪，倒是第一回見。」

朱子裕也醒了，和青青說道：「昨日妳不是還說要是外面下雪，妳就抱著熱茶在屋裡下棋嗎？可巧今兒就如妳的意了。」

青青一邊穿衣裳，一邊吩咐珍珠：「叫她們把院門到廊下的那條路掃出來就好，旁的不要動也不要踩，乾乾淨淨的看著才舒坦。」

珍珠應了一聲，趕緊出去吩咐，就怕婆子們把姑娘要看的雪景給破壞了。

小倆口洗漱完又喝了熱熱的黑芝麻糊墊肚子，便攜手去正房請安。

因下雪的緣故，寂寥的景致都變得生動起來，庭院的樹枝上也積著厚厚的雪花。忽然有一隻鳥不知從何處飛來，沒頭沒腦地撞到了樹枝，震下來片片雪花。

青青將摔在雪裡的小鳥撿了起來，摸了摸牠的小腦袋，又將牠握在手裡呵暖。

朱子裕探頭看了一眼，「這鳥兒看著是隻雛鳥，又撞到了樹上，只怕是活不了了。」

青青說：「怕是凍僵了才撞到樹上。先養著吧，也許到了屋子裡就能緩過來。」

朱子裕素來唯青青是從，青青別說要養鳥，就是要養熊他也會舉雙手贊成。將小鳥一路捧在手心裡，等到了正房的時候，小鳥居然探頭伸腿的似乎緩過勁來了。青青將鳥兒交給珍珠，囑咐了句：「餵點吃食。」小倆口便進屋請安了。

珍珠拿著這小東西愁得沒法，趕緊去了丫鬟們待的耳房。正好有早上吃剩的小米粥，珍珠便拿勺子舀了些煮熟的米粒餵小鳥。

正房的丫鬟素馨素來手腳靈巧，她聽說是二姑娘要養的鳥，便出去折了些細軟的樹枝，剝去外面那層皮，編了一個精緻的鳥籠出來。

小鳥吃了些小米又喝了點水，正走來走去似乎想找個窩。這鳥籠剛放桌上，小鳥就鑽了進去，小爪子搭在樹枝上嘰嘰喳喳叫了起來。

看這鳥兒叫得如此活泛，珍珠鬆了口氣，叮囑素馨照看好小鳥，便去正房伺候。

此時寧氏正說著這場雪，「想不到蜀地有這麼大的雪。」

青青道：「問了幾個當地的，都說是難得一見。我聽見外面嘻嘻哈哈的有不少孩子的笑聲，定是玩雪玩得歡快呢！」

寧氏點了點頭，忽然又遺憾地嘆了口氣，「妳和朱朱一向愛玩愛鬧，若是在京城，只怕早約了幾個好友賞梅作畫，在四川妳沒交上什麼朋友，光在家悶著了。」

青青笑道：「知己貴精不貴多，沒什麼遺憾的，何況我喜歡陪著娘。」

寧氏拍了拍青青的小手，方才推她，「當著子裕的面呢，嫁了人還跟孩子一樣，等妳以後有了孩子，看妳還是不是這樣撒嬌。」

青青皺了皺鼻子，毫不在意地說：「子裕說晚幾年再要孩子。」

朱子裕點頭，「她自己就是孩子，再生個孩子出來，我頭都大了。」

寧氏想起昨日徐鴻達回來說的事，忙問朱子裕：「聽你岳父說，你們過完年就要回京？」

一說起這事，朱子裕嘆氣，「已經下了聖旨，要我出了正月就押送蜀王回京。」

青青略微傷感地摟住寧氏的手，「要和娘分開了，好捨不得。」

寧氏拉著她道：「做官的人家不都這樣嗎？一旦外放，親人便得幾年才能見到。好在之前你們一起來了，妳也瞧見了四川的光景，有了除蜀王這一遭，以後妳爹在四川為官容易些，你們回京後便不用擔心我們。子裕的祖母年紀大了，兒媳婦又是新娶的，未必貼心，不如你們伺候得好，這回趁這個機會回去，好好盡盡孝道才是。」

似乎怕青青被離別困擾，寧氏又說起開心的事：「妳爹升官了，以後就是知府了，聽說升得這樣快的官員是極少見的呢！」

青青笑著點點頭，「我聽子裕說了，還說爹的官運很旺。」

寧氏說：「可不就是沾了妳的福？我從來沒聽說過女人們說話還能順便破個案的。」

屋裡正熱鬧，朱朱忽然進來了，請完安，便拉著青青說：「正要找妳，薛通判家的園子裡有幾株梅花開得豔，難得又遇到一場好雪，薛夫人請大家後日去她家吃酒賞花。我剛得了帖子，想問妳去不去。」

青青道：「我今日還未看請帖，若是姊姊想去，我陪妳就是。」

朱朱忙說：「前一陣子鬧得緊，眾人都繃緊了心神，好不容易這會兒略鬆了一口氣，趁著機會該熱鬧熱鬧才是。」

青青點點頭，「既然這樣，我也去湊個趣兒。」

薛夫人接到懿德郡主的回帖，瞬間兩股戰戰地拍開了薛通判書房的大門，劈頭蓋臉就問了一句：「你當這幾年當官沒做什麼喪良心的事吧？」

薛通判不明白薛夫人的意思，一臉迷茫。

薛夫人看著薛通判不明所以的神情，解釋說：「郡主後日要來咱們家賞梅花，我和你說你要是做錯了啥事趁早找知府大人認罪去，等郡主來就晚了。她們都說，這懿德郡主就像天上派下來的夜遊神似的，能伸張正義，誰家做了虧心事，到她面前都保不住祕密，一準兒說出來，這王家、孟知府家就是很好的例子。」

薛通判很無語。

……

因朱朱來了，朱子裕吃了飯便回房去看兵法，青青則在正房陪著寧氏和朱朱說話。丫鬟上了熱茶和茶點，朱朱見有新鮮的奶油雞蛋糕，笑著說：「好久沒吃到加奶油的糕點了，這是買到新鮮牛乳了？」說著拿了一塊小口小口吃著。

青青說：「縣裡頭有一家人養了不少奶牛，和他家商議了讓兩天來送一回。」又說：「今早廚房新做了好些，妳回家的時候拿一些給朱寶。」

朱朱聞言笑道：「只怕拿回去多半進了我的肚子，他一到冬天就好咳嗽，只敢給他舔舔，不敢讓他多吃。」

青青問：「把脈了嗎？是什麼症狀？」

朱朱不甚在意地說：「只是喉嚨弱，受不得冷風刺激罷了。他年紀小，我怕他吃藥傷腎，在家熬了雪梨銀耳，每天給他吃兩回，瞧著倒也無甚大礙。」

寧氏一邊夾了些核桃仁放在盤子上給兩個女兒吃，一邊說道：「孩子咳嗽，妳不在家好好守著他，冒著雪跑來做什麼？」

朱朱答道：「只是早上起來咳嗽兩聲，白天倒是還好。我在家悶了好一陣子，終於收到了個帖子，想趕緊過來問問妹妹。」

青青從盤子裡拿核桃仁吃，聞言笑道：「不知這四川的梅花和京城的有什麼區別？」

朱朱說：「總不會比京城南雲觀的梅林更好，倒是這雪下得好，能襯得梅花更豔麗。」

青青遺憾地嘆氣，「如今天氣冷，我懶怠著動筆，這樣好的雪景應該畫下來才好。」

朱朱說：「先打上草稿，等過了年清靜下來再畫也是一樣的。」

寧氏忙說：「正要和妳說呢，子裕和青青出了正月就要回京了，妳看看有沒有什麼東西要捎給妳婆家，提前準備好箱子，到時候一併帶回去。」

朱朱訝然，連忙問了緣由，聽說已下了聖旨，不禁有些傷感，「咱們都在一處多好，偏生妳要回京城。」

青青經過這一夜，心裡已經釋然，「爹娘在川南已經站穩腳跟，還有妳和姊夫幫襯著，也沒什麼不放心的。我和子裕回京城也好，一是多陪陪老夫人，再一個我也惦記著把祖母接回去，祖母年紀大了，也該好好享福，村裡再好吃穿用度也不如京城精細。另外咱家寧哥兒後年也要回去預備春闈了，有我在家，他只管讀書就好，旁的都不用操心。」

青青這麼一說，朱朱也轉過彎來，開始和寧氏盤算著給各家捎帶些什麼樣的特產。因雪還沒停，寧氏留朱朱在家裡吃午飯，青青惦記著朱子裕，說了會兒話便打傘回了屋子。

朱子裕正坐在桌案前看書，看到青青回來，笑道：「我只當妳忘了要賞雪手談的話了。」

朱子裕起身幫青青解了斗篷，又摸了摸她的手，確定暖和這才放了心。

青青和朱子裕拉著手坐在榻上，一邊擺棋盤一邊說：「姊姊說後日薛通判的夫人邀請踏雪賞梅，我想著最近煩心的事太多，正好去散散心。」

朱子裕叮囑：「外頭冷，到時看一會兒就進屋暖和暖和，別在外面貪看景致了身子。」

青青點點頭，又問：「你執黑子還是白子？」

朱子裕笑道：「我棋藝平平，讓我拿黑子吧。」

青青爽快地點頭，「再讓你五個子。」

朱子裕猶豫了一下，故意語氣沉重地說：「五個子有點少，再多三個子。」

青青丹鳳眼一挑，「最多七個，不能再多了。」

朱子裕立刻擺了七個黑子上去，信心滿滿地道：「這回肯定能和妳打個平手。」

青青落下一子，瞟了他一眼，「除非你棋力比以前強十倍。」

朱子裕哼哼笑道：「小瞧我了，我也是研究兵法的人。」

朱子裕看了青青一眼，似乎胸有成竹，落子十分利索。青青雖神情有幾分慵懶，眼睛嘴角也含著笑意，落子卻相當犀利，一步步緊逼朱子裕。

屋裡靜悄悄的，小倆口在棋盤上廝殺，誰也不肯讓步。

朱子裕緊鎖眉頭，盯著棋盤思索著如何突破困局，而青青遊刃有餘，甚至有心情側耳聆聽外面簌簌的雪聲。

朱子裕忽然抬起頭，注視著青青的臉龐，只見她微閉著眼睛，長長的睫毛微微翹起，在眼瞼下面灑下一片陰影。嫩白的皮膚上透著健康的紅潤，小巧而水潤的嘴唇像是剛採摘下來的櫻桃一般，讓人垂涎欲滴。

朱子裕盯著看青青的紅唇看了片刻，終於按捺不住衝動，傾身向前，在青青的嘴唇上啃咬起來。青青一驚，睜開眼睛剛要說話，朱子裕順勢而入，靈巧的舌頭席捲而來。

青青的心神被這一吻牽走，她順勢摟住了朱子裕的脖子。

這一吻纏綿且漫長，兩人似乎想吻到天荒地老，吻到海枯石爛。唇瓣慢慢分開又輕輕貼在一起，青青臉上帶著媚色，眼中帶著依賴，朱子裕看著懷裡的青青，心裡被愛戀充滿。

「啾啾……」一聲清脆的鳥叫聲喚醒了沉浸在自己世界的兩人，青青忍不住甜甜一笑。朱子裕無奈地尋找聲音來源，只見一隻黑不溜秋的小鳥站在榻桌上歪著頭看著兩個人。

朱子裕嫌棄地瞥了牠一眼，「就是早上撿回來的那隻鳥？醜成這樣還是別養了。」

青青捏了一個松子仁逗小鳥，聽朱子裕如此說，忍不住為小鳥辯解道：「小黑這是剛洗了澡，身上的毛還沒乾，才看著狼狽些，等羽毛乾了就能瞧出好看來，是不是啊，小黑？」

小黑鳥「啾」了一聲，彷彿在認同青青的話。

青青笑道：「倒是個機靈的小傢伙！」

朱子裕撇了撇嘴，不理小鳥，繼續研究剛才未下完的棋盤。

奈何心神因為剛才那一吻亂了，朱子裕轉了轉眼珠，倒想出個法子，只見他從碟子裡抓出一把瓜子，捏出一顆突然朝黑鳥射去。

小黑鳥不大，恢復力倒是強，這會兒已經恢復靈活的身姿，牠一會兒飛到棋盤上，一會兒為了閃躲瓜子撲騰著翅膀連顛帶跑，還時不時憤怒地「啾啾啾」抗議幾聲。

朱子裕手速極快，小黑鳥一不留神終被瓜子絆了一下，啾啾兩聲，拍著翅膀飛走了。

青青撿起一個瓜子朝朱子裕丟去，「連小鳥都欺負，好不要臉！」

看著混亂的棋盤，朱子裕笑得十分得意，「哎呀，妳瞧瞧，我這盤棋下得那麼好，眼瞅著就要贏的，誰知被這笨鳥給打亂了，真是可惜！」

青青看了他一眼，將瓜子一個個撿起來，在朱子裕驚詫的目光中將一顆顆棋子歸位。

「有我在，怎麼會讓你失望呢？」青青笑著說：「我想想，下一步輪到我了。」

朱子裕看著青青把他逼到死路上，頓時欲哭無淚，「媳婦，不帶這麼欺負人的！」

青青不肯饒他，「你剛才那話怎麼說的，我可都記著呢！」

朱子裕可憐兮兮地瞅了青青一眼，又見屋裡沒人，才商議道：「要不，我賄賂妳一下，妳就當我那話沒說過？」

青青眨了眨眼睛，「那得看你拿什麼賄賂？」

朱子裕立刻躺在榻上，擺出一副任君採擷的模樣，「當然是我的美色！」

「哈哈哈……」青青撐不住地笑了個前仰後合。朱子裕一伸手把青青拽到自己身邊，翻身壓了上去，「到底接不接受為夫的美色賄賂？」

青青用手抵住朱子裕的胸膛，「若是你再美一點，說不定我就同意了。」

朱子裕嘿嘿一笑，「美色不夠次數補，咱們可是有誠意的人。媳婦，妳說，今晚補償妳幾回？為夫肯定會讓妳滿意！哈哈哈……」

青青臉一紅，就見小黑鳥飛了回來，啾啾這個又啾啾那個，揚起脖子「啾啾」個沒完。

青青看著小黑鳥得意洋洋的神情，遲疑地問道：「牠是不是在學你笑？」

「啾啾啾！」

朱子裕……

小黑鳥扭了扭屁股，在兩人頭上轉圈，朱子裕木著臉摸起一個瓜子射了過去，正好打中了小黑鳥。小黑鳥冷不防被打了下來，青青連忙伸手去接，才沒讓小黑鳥一頭扎在茶盞裡。

朱子裕看著青青把小黑鳥摟在懷裡，眼裡冒火，用手指戳了戳裝死的小黑鳥，一臉認真地建議：「瞅瞅這玩意兒又黑又醜的，叫起來還那麼難聽，趕緊扔了。」

小黑鳥小聲啾啾了兩聲，頭埋在青青懷裡不敢動彈。

青青瞪了朱子裕一眼，「和一隻鳥你也能計較，越來越有出息了！」摸了摸小鳥的羽毛，青青說：「牠還小呢，外面天寒地凍的，放牠走說不定牠會凍死，先放家裡養著吧，反正不拘著牠，說不定哪天牠就自己飛走了。」

朱子裕嫌棄地看了一眼只露出屁股的小黑鳥，大方決定不和牠計較。拽了拽青青的衣角，朱子裕露出委屈的神色，「咱們還沒商議完美色的事呢！」

青青笑著鬆開手，小黑鳥朝四周看了看，發現似乎沒什麼危險，便轉了轉綠豆大小的眼珠，張開翅膀再次飛走了。

自家夫婿這麼積極地要求貢獻美色，青青只能厚著臉皮笑納。兩人吃過午飯，藉口歇晌的時候把帷帳放下，青天白日就拿出春宮圖來，研究朱子裕用哪個姿勢獻身。

白天來了一回，晚上又被迫接受了一次獻身，摸著有些酸軟的腰肢，青青哭喪著臉，「再不和你下棋了！」

朱子裕親了青青兩下，好心地建議：「要不，下回咱們倆比作畫，誰輸了誰獻身。」

青青一腳把朱子裕踹下了床，「做白日夢！」

朱子裕在家悠閒地待了兩日，到了青青赴宴的日子，朱子裕將青青送到薛通判家門口便準備去軍中瞧一瞧。雖說新的任命已經下來，但是他當時帶來的一萬人馬還駐紮在川南，總得時不時去看看，省得出了岔子。

此時薛通判家極是熱鬧，因郡主也要來賞花，其他賓客早早就到了。薛夫人一瞧，接帖子的人來了大半，不禁笑道：「難為妳們這麼冷的天肯賞臉過來。」

王通判的夫人道：「實在是這雪太難得，怕錯過這一回，往後再瞧不見獨特的景致了。」

韓教授的夫人瞧了瞧，有些愛湊熱鬧的人沒來，一邊吃著瓜子一邊笑道：「難得的熱鬧，連郡主都來，偏生她們幾個不來，是不是心中有鬼，怕在郡主面前露出馬腳？」

話音剛落，眾人都露出了然的笑容。

王通判夫人想起這一陣子發生的事，還心有戚戚然，壓低聲音道：「這徐同知可真是了不得，他才來川南多久，居然從蜀王到縣令都讓他給一鍋端了。幸好我們家老爺素來謹慎，不得孟知府喜歡，妳們瞧瞧孟知府那幾個心腹，哪一個逃過去了？」

薛夫人瞪了她一眼，立刻更正道：「如今是徐知府了。」

王夫人立刻拍了自己的嘴巴一下，懊惱地說：「瞧我這嘴巴，又叫順口了，一會兒等郡主和沈夫人來了，萬不能再說錯了。」

韓教授的夫人神祕地說道：「妳們知道嗎？就是這個沈大人也了不得。」看著眾人好奇的模樣，韓夫人也不賣關子了，「這沈大人可是沈太傅的嫡子。」

「哇！」眾人來了精神，紛紛問道：「太傅是不是很大的官？」

韓夫人無語，懶怠解釋，含糊說道：「那可是皇上的心腹。」

一群女人立刻嘰嘰喳喳議論起來，話題轉到朱朱身上，都說她娘家靠山硬，嫁得也好。

這些女人雖說都互相稱呼夫人，不過是大光朝對此不嚴苛罷了，認真敘起來，王夫人、薛夫人不過是六品安人，其他人多半沒有誥命。她們因為自己的出身和嫁的男人品級不高，因此對朝堂的事不了解，連川南官場都一知半解，平常掛在嘴邊的都是柴米油鹽。

薛夫人身為六品宜人，原在川南是顯不出來她的，這會兒也是趁著一批官員倒下，新的還未上任這個空檔，恰好家裡二進的小園子種了幾棵梅樹，才叫她揀了這個機會，邀請了大家過來聚聚。

原本她以為能請到沈夫人很難得了，沒想到連郡主都要來，實在是天大的臉面。為了辦好這場賞花宴，薛夫人特意從外面訂好了席面，想在郡主面前留個好印象。

聽著這些婦人討論著郡主的家事，薛夫人怕她們一會兒收不住嘴，在郡主面前露出點話頭，到時只怕得不了好，連忙打斷說：「那些都是京城來的大人物，豈是咱們能夠說嘴的？快都住嘴吧，郡主馬上就到了。」

眾人聞言噤若寒蟬，不敢再說徐家的事。

恰好此時，丫鬟來報：「沈夫人的車到門外了。」

薛夫人忙披了斗篷出去迎接，眾人也不敢托大坐著不動，都跟著出去。

朱朱剛下了車往裡走，後面跟著的蜜糖忽然說：「瞧著後面那輛車像是二姑娘的。」

青青的馬車停了下來，朱子裕撩起簾子先跳下來，看到朱朱站在門外，笑道：「真是巧，剛才青青還說會不會遇到姊姊。」

朱子裕撩起簾子，把青青抱下來，寵溺地說：「好好玩，過了晌午我來接妳回家。」

青青甜甜地應了一聲，又朝子裕揮揮手，「快上車吧，風大。」

朱子裕道：「我瞧著妳進去再走。」

瞧著小倆口膩歪的樣子，朱朱笑道：「看出你倆感情好了，在家裡膩歪不夠，到外頭也能讓人酸倒牙。」挽住青青的手，朱朱對子裕說：「你只管放心忙去，青青有我陪著呢！」

青青拉著朱朱往裡走，「妳還笑我，好像妳和姊夫不膩歪似的，哪次回家多待一會兒，姊夫都會巴巴地來接，生怕誰委屈了妳似的。」

朱朱噗哧一笑，在青青臉上捏了一把，「就妳記得牢！」

薛夫人等人剛出了二門，就見徐家姊妹倆挽著手親親熱熱地過來，忙上前行禮問安。

青青笑道：「怎麼還出來了？真是太客套了。」

薛夫人恭敬地道：「郡主到了，我們怎能在屋裡坐著，那樣太不懂事了。」

其餘人紛紛附和。

青青和朱朱被簇擁到花廳，坐在上座。

薛夫人親自奉上家裡最好的茶，殷勤地道：「郡主是第一次來寒舍，千萬別嫌簡陋。」

青青微微笑道：「薛夫人客氣了，我瞧著妳家四處乾淨，已是很好了。」又說：「家母收到了夫人的請帖，只是年下事務繁忙，倒不出空來，只能遺憾地錯過這場美景了。」

薛夫人聽了越發覺得臉上有光，「一會兒咱們到園子挑一枝最好的梅花折了讓人送去給夫人，叫夫人在家裡也能賞到梅花。」

青青道：「薛夫人有心了。」

在座的婦人多半是第一次見到青青，原本聽說郡主十分厲害，心裡都懼怕她三分，現在瞧著郡主態度親切不說，長得還貌美，穿著打扮也好看，只是微微一笑就顧盼生輝，讓人忍不住想要親近一二。

王通判的娘子忍不住上前搭話：「聽說令尊升為知府，也該賀一賀才是。」

青青嘆了口氣，道：「妳們也知道，如今抓進去那麼些人，家父每日光是審案錄口供就要到天黑，連飯都吃不好，哪有精力擺宴席。」

眾人立刻感嘆知府大人認真勤勉，青青又道：「不過這確實是喜事。聽家母說預備著過年時擺酒，到時候妳們都來熱鬧熱鬧。」

大家臉上都笑開了花，心裡直道這次沒白來。

客套了一番，青青方才道：「坐了好一會兒，咱們該去賞梅了。」

家裡富裕些的都有小丫鬟給披上斗篷，幾個貧寒些的只能自己套了厚實的棉衣。

青青挽著朱朱，薛夫人在一側帶路。

薛夫人的娘家也是小鹽商，鹽井不多，卻也有些家底，薛家如今的這座宅子，就是薛夫人的陪嫁。二進的宅子雖然不算大，處處也算精緻。

四川不比北方，冬天是極少下雪的，就是偶爾飄些雪花也落不到地上，在半空就化了。

這次川南飄雪，可謂是當地一景，尤其是薛家幾棵梅樹這裡，足足存了一指高的雪。因說要請人來賞梅，薛夫人特意吩咐家裡人不許往梅樹那邊走，以免破壞了景色。

也是天公作美，下了雪的這兩日，氣溫一直保持著冷冽不說，天空更是佈滿了烏雲。可到了今日賞梅這時候，不但風停了，連太陽也出來了，暖暖的陽光照在身上格外暖和。

眾人來到園子裡，過了一個小小的石橋，就瞧見錯落有致的十餘棵梅樹。火紅的梅花映在整齊潔白的雪上分外鮮豔。有的梅花上還蓋了一層雪花，紅白相映，傲骨高潔。

青青見那絲毫沒被破壞的雪，不由住了腳，忍不住笑道：「這樣美的景色還是多留幾日才好，我們一群人去了，踩的都是腳印，就破壞這難得的美麗了。」

韓教授的夫人是識字的，說起話來也帶些文氣，「原只從書上看過這樣的描寫，當時還想到底是怎樣的情景。如今真的見了，才知道自己的眼界有多淺薄，當初在心裡想像的景致，竟不如這美景的十分之一。」

後面十來個人面面相覷，她們連字都不識一個，自然也說不出應景的話。有一個娘子琢磨了半天，憋出來一句：「真是紅得太好看了。」

這句話似乎點通了其他人的任督二脈一般，幾人紛紛點頭。

「角落裡有一株梅樹的花是白色的也好看。」

「雪好看！」

「那邊好像有一些淡粉色的也好看。」

「我覺得這一大片紅的還是最好看！」

這些人把顏色誇了個遍，剩下最後一個實在找不到能說道的，想了想，猶豫地道：「就是聞不到是什麼味？」

眾人……

朱朱笑了，說道：「這梅花的香味最是淡雅，我們如今在橋上隔得遠，因此聞不到。若是步入其中，才知其花香的美妙。」

薛夫人趁機說道：「還請郡主和沈夫人到梅林中替我們聞一聞梅花的香，順便採一枝梅花送給知府夫人。」

青青笑著接過下人遞過來的剪刀，與朱朱二人漫步在雪地裡，聽著腳踩在雪地上發出的咯吱聲。兩人圍著所有梅樹繞了一圈，選了三枝開得最多最豔的梅枝剪了下來。

站在橋上駐足觀望的婦人們只有韓教授的夫人是真想進去聞聞梅香的，其餘的人都開始抱著手臂說起坊間的閒話來。

朱朱拿著剪好的梅枝出來遞給蜜糖，吩咐道：「送去給夫人，說是薛家太太送的。」

待眾人回到花廳，裡頭已擺上酒席。為了因應賞梅宴的主題，薛夫人打發人又折了幾枝梅花插在瓶裡，擺在桌上。

青青來此是為了賞梅，這梅花邊看邊吃飯倒是應景，她挑了自己愛吃的菜食略動了幾下筷子就覺得有些倦怠，正好此時外頭有人進來回道：「朱將軍來了，說是宮裡賞了什麼東西，讓郡主趕緊回去。」

青青聞言，連忙喚珍珠、瑪瑙拿衣裳，朱朱也跟著起身告退。

將人送走，席間像炸了鍋似的。

「宮裡從京城那麼遠給郡主賞東西，真是不得了。」

「妳們說宮裡會賞什麼東西給郡主啊？」

「八成是過年的東西吧？比如說桃符、福字。」

「這東西又不值錢，我覺得說不定是金銀珠寶什麼的。」

「這妳就不不懂了，金銀珠寶有什麼好賞的，不稀奇，我覺得可能是什麼海底珊瑚，起碼得有三尺長。」

薛夫人很無語，「聽說郡主過完年就要回京，宮裡千里迢迢送個三尺的珊瑚可能嗎？」

眾人異口同聲地問薛夫人：「那您猜是什麼？」

薛夫人張了張嘴，說道：「許是什麼吃食？海味山珍之類的……」

青青在馬車上也在琢磨宮裡會賞下什麼來，可剛到家門口就被一輛裝飾豪華的寬大馬車震驚了。來傳旨的小太監見到青青立刻笑了，「郡主，太后怕您年後回京坐的馬車不舒坦，特意叫小的送輛舒服的車來給您。」

青青：娘娘一定是很想我！

……

坐在前廳，太監王海帶著一臉真摯的笑容，傳達太后對青青的想念：「自娘娘從五臺山回來知道郡主跟著朱將軍來了川南，難受得幾日吃不下飯。就因為這，皇上一連斥責了太子幾日，埋怨他調動朱將軍時沒有考慮到郡主。」

青青默默地為苦逼的太子殿下點個蠟，誰家調動官員時還琢磨他家媳婦啊，太子估摸得哭死。青青不知道的是，雖然太子沒哭死，但差不多也快被他老子踹死了。

王海繼續嘆氣說：「太后娘娘一想到郡主來了四川，十分擔心郡主吃不慣四川的吃食，聽說這裡成天吃辣的，女兒家吃多了辣子容易傷脾胃，對皮……膚……也……不……」

剛說了半截，王海瞧見郡主白白嫩嫩的皮膚和越發豔麗的容顏，頓時把剩下的話吞了回去：好像郡主吃辣吃得更漂亮了，太后擔心的有點不對……

青青感念太后對自己的疼愛，忙說：「多謝太后娘娘掛念，我在這裡一切都好，只是甚是想念娘娘，娘娘的身子骨可還硬朗？」

王海點頭道：「太后娘娘雖一直悶悶不樂，但身子骨還算康健。前陣子錢總督和徐大人遞了摺子說蜀王謀反，嚇得娘娘跟什麼似的，就擔心郡主有危險，所幸楊提督和朱將軍英勇，一舉拿下叛黨，娘娘這才放了心。」

青青囧囧有神，「那個蜀王暗地裡屯兵是真，想謀反也是真，只是他還沒來得及行動就被抓住了，所以沒什麼危險的。」

王海覺得這天沒法聊了，「總之，太后娘娘得知郡主要回京相當高興，說外頭怎麼也不如家裡好，萬事都不便，讓郡主早些預備回京事宜。」

青青點點頭，「前幾天接到旨意便開始收拾行囊，等出了正月立即啟程。」

王海笑道：「太后娘娘吩咐，叫我留下伺候郡主回京。」

青青道：「既如此，公公先好好休息，過了今日我們再慢慢說話。」

王海起身行禮告退，青青派人送他到客院，並安排了兩個小廝伺候日常起居。

安排妥當了，朱子裕和青青兩人才去了正房，寧氏笑道：「見到王公公了？中午他到的時候嚇了我一跳，只當又下了什麼聖旨。」

青青道：「送了好大一輛馬車來，這會兒門房正在拆門檻把車拉進來。」

寧氏摸了摸青青的頭髮，輕聲說道：「太后娘娘很寵愛妳呢！」

青青說：「她老人家最是慈愛，這幾年我時常進宮陪她，都已經成習慣了，這突然跟著子裕外放也難怪太后娘娘心裡不舒坦。」沉默片刻，青青摟住了寧氏的手臂說：「只是回了京城便不能陪著娘了。」

寧氏笑道：「都是嫁人的大姑娘了，哪有整日待在娘身邊的？妳爹在川南待幾年，等回京述職後指不定又要外派到何處，難不成以後我們每到一個地方，你們小倆口都跟著？這世人還指不定怎麼說嘴呢！」

看了看站在一邊的朱子裕，寧氏又道：「子裕將來要繼承鎮國公府的爵位，妳做為他的妻子，本就應該撐起鎮國公府的來往交際，再者，老夫人也離不開你們。」

如今此事已定，寧氏說這些不過是讓他們心裡好受些罷了，青青點了點頭，「我知道，娘放心就是。」嘆了口氣，「只可惜後面的宅子白租賃了。」

「這倒無妨，我正準備開一家瑰馥坊。」寧氏興致勃勃地說：「聽聞雲南盛產玫瑰，無論是顏色還是香味都是上佳，我琢磨著等開了春就打發人去雲南走一遭，買幾車玫瑰回來，就在後頭的宅子裡做胭脂。」

青青問道：「那這個宅子呢？娘過了年不搬到知府後宅去住嗎？」

寧氏說：「到時候叫朱朱跟妳姊夫來住這裡，他們當時來的時候沒租到合適的宅子，現在住的是個一進的小院，大聲說句話鄰居都能聽見。當時來不及也沒法，等我們搬去衙門，就讓他們到住這裡，白天有空妳姊也能到後頭去瞧著她們做胭脂。」

青青道：「娘最有生意頭腦，到哪裡都不忘開鋪子。」

寧氏笑說：「總得有事做。好了，妳一早就出去，這會兒該累了，回房去歇歇。」

青青應了一聲，出了正房沒有跟朱子裕回屋，而是去了廚房。明日是臘八，她惦記著煮臘八粥的事。親自挑了上好的豆子泡上，又叫了幾個小丫頭剝乾果，細細吩咐了廚娘一番，這才放心回去休息。

到了後半夜，廚房早早生起火，廚娘將各色豆子放在瓦罐裡熬煮，等早上起來各屋來提早飯的時候，將熱氣騰騰的臘八粥放在食盒裡，粥上面拿各色乾果撒上吉祥如意的圖案。

川南的許多過年習俗都和京城不一樣，但正月十五看花燈卻是一樣的。朱子裕和青青小倆口吃了元宵，也不坐車，手挽著手往府城最熱鬧的街道去逛。四川人手巧，除了各色鮮亮有趣的東西外，各種手工做的小玩意兒極富意趣，青青不知買了多少，有送給三個弟弟的，有送給朱寶的，還有預備著帶回京城送人的。

最有趣的是石雕藝人用一塊圓石雕了鴛鴦，既可以分開帶也可以合在一起把玩。分開是八卦形狀，合起來宛如一輪明月。青青興致勃勃地問了價格，結果居然只要二百文錢。珍珠遞了一串錢出去，青青又挑了最精緻的幾樣出來。

寧氏想著閨女就要回京，到時候住在鎮國公府，想必不能和現在一樣鬆快，因此也縱著她，隨她去玩隨她去鬧，並且做她喜歡的吃食。而當徐澤寧跟著青青不知啃了多少兔子頭，一看到麻辣兔頭腿就打哆嗦時，離別的日子終於到來。

青青站在馬車旁淚眼朦朧地拉著寧氏和朱朱不肯撒手，娘仨都忍不住落了淚，連徐鴻達也紅了眼圈。

王海在一邊急得直跳腳，想上前勸兩句，又怕惹了郡主不快，只能在心裡不住念佛，祈禱郡主千萬別哭著哭著就不想走了，到時候他可沒法交差。

徐鴻達用手背擦了擦眼角，聲音沙啞地說：「好了，時辰不早了，該讓孩子們走了。若是過了時辰到不了驛站，該沒地住宿了。」

寧氏把路上注意安全的話又囑咐了一遍，這才依依不捨地看著女兒上了馬車。

四匹高頭大馬快速奔跑起來，珍珠倒了溫水擰了帕子輕聲勸道：「姑娘，擦把臉吧。若是再哭下去，只怕眼睛就要腫了。」

青青接過帕子將淚水擦乾淨，也不塗香膏胭脂，就這麼素著臉躺下。

太后賞賜的馬車很寬闊，床榻桌椅一應俱全，連拉車的馬都是經過嚴格訓練的，跑起來又快又穩，茶盞都能穩穩地放在桌上。

見青青睡下，珍珠鬆了口氣，準備放下床幔。

閉著眼睛的青青悶悶地說：「把床幔掛起來。」

珍珠只得又掛了回去，勸道：「光線太亮，姑娘恐睡不著。」

青青說：「無妨，我不過閉眼歇歇罷了。等咱們出了城和子裕會合，妳記得告訴我。」

朱子裕正月十六就去了成都，準備帶一千騎兵將蜀王一家押解回京。蜀王雖是囚犯，但身分在那，錢總督也沒為難他們，讓人將幾輛馬車改造成囚車，專供蜀王一家使用。

蜀王和蜀王妃被「請」出了監牢，看著馬車四周被釘了堅固的木頭，蜀王臉上露出嘲諷的笑容。錢總督笑著伸出手，「王爺，請吧。」

蜀王抬起頭，看了看自己住了近三十年的成都，臉上露出些許惆悵和不捨。嘆了口氣，蜀王收回目光，瞧也沒瞧後頭哭泣的兒孫，打開木頭牢門，鑽進了馬車。

蜀王和蜀王妃在第一輛囚車，因裡頭是正常馬車大小，也有被褥，倒還舒坦。後頭幾輛馬車就沒那麼如意了，五人一輛，不分大小，塞進去再說。剩下的姨娘之流是連進京的資格都沒有的，只等著秋後跟其他的犯人一同處決。

朱子裕離開川南時，和青青約定了日子在川南城外會合，他見帶的車馬太多，擔心耽誤行程，誤了和青青約定的時間，便催促眾人一路快馬加鞭地趕路。

也許是夫妻心有靈犀，青青和朱子裕幾乎同一時間到達約定的地點。青青的馬車停了下來，朱子裕翻身下馬直接上了馬車，一眼就瞧見青青紅腫的眼睛，登時心疼得不得了，「這是哭了多久，眼睛怎麼紅成這樣？」連忙讓珍珠拿煮好的雞蛋來給青青滾一滾眼圈。

青青憾憾地靠在朱子裕懷裡，「分開時見娘哭得傷心，我心裡不好受。」說著又要掉淚，嚇得朱子裕不敢再提這話，忙拿帕子給青青擦淚，一邊絞盡腦汁想有趣的話逗她開懷。

日夜兼程趕了幾天的路，蜀王坐在馬車上被顛得快要散架。馬車忽然停下來，蜀王在鬆了口氣的同時，心裡也有些嘀咕，生怕朱子裕接了什麼密旨準備在路上為難自己。好在馬車並沒有停多久，又緩緩向前走去，直到來到了驛站，方才又停了下來。

王海在來的路上帶著太后的懿旨，一路上已經命各處驛站準備了上好的房間，家具都是新的不說，連牆都重新刷了大白。

朱子裕和青青下了馬車，驛丞恭敬地把郡主帶到了準備好的房間。朱子裕看青青安頓好了，這才準備去將蜀王等人請下車來。

蜀王和蜀王妃下了馬車，一眼就瞧見了停在院子中間的豪華馬車。身為曾經最受寵的皇子，蜀王已認出這是宮裡特意打造的，掃視一圈，蜀王冷笑道：「難道是哪個皇子來了不成？怎麼不見一見我這個皇叔？」

朱子裕不耐煩地看著他，「您想太多了。」隨即喝道：「來人，送王爺去休息！」

蜀王強硬著不動，指著那輛馬車看著朱子裕，「宮裡的馬車你以為我不認識嗎？」

王海提了熱水準備送到郡主房裡，聽到這話，忍不住說道：「這馬車是太后娘娘特意賜給懿德郡主的。」

「懿德？」蜀王和蜀王妃面孔頓時都有些猙獰，這些日子被審訊了不知多少次，蜀王已經猜到了自己暴露的真相，他一想到自己精心謀劃多年的大計毀在了這個丫頭身上，就恨不得將她千刀萬剮。

朱子裕見兩人目露恨意，臉色冷了下來，高聲喝道：「王爺還不走，這是準備讓我叫人把您抬進屋去？」

蜀王一甩袖子，「不用，本王自己會走。」

珍珠帶著幾個小丫鬟抬著裝著鋪蓋的箱籠進院子，正好瞧見了這一幕，心裡不禁有些憤憤不平。回到屋裡，珍珠一邊將被褥鋪上，一邊絮絮叨叨說蜀王的不是：「都是階下囚了，還一副高高在上的樣子，也不知哪來那麼大的臉，居然敢對我們姑娘指手畫腳不說，還擺出要吃人的模樣，好像我們姑娘得罪了他似的。」

青青正在把玩一個黃橙橙的柳丁，聞言笑道：「可不是得罪了他？若不是王夫人同我在說話的時候透露了王家出銀子給蜀王養馬的事，想必蜀王不會暴露，蜀王恨我是正常的。」

珍珠冷哼，「他一個不忠不孝之人還有臉恨旁人？早該一頭撞死才是！」

瑪瑙看了眼窗外，臉上略帶幾分憂愁，「我們一路回京，每天住宿時少不得要打照面，若是蜀王總這樣帶著惡意，恐怕會衝撞了姑娘。」

青青嘆了口氣，「不過是說兩句難聽話罷了，他一個要死的人了，和他計較什麼？行了，妳去瞧瞧有什麼吃的，吃了東西咱們早些睡。」

珍珠剛要出門，就見王海提了食盒進來。珍珠迎了上去，笑容滿面地說道：「公公好，怎麼勞您親自提來了，我正打算去問問有什麼乾淨的吃食。」

王海道：「來之前太后早就吩咐好了，各個驛站也都打好了招呼，最新鮮最乾淨的東西都給郡主留著。早小半天，朱將軍就派了先鋒官到驛站來打點，我也叫李生跟著了，因此事事都準備得妥當。」

李生是御膳房的太監，太后擔心青青回京的路上吃不到乾淨的東西，故而特意選了一個手藝好的跟著王海到四川來接青青。

青青這些日子與王海也熟了，便沒給銀錢的打賞，只讓珍珠把鮮果裝了兩盤給他，「一直趕路嘴裡沒味，拿些鮮果回去你們分了吃，省得口上生瘡。」

王海得了鮮果比得了銀子還高興，咧著嘴笑道：「郡主想吃什麼想玩什麼只管吩咐，我保管能給郡主弄來。」

青青點點頭，「有勞了。」便讓珍珠送王海出去。

珍珠出去了好半晌方才回來，說道：「姑爺這會兒還在忙呢，我瞧著他安排了好多士兵把蜀王一家住的幾間屋子都圍了起來，每個房間還派了幾個人看守。旁人也還罷了，就是蜀王妃有些不樂意，嫌不尊重她，正在跟著姑爺吵鬧。」

瑪瑙聞言說道：「蜀王妃好歹也在牢裡住了幾個月，怎麼派人看守就不樂意了？難不成她還以為自己是王妃？」

青青起身道：「拿斗篷來，我去瞧瞧。」

珍珠和瑪瑙都變了臉，珍珠勸道：「姑爺說一會兒就回來，姑娘還是別去了。」

青青笑笑，「我是去會一會蜀王妃，我倒想瞧瞧她還有什麼好囂張的。」

兩個丫鬟沒法，只能拿了斗篷給青青穿上。

抱著手爐，青青帶著丫鬟沿著聲音一路走到蜀王居住的屋子前，士兵們見郡主來了，都讓出了一條路來，青青一眼就瞧見了蜀王妃。

蜀王妃此時早已不是當初在成都時那副雍容華貴的模樣，在牢裡待了幾個月，讓蜀王妃老了許多。如今蜀王妃不僅頭上布滿了銀絲，臉上更是冒出了許多的皺紋和暗斑，看起來如同民間的老嫗一般。

正在和朱子裕爭辯的蜀王妃瞧見青青，罵道：「妳這個小賤人，還敢到我面前來？」

「我為什麼不敢來？」青青走到蜀王妃面前，好整以暇地看著她，「謀反的又不是我，我有什麼怕見人的？」

蜀王妃的臉孔頓時有些扭曲，眼睛裡透著赤裸裸的恨意，「妳不過是仗著一點糊弄人的功夫才入了太后的眼，又因為這張臉才能讓盛德對妳百般包容，妳一個小臣之女憑什麼能得封號和封地，還敢來瞧我的笑話？」

青青笑了，摩挲著手爐道：「您不是都說了，我是仗著太后的寵愛嗎？咦，為什麼蜀王沒有封地，是不是他很不得先皇和太后的喜歡？」

蜀王妃氣得臉都綠了，指著青青的手指直哆嗦，「我們家王爺是最得先皇寵愛的皇子，當年先皇不過是為了鞏固盛德的地位才沒給王爺封地。如今盛德居然違背先皇旨意，給一個外臣之女封地，是為大不孝。」

「哈，最受寵的皇子怎麼沒能繼承大統呢？可見這喜愛不過是你們的自以為是罷了。」青青笑得開懷，「再者，你們一家謀反之人還有臉說皇上不孝，不覺得好笑嗎？」

青青的臉色一變，帶著幾分冷冽，「最不孝的人當屬蜀王，他謀逆是對先皇不孝，對皇上不忠，對四川百姓不仁不義，妳和蜀王會被記入史冊，被後人厭惡、唾棄！妳一個罪人有什麼資格跟我擺王妃的威風，妳配嗎？」

青青的話像毒針一樣扎進了蜀王妃的心裡，她踉蹌地退了兩步，臉色蒼白。

青青步步緊逼，眼神凌厲地直視蜀王妃，「你們看到你們的兒孫這些日子的哭泣和惶恐不安了嗎？是你們的野心葬送了他們的未來，讓他們從萬人仰慕尊敬的皇親貴胄淪為令人唾棄的階下囚，是妳的助紂為孽親手把妳的兒孫送上了斷頭臺。」

「不是！」蜀王妃拚命搖頭，面帶驚恐地叫喊：「不是這樣的！我也不想王爺造反，我實在是沒法子！」

青青露出譏諷的笑容，「妳自己信嗎？妳敢說妳心裡沒盼望過母儀天下那一天？」

蜀王妃臉上閃過一絲慌亂，隨即而來的是後悔和絕望。

青青又往前走了兩步，面露蔑視，「這樣的妳，還有什麼好猖狂和得意的？之前在牢籠裡的日子，還沒讓妳認清現實嗎？」青青貼近蜀王妃的耳邊，一字一句地問道：「妳有沒有看到妳兒女眼裡的恨意？」

旁邊的屋子傳來的哭泣聲擊垮了蜀王妃最後的驕傲，她臉色灰敗地跌坐在地上。

青青居高臨下地俯視她，「妳和蜀王最好識時務一些，回京的路上消停點，讓你們的兒孫跟著你們少吃些苦頭吧。」

蜀王妃兩眼無神，半天都沒有反應。

朱子裕使了個眼色給幾個士兵，「把蜀王妃送進去，好生照顧！」

兩個士兵伸出手一把將蜀王妃從地上拖了起來架進屋去，後面又跟進去幾名士兵。

蜀王坐在桌前，面無表情地看著進來的蜀王妃和幾名士兵，淡淡地說：「我餓了！」

一個士兵到門口吩咐了一聲，不多時提進來一個食盒。

蜀王妃坐著發呆，蜀王只得自己打開食盒，見裡頭只放著一罐白米飯、一盆炒白菜和一盤辣炒豆芽。

這樣的粗茶淡飯放在以前怕是蜀王府粗使婆子吃的，可經歷了這幾個月，蜀王早已經習慣了這樣的飯菜。他自己動手撥了一碗飯，就著兩樣菜津津有味地吃完了。

蜀王妃的眼神有了焦距，她看著蜀王，一臉悲切，「你不是說咱們頂多會發配去給先皇守陵嗎？怎麼那個丫頭說咱們都得死呢？」

蜀王頓了頓，輕聲道：「別聽那個死丫頭的，她懂個屁！我是先皇唯一冊封的藩王，若是盛德要殺我的話，早就在四川動手了，何必千里迢迢把我們帶回京城去？我看盛德是怕擔負殘害手足的罵名。」

蜀王妃依然惶恐不安，「可咱們是造反呀，就是殺了我們也不會有人說他的不是！」

蜀王滿心的不甘，「我不是來不及動手嗎？算不得是造反。」

蜀王妃嘆了口氣，看了眼站在屋中四角虎視眈眈盯著自己的士兵，沒了抗議的心思，拿過一個碗就著菜嚥下去半碗飯就合衣倒在床上睡覺。

明天還得趕路，也不知到京城以後迎接他們的會是什麼。

朱子裕和青青在外面站了半晌，聽見裡面靜悄悄的，這才手挽著手回了自己的屋子。

瑪瑙見兩人回來，連忙擺上燒得滾燙的野雞湯，又有各色菜餚。

朱子裕在外面凍了半天，手腳有些冰冷，當下端過雞湯大口喝下。待出了汗，身上才漸漸暖和了起來。

溜魚片、麻辣兔絲、煨鹿尾、炸羊肉圓四樣肉菜，素燒鵝、清燒筍、炒玉蘭、青菜燒雜果幾樣素菜。吃著久違的京城口味，青青胃口大開，朱子裕更是吃得肚圓。

吃完飯，朱子裕叫人提來熱水燙腳。水略燙，朱子裕剛把腳放下去就忍不住齜牙咧嘴，隨即發出舒服的喟嘆。

青青早已洗漱好，只著中衣半躺在床上發呆。

朱子裕拿汗巾擦額頭的汗，看了眼青青，問道：「怎麼了？是不是被蜀王妃嚇著了？」

青青回過神，笑著搖搖頭，「她哪能嚇著我，只怕是被我嚇著了還差不多。」

朱子裕眼裡滿是敬佩，「今天多虧了妳，要不，蜀王妃還指不定得鬧騰成什麼樣。我聽錢總督說，之前她在牢裡的時候也不消停，若不是顧忌著還要將人送到京城，早就讓人把她打得皮開肉綻了。」

青青嘆了口氣，「不過是攻其軟肋罷了。蜀王妃從小就是豪門貴女又順風順水地嫁給了蜀王，一輩子爭強好勝慣了，你說讓她永生永世都背負著罵名，她哪裡受得了？再者，女人沒有不愛自己的孩子的，就是再強硬的偽裝，在涉及自己的兒女時也無法不露破綻。只希望她這回腦子能清楚點，一路上能消停些才好。」

朱子裕擦乾腳，掀開被子鑽進了被窩。珍珠和瑪瑙手腳麻利地將屋子收拾乾淨，替小倆口放下帷幔，這才安靜地退出去。

朱子裕將青青摟抱在懷裡，手指滑進她的衣服裡撫摸著光滑的背部。

青青趴在朱子裕的胸口，把玩著朱子裕的手指，問道：「咱們回去的時候能路過平陽嗎？我想把祖母順路接到京城，省得她自己回京城時沒人照顧。」

朱子裕沉吟了片刻，遺憾地說：「咱們往老家不順路。」看著青青失落的模樣，又趕緊說道：「若是想回去接祖母也成，只是我帶著蜀王不能同妳一起。不如這樣，我讓天莫和玄莫帶著些人陪妳走一遭。」

青青連連點頭，在朱子裕臉上親了又親。朱子裕本來就年輕氣盛，青青投懷送抱他哪裡忍得住？享受了一番香噴噴的甜吻後，一翻身就將青青壓在了身下，好好疼愛了一番。

……

許是青青說的那番話起了作用，自那天起蜀王妃消停了不少，只是更加憔悴了。回京的隊伍一路往東北方向前行，走了一個多月路過陝西、河南兩地後，朱子裕和青青便要分開。

將天莫和玄莫兩人叫到跟前，朱子裕囑咐了一遍又一遍，中心意思就是保護好青青，接了老太后趕緊趕路，莫耽誤了路程。並同兩人約定了會合的時間和地方，這才眼巴巴地望著青青的豪華馬車在一隊士兵的護送下，消失在視線裡。

許是回鄉心切，青青感覺沒走幾日就到了老家。天莫和玄莫在徐鴻達考中狀元那年，陪著朱子裕來過一回，因此熟門熟路地將馬車領到村口。

這大半年聽了不少徐婆子說的新鮮事，自詡見過世面的同村人，一見奢華的馬車和穿著盔甲的士兵就知道來的不是平常人。一個個興奮得直奔徐家，老遠就喊：「老太太快出來瞧，是不是妳那郡主孫女回來了？」

徐婆子盤腿坐在炕上正聽著小丫頭說書，聞言漫不經心地擺了擺手，「我家孫女這會兒在四川呢，忘了我跟你們說的啦，我家孫女婿可是堂堂的鎮國公繼承人，如今官至四品……」

話還未說完，就聽見門外傳來耳熟的聲音：「祖母，我來接您回京啦！」

徐婆子掏了掏耳朵，一臉疑惑地看著眾人，「我咋好像聽見我寶貝孫女的聲音了？」

屋裡人聽了都忍不住翻白眼，有性子急的還上手去攙徐婆子，「哎喲，我的大嬸子，可不就是妳那寶貝郡主回來了！好傢伙，那麼氣派的馬車，我估摸就是咱們縣太爺都沒坐過！」

徐婆子下意識開啟炫耀孫女模式，「縣太爺哪能和我孫女比，我家青青可是……」剛開口，就見一個打扮得光彩照人的小娘子進來朝著自己笑，「祖母，您不想我嗎？」

「哎喲喲！」徐婆子腿腳麻利地從炕上蹦了下來，兩個丫鬟連忙幫她套上鞋子。徐婆子此時哪裡顧得上，拉著青青的手上下打量了一番，又摸了摸她的小臉，喜笑顏開地說：「在四川養得不錯，白白嫩嫩的，又傻了好些。」

祖孫兩個挽著手坐在榻上，圍觀的村裡人都被丫鬟們客氣地請到隔壁去喝茶吃點心，又給每個人包了些糖果糕點才將人送走。徐婆子喜孜孜地拉著青青的手，問道：「妳不是和子裕去四川了？咋突然回來了？妳爹妳娘好不好？妳姊和妳姊夫怎麼樣？寧哥長個子沒？」

徐婆子滿肚子的問題拋了出來，青青趕緊逐一回答：「四川有個藩王是皇上的親弟弟，他閒著沒事想造反，無意間被我們撞破了，這會兒正要拿了他進京。子裕必須押送蜀王，我繞道過來接祖母，以後我和子裕就不回四川啦！」

徐婆子一聽還牽扯了造反，眼睛瞪得比銅鈴還大，「這什麼蜀王怎麼那麼大膽呢？不怕皇上砍他的腦袋呀？他是不是有點傻？」

青青點點頭，順著徐婆子的話說道：「可不是傻子嗎？好好的王爺不當，整天想那些有的沒的，這不眼看著把一家子的命都折騰進去了。」

徐婆子感嘆道：「妳還小不懂這些，老話說這就是人心不足，整天瞧著旁人的東西好。這可不行，明白人沒那麼辦的。和咱村裡人分家產似的，分給誰的就是誰的，旁的兄弟哪能因為眼紅就去搶？這可不行。」

說著一盤腿跟青青說起縣裡這幾十年來發生的眼紅兄弟財產明謀暗搶最後沒有好下場的事，青青從小就喜歡聽祖母說故事，家長裡短、雞毛蒜皮的小事在祖母嘴裡都被說得有聲有色，聽著引人入勝。

眼看著祖母拿村裡的兄弟鬩牆和蜀王造反相提並論，並以此來證明蜀王做的事有多麼大逆不道，青青絲毫不覺得違和，一邊往徐婆子嘴裡塞水果，一邊點頭捧場，「祖母說的是，那蜀王就是不如祖母明白事理。」

徐婆子聞言有些得意，「他不如我活的年歲多，自然不如我通透。」

青青自然打蛇隨棍上，「那是，蜀王可比祖母差遠了，若是他身邊有個像祖母這樣通透的人指點，也不會犯下糊塗事。」

「可不是？」徐婆子洋洋自得了好一陣才想起自己的兒子，「對了，妳爹一到任上就遇到這麼大的事，沒被連累吧？」

「沒有。」青青為徐婆子續了茶，說道：「我爹官運好，這次蜀王謀反的事多虧了我爹才審出來，皇上給我爹升官了，他現在是知府啦！」

「知府呀！」徐婆子眼睛都亮了，「那比縣太爺官可大多了！」

青青笑說：「那是，和咱府城的大老爺是一樣的官。」

徐婆子想了想，滿意地咂了咂嘴，「那是不是我的誥命又可以往上升一級了？」

青青頓時笑了，「祖母，您說的對。您放心，我爹肯定記得給您上摺子請封誥命。」

徐婆子心滿意足地點了點頭，「那指定的，妳爹是個孝順的。」

徐婆子還惦記著大孫女，「妳姊和妳姊夫咋樣？妳姊夫當官順不順？」

青青道：「他們也好，朱寶乖巧可愛不鬧病。我姊夫負責鹽稅這一塊，這次蜀王謀反之事牽連了太多人，其中不乏鹽商，估摸著四川的鹽業受創不少，姊夫也上了摺子去請旨，想拓寬川南井鹽的銷售範圍來重振四川井鹽。」

徐婆子不懂這些，但對孫女婿有莫名的信賴，「妳姊夫是大家公子，再錯不了的，以後妳姊跟著他可有福享了。」又摸了摸青青手腕上的羊脂白玉鐲子，「妳也是有福的，子裕都快把妳捧到天上去了。」

祖孫兩個親親熱熱地說了好一會兒話，聽到信的徐鴻翼和王氏才著急忙慌地從鎮上趕回來，同行的還有那個醜得全鎮出名的傅婆子。

看著眼前依然黑如鐵塔、醜出天際的舅奶奶，青青捂著撲通撲通直跳的小心臟，艱難地扯出一個笑臉，「舅奶奶好。」

「好好好！」傅婆子瞇起了三角眼，瞅著青青年輕貌美的樣子似乎比當年的寧氏還更強些，心裡有些不是滋味，扯了扯徐婆子，「妳這孫女到底隨誰啊？長得不像她爹。」

徐婆子白了她一眼，「隨我！」

傅婆子一個沒忍住，嘴裡的茶水噴了自己一身，連忙在徐婆子嫌棄的目光中掏出帕子擦了擦臉，也顧不得上抹身上的茶漬，又掏出粉來往下巴撲了兩下，「險些毀了我的妝容。」

徐婆子不忍直視，「嫂子妳可拉倒吧，快別抹了，下輩子投個好點的皮囊比抹粉強。」

傅婆子憤憤不平地把粉收了起來，看看青青白嫩俊俏的模樣，又瞅了瞅徐婆子這兩年越發富態的臉，皮笑肉不笑，「妳還好意思說郡主隨妳，妳瞅瞅妳孫女哪一點和妳長得一樣？若是隨妳，她指定當不上郡主！」

徐婆子冷哼一聲，「我兒媳婦長得好看，生的孫女自然也好看，哪像妳家……」上下打量了下傅婆子，神情不言而喻。

可惜傅婆子沒明白徐婆子的意思，還以為在說自己兒媳婦，遂很贊同地點頭，「我就覺得我那些孫女孫子醜就是那幾個媳婦長得不好看。」

「拉倒吧！」徐婆子坐不住了，「就妳那幾個兒子長的那模樣，能找到媳婦就不孬了，還嫌人不好看，要求咋那麼多呢？」

徐婆子一臉嫌棄，「我哥多清秀的一個人，娶了妳，結果毀了我們老傅三代的長相。」

傅婆子這些年早就聽多了小姑子這樣的說辭，絲毫不以為意，「醜妻家中寶，妳哥那叫做有福！再說我也不算醜，前幾天妳哥還說看我比以前順眼了呢！」

徐婆子立刻說道：「那是看妳看得眼睛都快瞎了！」

青青看著兩個老太太唇槍舌戰，笑得前仰後合。

傅婆子白了徐婆子一眼，不願意搭理她，轉而去瞧越來越出息的青青，細細打量了一番，除了太好看沒啥毛病。

「外甥孫女啊，這回在家待幾天呀？」傅婆子樂呵呵地問。

青青看著傅婆子有些嚇人的笑容，微微別開臉，不敢直視，「略待幾日就走，這回是特意回來接祖母去京城的。」

「又要去京城啊？」傅婆子羨慕地看著小姑子，「妳說妳咋命這麼好呢？還能長住京城，那可是天子腳下。」

「天子腳下咋了？」徐婆子甚是得意，「我可是進過宮的人。」

徐婆子喝了口茶，擺出架勢來，「這回就是因為回老家了，過年才沒撈著去向太后拜年，往年大年初一，我們誥命都得進宮的。我和妳說，在太后宮裡，甭管多大品級的命婦都得在外面乖乖凍著，就咱們家青青不用，太后宮裡的偏殿專門打掃出來給她用。每年初一，我們就在偏殿喝茶吃點心，等到了時辰，小太監才請我們出去，別的命婦別提多羨慕了。」

這話傅婆子聽徐婆子不知說了多少遍，可再聽依然十分眼紅，「妳真是享著兒子孫女的福了，我兒子是指望不上了，就希望孫子出息一點，給我掙個誥命。對了，我孫子當官，能給我請封誥命不？」

徐婆子猶豫了一下，點點頭說：「應該可以吧，只要當上大官，別說為妳請封，就是為祖宗八代請封都沒毛病。」

青青噗哧一聲笑了出來，待兩個老婆子都轉頭看向她，她立刻擺出一副無辜的的模樣。

徐婆子連忙擺手，「別看我孫女是郡主，這些事她不如我明白。」

青青點頭，「我們家最明白的就是我祖母了，舅奶奶直接問我祖母就是。」

傅婆子當真是問完這個問那個，把徐婆子知道的那些誥命的事都打聽了個徹底，這才滿足地喟嘆道：「成了，我都明白了，就指望我孫子給我考個狀元出來了。」

青青忍不住問了句：「舅奶奶，您家哥哥們哪個讀書比較好？」

傅婆子一拍大腿，「別提了，大的幾個個個不愛讀書，好歹小的那兩個到了開蒙的年紀，正準備送他去學堂呢，到時候考狀元的事就指望這兩個小崽子了。」

青青無言以對，「合著您家考狀元是挨個碰運呀？」

傅婆子不在意地說：「就是孫子碰不上還有重孫子，只不知我能不能活到那個時候。」

青青沉默了半天，才擠出一句話：「子子孫孫幾輩子下來的總有一個會如舅奶奶願的。」

傅婆子一拍大腿，「我就是這麼琢磨的！」

王氏在灶間指揮著幾個婆子團團轉，終於拾掇一桌好菜，除了山上打的野雞抓的野兔鑿開冰洞網的肥魚，還有各種家鄉的特產。

在堂屋擺上一張大圓桌，王氏過來笑道：「娘、舅媽，咱們吃著飯再嘮？」

「成！」徐婆子扶著丫鬟的手下炕穿了鞋，又拉著青青說：「咱們家存了好些個好吃的，看看合不合妳的口味？」

青青摟著徐婆子的手臂親暱地說：「家裡的菜不合口，那就沒有合口的菜了。」

傅婆子瞅著青青點了點頭，「雖然長得怪好看，但是人不忘本，不孬。」

青青默默地看了眼傅婆子，有些弄不懂她的邏輯。

徐婆子了然地看看自己的嫂子，悄悄和孫女說：「她嫉妒妳長得好看。」

青青點點頭，對於傅舅奶奶的嫉妒心，她完全理解。

在村裡沒那麼多規矩，徐鴻翼帶著孩子們也上桌。

藍藍挨著青青，興奮得臉蛋通紅，「姊，我可想妳了。」

捏了下藍藍的臉，青青忍不住笑道：「都是大姑娘了，在家裡都玩什麼？」

藍藍道：「不過就是繡花、打絡子、裁衣裳那些事，閒了也跟著倒騰些玫瑰汁。夏天時家裡比京城好玩，可以跟著村裡的姑娘們一起上山採花採蘑菇，也能帶著桶子到河邊釣魚。」

青青回味起童年的時光，津津有味地說道：「我小時候也愛釣魚，有一回還釣上來一隻好大的烏龜，妳大哥他們笑了我好久，帶回家來祖母就把烏龜給燉了。」

藍藍眨了眨眼，「怎麼沒養起來呢？」

青青一臉不解，「公的，又不會下蛋，養牠幹啥？」

藍藍恍然大悟，「那確實該燉了，就是我還沒吃過烏龜呢，也不知道好不好吃。姊，咱們下午釣烏龜去唄！」

徐婆子聽見了連忙喝斥藍藍，「妳姊千里迢迢趕過來，還沒好好歇歇，釣什麼烏龜？」

藍藍吐了吐舌頭，夾起一個雞翅放到青青碗裡，甜甜笑著，「姊，吃菜！」

摸了摸藍藍的腦袋，青青問她：「我過幾日和祖母回京城，妳還去不去了？」

藍藍心動地點點頭，可又不敢言語，悄悄瞅王氏。王氏朝青青笑了笑，說道：「眼看著藍藍也一天比一天大了，再過兩年該說婆家了，就不往京城去了。」

徐婆子不贊同地瞅了眼兒媳婦，「就是因為要說婆家了才該往京城去，妳瞅瞅咱村裡，不是種田的就是砍柴的，哪有幾個出息的，把藍藍嫁村裡虧了。」

王氏嘆了口氣，「她爹也沒啥能耐，就會種地，藍藍樣樣不出挑，到京城哪裡能尋到好人家？我琢磨著不如留在家裡知根知底。就是村裡相不中，不是還有鎮上嗎？我瞧著鎮上好多讀書的孩子。」

徐婆子就不再言語了，孩子的親事既然爹娘有打算，她這個當祖母的自然不好伸手管得太寬。青青看藍藍有些失落，忍不住道：「離及笄還有幾年，先去京城玩一玩，什麼時候想回家了就回來，反正三叔一年也要往返幾遭。」

藍藍立刻摟著王氏，「上回三叔還說丹丹想我了呢！」

王氏見青青都開口說了，只得妥協道：「去了乖乖聽祖母的話，不許惹事，等今年年底的時候我和妳爹去京城看妳祖母，過了年妳就和我們一起回來。」

藍藍點頭，一邊往嘴裡扒拉著飯，一邊琢磨著把在村裡攢的好玩意兒帶去京城給丹丹。

一家人吃了飯，正在吃茶說話，忽然一個相熟的鄰居進來了，小聲說道：「剛才我在村口看見寧老大了，正猶猶豫豫的不敢進來，我估摸著這是奔妳家郡主來了。」

徐婆子一聽就變了臉，「寧老大？他還沒死啊？」

參之章 ◆ 太后寵溺認乾親

寧老大是寧氏那個當年被人說落水而亡的親爹，當初他被一個船老大救了起來，之後跟著走南闖北地跑船攢下不少家底。有了錢以後不想著回鄉去看望被他扔在老家的閨女，反而在成為船老大的上門女婿後將女兒拋在了腦後。當年徐鴻達剛剛中了狀元，恰逢寧老大的獨生子犯了事被關進牢裡，他立刻上門認親，希望女婿能把自己的獨生子撈出來。

寧氏一顆熱乎乎的心被寧老大傷了個徹底，氣得徐婆子掐著腰把寧老大罵了個狗血淋頭後趕了出去。寧老大見在京城占不著什麼便宜，又見兒子死在了牢裡，只能變賣了京城的房子鋪子帶著女兒和女婿回了老家。

剛回老家的時候，寧老大趁著徐家一家人都在京城的時候，打著徐鴻達的名頭開起了鋪子。可他也沒得意多久，徐鴻翼一家回來後就戳破了寧老大的牛皮。知府知道徐狀元夫婦並不認寧老大，遂也不再把他放在心上。

寧老大這些年跟著女兒桃花過活，當年桃花給寧老大買了個小妾後生生氣死了親娘，後又許諾生了孩子跟寧老大的姓氏後，攛掇著親爹回了老家，又趁機把家產都抓到自己手裡。桃花生了第一個孩子是個女孩，倒真是姓了寧，可生了兒子後，桃花就跟她那個倒插門的相公一條心了，直接讓兒子隨了相公的姓氏。

寧老大苦不堪言，無奈家產被女兒和女婿把著，雖平日吃穿不愁卻一文錢都拿不到。寧老大現在急需一個靠山和女兒抗衡，因此寧老大聽說外孫女當了郡主，心思頓時活絡了。

當年在京城寧老大上門找寧氏的時候，青青並不在家，因此兩人沒見過面。寧老大想著寧氏定不會把他們父女之間的齷齪事告訴孩子，到時候他就可以打著外祖父的旗號和青青相認。有這樣一個郡主外孫女做靠山，桃花必然不會像以往那樣不把自己當回事，一定會讓孫子跟自己姓的。

寧老大打著這樣的盤算興沖沖地來到了灃水村，到了村口卻想起青青這會兒肯定和徐婆子在一起。當初他和徐婆子住了幾年的前後院，又在京城領略過徐婆子的戰鬥力，故而心裡不由得有些發怵。

在村口徘徊了許久，眼看著已經過了晌午，總不能這樣無功而返。寧老大咬了咬牙，硬著頭皮走到徐家門口，剛想探頭往裡瞅瞅，站在大門兩側的士兵忽然抽出刀來，齊刷刷架在寧老大的脖子上。

寧老大嚇得腿直哆嗦，連忙伸出手一邊作揖，一邊帶著哭腔地說道：「大兄弟，自己人自己人，我是郡主的外祖父！」

兩名士兵面無表情地看著他，絲毫不為所動。這時從裡面走出來一個中年男子，只一瞧他身材就知道是行伍之人。那人看著寧老大的眼神宛若死人，冷冷地說道：「郡主這麼些年就沒聽說有什麼外祖父，你是從哪裡冒出來的？」

「我真的是郡主的外祖父！」寧老大謙卑地彎著腰，「當初在京城的時候我去過徐家。那個啥，我以前就住徐家後頭，村裡人都知道我家閨女嫁給了徐鴻達。」

「哦？」天莫譏笑地道：「村裡人都知道徐夫人的親爹在她五歲那年就死了。」

「沒死沒死。」寧老大訕笑，「當年是意外。」

「意外啊？」天莫臉上露出一抹笑來，寧老大剛鬆了口氣，就聽天莫笑嘻嘻地道：「不如我們再來一個意外。」

寧老大眼睜睜看著兩柄光亮大刀又逼近了自己幾分，鋒利的刀鋒已經貼到了皮膚上，登時嚇出一粒粒的雞皮疙瘩。

寧老大動都不敢動，「讓我見了郡主就知道我是真的是假的了。」

「郡主沒空見你。」天莫一揮手，兩個士兵收回了大刀。寧老大剛放鬆下來，天莫就揪著他的領子拽到了一旁，壓低聲音道：「別以為郡主年紀輕就不知道你那些齷齪事，當年你和你家那個叫桃花的姑娘怎麼商議的，我們可知道得一清二楚。」

聽著天莫拋出來的話，寧老大彷彿失了魂魄一般，「你怎麼知道的？」看著天莫帶著冷笑的神情，心虛地低下了頭。

自己的老底被對方摸得一清二楚，寧老大之前想的法子沒了用武之地，只能抹著眼淚泣不成聲地說：「我糊塗呀，我瞎了眼才沒看出桃花的涼薄性子。當年說得好好的，生的孩子都隨我姓寧，可她拿了家產就翻臉不認人，生的兒子和她那倒插門的相公姓了劉。姓劉的吃我家的用我家的，還妄想占我家的家產搶我兒孫，我嚥不下這口氣。」

天莫聽得直樂，拍了拍寧老大的肩膀，調侃地說道：「這也沒毛病，你也是倒插門女婿，按理說也不該跟你姓，我聽說如今你家的財產，多半是江老大留下來的。」

寧老大啞口無言，支支吾吾半天才憋出一句來：「那啥，我外孫女不是郡主嗎？」

天莫被寧老大的厚顏無恥整愣了，差點沒忍住把他踹出去。寧老大被天莫露出來的狠厲嚇得退後兩步，閉上嘴不敢再說話。

天莫不願意再和寧老大打嘴仗，直截了當地說：「你家的破事自己解決去，當日在京城徐夫人已經和你說得很清楚了，別再一遍遍來惹人厭煩。郡主說了，看在你生了夫人的分上，這回就饒了你。」

天莫掏出二十兩銀票丟在寧老大腳下，不屑地說：「這錢算是當初你養夫人四年的花費，下次若是再看到你，直接打斷你的腿把你送進縣衙大牢，問你個欺詐之罪。」

寧老大沉默了片刻，見實在無望看到郡主，只能撿起銀票塞進袖子，轉身離去。

天莫跳到院子前的樹上，看著寧老大的背影消失在村口才一躍而下，進屋去回話。屋裡說得正熱鬧，青青的情緒絲毫沒被寧老大影響，見到天莫進來，笑著問道：「打發走了？可說了什麼事？」

天莫道：「說是想讓他閨女的兒子隨他姓。」

徐婆子冷笑道：「真是狗改不了吃屎！」

青青立刻安撫炸毛的徐婆子，「跟那樣的人生什麼氣，沒瞧見他現在唯一的女兒都跟他不是一條心？以後他們父女有的是仗要打，就他那閨女那涼薄的性子，早晚能治死他。」

徐婆子聽了這才作罷，捂著胸口道：「看到他我就恨得牙根直癢，得虧妳娘福大命大遇到了好人家，要不然還不指定受什麼磋磨。對了，那家子到哪裡做官了？可遇到過？」

青青笑道：「倒是聽我娘提起說，劉家人之前一直在四川做官，可等我們到了四川後，又聽說調任到北漠去了，因此沒有見到。」

在家停留了三日，青青便帶著徐婆子和藍藍兩人啟程直奔京城。

徐婆子這些年也算是見過不少世面了，在京城到哪裡都有寬敞舒服的馬車坐，有一回家裡的馬車壞了，鎮國公府的老太太還派了自己的馬車去接送了徐婆子一回。可徐婆子一上青青的馬車就這摸摸那看看，坐在上頭還顛了兩下，笑咪咪地說道：「鎮國公府老夫人的馬車也沒有青青這馬車坐著舒坦。」

徐婆子靠著軟軟的墊子，半躺在榻上，腿上蓋著軟和被子，看著兩個孫女依偎在一起嘀嘀咕咕的不知道在說些什麼。

「快別在那坐著了，把腳伸進來鬆快鬆快。」徐婆子說道。

「我不蓋。」藍藍笑道：「天氣暖和了，我坐這兒還有些出汗呢！」

青青拉開抽屜，拿出一個精緻的食盒來，打開是冒著熱氣的點心。將點心擺在桌上，青青笑道：「早上李公公剛做好的，祖母若是閒著無聊，不如吃一個打發時間。」

「光躺著哪吃得下這個？」嘴上雖是如此說，徐婆子依然拿了一個咬一口，滿足地點了點頭，「不愧是御廚，做的點心就是好吃。」

一路糕點鮮果不斷，每日三餐更是細緻，徐婆子來往京城和老家這麼多回，第一次感覺到出門是這樣輕鬆自在的事。

與朱子裕會合後，又走了半個月，終於在換上輕薄的衣衫時到了京城。

朱子裕得先進宮面聖，青青則將祖母和藍藍送到了徐家。

之前就得了信的徐鴻飛夫婦早已將屋子收拾出來，青青剛進屋喝了杯茶，徐婆子就開始攆她，「趕緊先回家向妳祖母請安，等休息兩日得了空了再來家裡。」

青青也惦記著鎮國公老太太，琢磨向老太太請完安還得給宮裡遞牌子去向太后請安。在車裡閉目休息了一會兒，馬車停了下來，車夫撩起簾子恭敬地說道：「郡主，到了。」

青青下了馬車，一抬頭頓時愣住，左右瞅瞅，發現這是進了宮門。太后宮裡的太監在一旁候著，見郡主還有些懵，忙彎腰笑道：「郡主，轎子已備好，太后娘娘正等著您呢！」

到了福壽宮聽到太監宮女的層層通報，青青這才回過神來。

王海笑呵呵地行禮，「郡主，快些吧，太后娘娘等著您呢！」

青青快步走進正殿，正好瞧見太后扶著錦瑟嬤嬤的手正急切地往外張望。

青青眼睛一熱，走到太后前面行大禮，「給太后娘娘請安，娘娘萬福。」

太后抱住了青青，落下淚來，「我的嘉懿啊，是不是在外頭受苦了？來，讓哀家瞧瞧？」

太后心疼地摸了摸青青的小臉，「臉都累瘦了。」
錦瑟嬤嬤在旁邊無語地看著青青還帶著些嬰兒肥的白嫩小臉，實在不知道太后到底是從哪裡看出郡主瘦了的。
青青笑著托住太后的手臂，軟言軟語地說道：「我不累，這一路來往四川可長了不少見識呢，也欣賞了我朝的壯麗河山，等過幾日閒下來，我將見到的景致畫下來給您看可好？」
太后疼愛地看著青青，搖頭說：「那麼多山河畫出來得多累，若是累壞了可怎麼辦？妳跟哀家說說就行了。」
青青笑吟吟地說：「我現在已經不幫畫坊作畫了，空出來的時間就畫我朝的山河，讓娘娘您不出門也能欣賞我朝的美景。」
「好好好！」太后欣慰地點頭，「還是我的嘉懿有孝心。」
青青扶著太后到榻上坐下，剛要鬆開手，就被太后抓住，「妳坐哀家旁邊。」
青青順從地挨著太后，說起了四川的種種見聞。
太后雖不干涉朝政，但畢竟歷經兩代帝王，對政治還是有很高的敏銳度。青青只略微說了個大概，但其中的驚險太后還是猜了個八九不離十。
伸手拍了拍青青的小手，太后寵溺地道：「這事還多虧了嘉懿敏銳，才將蜀王的盤算大白於天下。」一想起蜀王，太后嘆了口氣，緩緩說出了皇上登基前的往事，「蜀王是貴妃的兒子，也是長得最像先皇的皇子，先皇也因此格外偏寵他。當年皇上雖為太子，但因成親三年仍沒有子嗣，其他幾個皇子便虎視眈眈想謀奪太子之位，蜀王的母妃也聯合了幾個大臣想將蜀王拱上太子之位。先皇雖惱怒其他皇子爭權奪勢，但確實也起換太子的心思。」
太后皺起了眉頭，似乎不太願意回想那時的艱難，只匆匆帶過，「當時的太子妃，就是後來的聖文皇后孤注一擲，用了個偏方才懷了身孕了生下顯兒。皇上有了嫡長子，又生得十分健康，先皇這才將其他皇子壓了下去。蜀王當時雖然年幼，但貴妃上竄下跳幫他尋來了不少幫手，先皇擔心皇上登基後嫉恨打壓蜀王，便封他為蜀王又給了封地，可先皇又擔心蜀王勢力過大，會威脅皇位，便給了種種限制，所以蜀王一直空有封地而沒有實權。」

太后嘆道：「蜀王這些年老老實實待在四川，哀家和皇上也沒將他放在心上，若不是這次妳發現了端倪，徐鴻達、朱子裕兩個又找到了蜀王謀反的罪證，只怕後果不堪設想。」

「主要是因為楊提督在成都，蜀王自知不敵，才沒敢輕舉妄動。」青青忙道。

太后幫青青扶了扶髮上的簪子，「嘉懿倒是不貪功。」

「我本也沒什麼功勞。」青青不好意思地低下了頭。

太后刮了下她的鼻子，笑著說道：「妳若是這樣說，哀家可就不賞妳了。」

青青剛要撒嬌逗太后一笑，就聽門外的太監輕聲回道：「太后娘娘，太子殿下來了。」

太后臉上的笑容收斂了幾分，不輕不重地哼了下，「讓他進來。」

祁顯在外面聽到了太后語氣有些不喜，出了一腦門子汗，拿帕子擦了擦，這才小心翼翼地探頭看了一眼，輕手輕腳地走了進來。

看著太子大氣不敢喘的樣子，太后的臉色倒是寬和了幾分，不待太子請安，就拉著青青道：「你瞧瞧你做的好事，非把子裕派到四川去，可苦了我們嘉懿。你瞅瞅這憔悴得，你看看這小臉瘦得，你可是太子，做任何事都得三思而後行，哪能那麼莽撞呢？」

祁顯被懟了一臉，不敢反駁，只能陪笑著認錯，一邊打量自己這個妹妹。

雖然以前見過多次，但祁顯顧忌青青外臣之女的身分，只知道她肖似自己的生母，但並未仔細端詳過她。現在知道她是自己的親生妹妹，祁顯的顧忌少了些許，藉著太后的話頭，笑看著青青，道：「讓郡主受苦了，都是孤的不是。」

青青忙道：「太子說笑了，這一路有太后送的馬車，坐著很舒坦，何談受苦？」

見太子對青青的態度很和善親近，太后這才又露出笑臉，指著坐榻另一邊叫太子坐下。自青青去四川，祁顯大半年都沒瞅見太后和皇上的笑臉，這回看到他不僅笑了，還賜了座，當真有些受寵若驚。

歪頭看了看坐在太后身邊的懿德郡主，忍不住細細打量她：雖然已嫁為人婦，但其肉嘟嘟的小臉仍有些許嬰兒肥，為她傾城的姿色增添了幾分天真可愛。懿德郡主清澈的眸子，有幾分肖似母后，祁顯十分能理解父皇為何雖不能認她為公主，卻依然疼寵她。這樣一個漂亮可愛的女孩子，若是他女兒，他也恨不得把她捧到天上。

看著這樣一個肖像母親的妹妹，祁顯的心也融化了，一邊懊惱險些讓妹妹遇險，一邊又為多了一個與自己有相同血脈的妹妹感到高興。

太后看到太子對青青頗為喜歡的神情，心裡相當欣慰。她年紀大了也不知有幾年活頭，皇上近來也頻感風寒，身子骨大不如以前，天下早晚都是太子的。這幾年與青青相處下來，太后是真心疼愛這個孫女，暗地裡不知為她謀劃了多少，就是希望她能一生平安喜樂。

她和皇上如今都健在，青青的盛寵自不必說，可萬一哪天兩人撒手人寰，太后擔心有人會因嫉恨青青而聯手排擠她。如今瞧著太子親近青青，心裡的大石頭才算落了地。有太子護著，想必青青不會有什麼發愁的事了。

太后將桌上的點心往太子手邊推了推，「在你父皇那裡待了一上午，餓了吧？這是你最喜歡的三層玉帶糕，快洗手吃兩塊。」

終於又享受到祖母的疼愛，祁顯激動得都快哭了，趕緊拿起一塊糕剛要入口，就見太后親自拿一塊玫瑰糖餅遞給青青，「這是特意叫御膳房給妳做的，快嘗嘗好不好吃。」

祁顯心酸地咬了口三層玉帶糕，他這個孫子終究是不如孫女惹人疼。

兩人吃了糕又喝了茶，太后又鄭重地囑咐了太子：「青青雖是郡主，但她在我心裡同我親生的孫女一般，往後你就拿她當親妹妹護著，不許人欺負她，記住了嗎？」

祁顯起身，鄭重地應承：「孫兒謹記。」

太后拍了拍青青的手道：「往後私下裡妳就和太子以兄妹相稱。」

青青看了看太后和太子期待的眼神，笑著叫了聲：「太子哥哥！」

祁顯瞬間樂了，打發小太監回去開了私庫，搬了不少珍藏送給青青，直到皇上那邊打發人來找，才笑著去了御書房。在御書房看到朱子裕，還險些叫出妹夫，幸好及時醒過神來，才將這兩個字吞了回去。

朱子裕奉上了蜀王的相關罪證，大理寺卿薛連路當著皇上的面逐一翻閱後方道：「證據確鑿，想必蜀王無可抵賴。」

盛德皇帝點了點頭，「既然如此，早些將案子審結。蜀王一天不死，朕就一天難安。」看著在一旁明顯有些走神的太子，盛德皇帝皺皺眉頭，又說：「太子也隨薛大人一起審理此案，有你在，想必蜀王也拿不起架子來。」

朱子裕見這裡沒自己什麼事，心裡惦記著趕緊回家向祖母請安，然後舒舒服服泡個澡，好和媳婦睡個午覺。盛德皇帝一眼就瞧出了朱子裕的心思，憋著壞笑問他：「當初去四川的時候不是一個勁兒攛掇你舅舅嗎？怎麼這會兒又急著回家了？」

被皇上說破心事，朱子裕不覺得難為情，「想著向祖母請安，怕她老人家掛念。」

盛德皇帝笑咪咪地看著他，「那快些回去吧，在家好好歇息幾日。」

朱子裕聞言大喜，心裡盤算著明日要拉著青青一起賴床。

祁顯看著朱子裕傻乎乎地走了，頓時一臉的同情。

盛德皇帝將蜀王的相關罪證交給薛連路，便讓他也退下了。

四下沒有外人，盛德皇帝伸了個懶腰，換上得意的笑容，「嘉懿是不是還在太后那裡？趕緊叫御膳房多做幾樣太后和郡主喜歡吃的菜，中午朕陪太后用飯。」

祁顯當即傳令下去，而快馬加鞭回到鎮國公府的朱子裕，將韁繩一放，直奔正院，「祖母，我回來了！」

老太太看著又長高了不少的孫子，心裡十分高興，「怎麼就你自己？青青呢？」

「青青？」朱子裕懵了，「她還沒回來？」

跟著朱子裕後頭進來請安的天莫樂呵呵地告訴他：「郡主送徐家老太太回家後，被馬車直接拉進宮了。」

朱子裕：總覺得皇上打發他回來不安好心！

正在祖孫兩個都有些鬱悶的時候，宮裡打發了個太監來傳話：「太后著實思念青青郡主，想留郡主在宮裡待一日，明日再著人送回來。」

朱子裕傻眼：啥？晚上也不還啊！

朱子裕對著皇宮的方向長吁短嘆，剩下老夫人、朱子昊、寶珠及三個庶妹也一臉不快。等朱子裕收拾好心情回過頭來，就瞧見一排怨婦臉看著自己。

「白激動了一天，結果等回了你，我是想見嫂子的！」朱子昊抱著自己的劍萬分鬱悶。

最讓朱子裕不解的是連老太太都露出了不高興的神色。朱子裕上前抱住祖母的手臂，親親熱熱地說：「我的親祖母呀，您的大孫子回來了，您咋都不笑？」

老太太嫌棄地看了他一眼，「你又不會說故事，青青給我寫的話本可好看了，我就想和她說說那個《每晚上天庭的日子》咋那麼好玩呢，就是書上最後也沒說財神娶了誰當媳婦，我比較惦記，想問問青青財神現在娶媳婦了嗎？」

朱子裕：祖母，您替神仙操心娶媳婦的事是不是管得太寬了？

朱子昊忍不住湊過來彰顯自己的存在感，「祖母，您不應該關心關心我娶媳婦的事嗎？我都十二了，您老有沒有打聽哪家姑娘長得漂亮適合給我做媳婦的？」

朱子裕白了他一眼，「你不是打算當劍客嗎？劍客一般都沒有媳婦的！」

看了不少仙俠話本的老太太深以為然地點了點頭，「好像都是光棍一輩子然後飛升。」

已經快十二歲的朱子昊不像以前那麼傻了，一臉鬱悶地看支持他打光棍的祖母，「我怕我光棍十輩子都飛升不了。」

老太太嫌棄地看了看他，「你這是資質不行。」

朱子昊機智地跳過這個話題，回歸到自己關心的問題上，「所以能不能找個比嫂子還好看的女孩子給我當媳婦？」

朱子裕和老太太不約而同沉默了片刻，朱子裕忍不住開口說道：「說真的，我覺得相比之下，你還是飛升比較容易。」

老太太看著小孫子備受打擊的模樣，於心不忍，猶猶豫豫地說：「比你嫂子好看的姑娘也不知能不能找到，回頭讓你嫂子幫你瞧瞧，反正你還不大，不用那麼著急。」

朱子昊悶悶地說：「我嫂子什麼時候能回家？」

朱子裕抹了把臉，「明天一早應……該……能回來吧……」

老太太白他一眼，嘟囔道：「連媳婦都看不住，有什麼用？」又吩咐道：「擺飯吧。」

此時，鎮國公繼夫人張氏正端坐在屋裡，直到坐得有些累了，才問站在一旁的初雪：「三少爺還沒過來請安嗎？」

初雪抬頭覷了眼張氏的臉色，又迅速低下頭去，「我叫了人在老太太院子附近候著，見少爺出來立刻來回報，想必少爺還沒從老太太房裡出來。」

初雪見張氏的臉色很難看，不由勸道：「老太太大半年沒見三少爺，早就想得不行，這會兒定是拉著他不肯鬆手。」

張氏沉著臉道：「向老夫人請完安該來我這裡坐坐，縱然我進門晚，年紀輕，卻是鎮國公正兒八經娶進門的，他要叫我一聲母親。外出歸家，不向母親請安，像個什麼樣子？」

初雪不敢言語，心裡暗忖：正是因為妳年輕，才應該避嫌。

張氏正堵著氣，一個小丫鬟探頭探腦地在門口往裡張望，初雪忙出去問道：「可是三少爺過來向夫人請安了？」

小丫鬟搖搖頭，「老太太那邊擺飯了，沒見到三少爺出來。」

初雪正猶豫不知該如何回話，就見張氏已經走到門口，輕聲道：「既然老太太用飯了，我該去伺候才是。」

初雪有些愕然：老太太並不是很注重規矩之人，年紀大了又隨心所欲，打夫人進門就沒叫她正經立過規矩，這會兒夫人非要去伺候老太太用飯，明擺著懷著旁的心思。

正琢磨要不要勸一兩句，就見張氏已經往外走了，初雪顧不得想旁的，連忙又叫了丫鬟細雨跟在身後，一路往老太太的院子走去。

朱子昊正是能吃的時候，一見到桌上有喜歡的筍煨火腿和蟹煨肉，眼睛頓時亮了，吃了一碗飯還不足，剛盛了第二碗就聽丫鬟進來回道：「夫人來了。」

老太太正笑咪咪地看著兩個孫子大口小口地吃飯，聽見張氏來了，頓時愣住，「是不是廚房沒給她送飯去，所以她跑我這裡蹭飯來了？」

丫鬟頓時啞口無言：滿府裡就這麼幾個主子，廚房怎麼可能會不給夫人送飯？

寶珠看了眼一臉尷尬的丫鬟，忙出聲解圍：「想必是聽說三哥回來了，過來瞧瞧。」

老太太這才恍然大悟地點頭，「那叫她進來吧。」

張氏施施然走進來，向老太太行了禮，笑道：「原是想來伺候老太太吃飯，結果來遲了，都是媳婦的錯。」

朱子裕幾人早已起身，一齊行了禮，「見過母親。」

張氏眼睛在朱子裕臉上一掃，這才笑咪咪地點頭道：「三少爺什麼時候到家的，我還不知道你回來了呢！」

朱子裕木著臉說：「剛回來沒多久，一直在陪著祖母說話。」

「快坐下吃飯吧。」張氏站到老太太身後，「母親，您想吃什麼，我來服侍您。」

老太太瞧瞧這個碟子又瞅瞅那個碗，指著最遠的水晶碗問道：「那裡頭裝的是什麼？」

立在一旁的丫鬟忙道：「是醉銀魚。」

老太太指使張氏：「去，舀一勺子過來幫我把刺去掉。」

張氏看著和自己小手指一樣長短，卻只有韭菜葉寬的銀魚有些懵，遲疑地問道：「母親，這魚應該沒有刺吧？」

「有的。」老太太一臉認真，「以往青青用小銀刀輕輕一拍，那些細微的小刺就冒出來，拿刀背一抹就沒了。」

張氏看著銀魚陷入沉思：難道我今年吃的銀魚是假的，怎麼沒發現這玩意兒有刺？

老太太見她遲遲不動手，有些失望，「妳是不是不會？唉，不如青青，青青啥都會。」

張氏看著兩個猛點頭附和的少爺，心裡很哀怨：她那麼能，咋不上天呢？

青青不知道有人默默地在心裡對自己羡慕嫉妒恨，她此時正在坐在圓桌旁用飯。左邊是太后，右邊是太子，對面坐著盛德皇帝……這頓飯的規格頗高。

祁顯拿著勺子分別給太后、皇帝夾了菜，又舀了一勺燕窩蟹放到青青的碗裡，「妹妹，嘗嘗這道燕窩蟹，是拿團臍的螃蟹剔了肉，再放上煮好的燕窩，拿芥末拌了，爽口又開胃。」

「妹妹，妳喜不喜歡吃這道醉蝦？」

「這道假熊掌，妹妹快嘗嘗，雖不如真熊掌醇香味美，但也有幾分相似。」

盛德皇帝看著兒子獻殷勤的樣子，面皮抽了抽，心裡酸溜溜地嘀咕：「妹妹妹妹，你叫得倒是親熱。」

青青入宮陪伴太后多年，雖然和盛德皇帝很少有言語的交流，但心裡並不畏懼他，又有太子熱情地夾菜給自己，倒是吃得暢快。

面對太子期待的目光，青青笑著點了點頭，「這幾樣都很好吃，謝謝太子哥哥。」

祁顯咧嘴笑道：「好吃就多吃點，等妳出宮時候叫人給妳裝上兩罈。」

太后見他們兄妹親親熱熱的樣子，臉上帶著滿意的神情對盛德皇帝說道：「瞧太子多懂事呀，知道照看妹妹。」

盛德皇帝看了眼太子，又瞅了眼青青，忍不住嘆氣：也不知道自己有生之年能不能聽到青青喊自己一聲父皇。太子好歹還能含含糊糊地讓喊哥哥，可爹不能亂叫。想著徐鴻達短短幾年內屢次立功，盛德皇帝只能把心中的想法壓下去，為了江山，自己不能任性。

一頓飯吃完，祁顯已經和青青很熟絡了，他還極力邀請青青到東宮一敘，「該正兒八經地見見妳嫂子，叫她給妳見面禮。」

太后瞪了太子一眼，說道：「嘉懿趕了幾個月的路，該讓她好好歇歇，明早你帶太子妃來一趟就得了。」

祁顯拍了拍頭，懊惱地說道：「是我疏忽了。那妹妹好生休息，有沒有什麼想吃想玩的，明天哥哥給妳帶來。」

青青笑道：「沒什麼想的，不如哥哥帶家裡的幾個侄兒來，我車裡有些自己做的新鮮玩意兒，明兒送給他們。」

盛德皇帝見沒一個人搭理自己，咳嗽了一聲，「行了，明天領你媳婦、兒子過來認親，往後就當親兄妹處著。你是男子，不好和嘉懿親近，往後什麼事叫你媳婦替你傳話就得了。」

看著盛德皇帝臉上那似有似無的不爽快，祁顯堅信：父皇一定是嫉妒了！

吃罷了午飯，祁顯伺候皇上回御書房，太后對青青道：「叫人打水給妳沐浴，下午好好睡一覺，等醒了咱倆再說說話。」

青青行了禮去偏殿，宮女們早在浴桶裡放了熱水，加了許多花瓣，待青青褪了衣衫，水溫恰好適合泡浴。

泡在水裡，青青舒服地喟嘆一聲，閉上眼睛輕輕哼著小曲，直到身上每一寸皮膚都泡軟了，這才站了起來。宮女們連忙拿汗巾子把她身上拭乾，並披上了剛剛熨燙好的中衣。

青青一躺到床上睏倦就襲來，幾乎頭剛挨到枕頭就睡著了。這一睡就到了掌燈時分，翻了個身，青青撐起手臂坐起來，立刻有宮女進來，遞了碗溫熱的茶水。

青青一飲而盡，攏了攏髮絲，看到已點了燈，說道：「這回可睡遲了，得趕緊起來。」

宮女恭敬地問道：「郡主想穿什麼花色的衣裳，太后前幾日叫針織局做了一箱新衣。」

青青想了想，道：「晚上不用穿太張揚的顏色，說淡雅一點的衣裳。」

宮女出去拿過來一套桃紅撒花的衣裙，青青笑道：「這個哪裡淡雅了？」

宮女忙說：「太后叫裁的衣裳多半是大紅色，剩下的有藕荷色、淡青色、鵝黃色的衣裳，都不適合晚上穿，不顯顏色。」

青青覺得宮女說的在理，便依言換上，坐在銅鏡前塗抹胭脂水粉。

待青青收拾好了，太后恰好打發人來瞧，青青忙過去向太后請安，面上帶著羞愧，「起得有些遲了。」

太后拉著她坐在自己身邊，「趕了這麼久的路，妳也乏了，就該好好歇歇。」又道：「許是妳今日在宮裡，哀家睡得格外踏實。以前下午歇晌不過略微閉閉眼睛罷了，今天也睡了一個來時辰，醒來覺得眼睛都亮了三分。」

青青笑道：「娘娘的眼睛一直亮如星辰，若是再亮三分，豈不是把太陽比下去？」

太后撐不住笑了，「妳這小嘴呀，說的話怎麼這麼甜？」

錦瑟嬤嬤在一旁湊趣道：「不僅嘴甜，長得也越發漂亮了。娘娘您瞧，今晚郡主略微打扮一番，就宛如臨凡的嫦娥一樣美麗。」

太后贊同地點頭，「她這麼大的女兒家就該多打扮才是，明日開庫房選些顏色鮮亮的寶石打幾套頭面給她戴。」

青青搖搖太后的手臂，小聲道：「這兩年太后給我打了好些首飾，我出嫁時也有不少陪嫁的頭面，一天換一套，一兩年都不帶重樣的，還是別糟蹋東西了。」

「怎麼能說是糟蹋呢？」太后不贊同，「放在庫房裡沒人欣賞，那才是讓寶石蒙塵，妳只管聽哀家的就好。」

錦瑟嬤嬤說道：「郡主回來，娘娘的嘴就沒合起來過，小一年沒笑得這麼暢快了。」

太后笑吟吟地說：「哀家瞧著嘉懿就高興，比那幾個孫子都喜歡。」

錦瑟嬤嬤連忙接話道：「可不是？太后娘娘待郡主宛如親孫女一般，若是不知道的，只怕以為真是一對親祖孫呢！」

太后默默地給了錦瑟一個贊許的眼神，趁機拉著青青的手道：「這幾年來妳隔三差五就進宮陪哀家說話解悶，在哀家心裡，妳就是哀家的親孫女。今日妳和太子認了兄妹，不如咱倆也認做祖孫，往後妳就叫哀家皇祖母吧。」

青青愣住，管太子叫哥哥是私下裡混叫的，可以當作是玩笑，可是太后這皇祖母若是認了，只怕會引起軒然大波。

似乎是看出了青青的顧慮，太后摟著她說道：「蜀王謀反一事多虧了妳機靈，妳可是咱們大光朝的功臣，等蜀王的案子塵埃落定，哀家就叫皇上封妳做公主，認妳做義女，到時候妳就能正大光明叫哀家皇祖母了。」

青青一臉驚嚇，「太后娘娘，這可使不得！這皇室公主可不是亂封的，再者說蜀王謀反的案子我也沒出多大力呀！」

「怎麼沒有？」太后固執地說：「這麼些年往四川派去那麼多官員，多半都和蜀王打過交道，哪個看出蜀王謀反的端倪來了？還不是因為妳聰慧機靈，這才讓四川的百姓免遭戰火的洗禮，妳可是咱們大光朝的功臣，怎麼封不了公主？」

「太后娘娘！」青青認真地道：「古往今來，皇上的親生女兒或是宗室女子方得以冊封公主，嘉懿並無皇室血脈，僅為此緣由就封為公主，天下人會議論的。」
太后氣鼓鼓地扭過頭，「哀家就想認妳當孫女。」
青青看著像小孩子一樣的太后，有些無奈地替她捶了捶腿，軟言軟語地哄道：「那我給您當乾孫女，私下裡喚您皇祖母好不好？」
太后一聽就笑了，「那妳叫一聲給哀家聽聽。」
「皇祖母。」青青甜甜地喚道。
太后把青青摟在懷裡，「再叫一聲。」
「我的好皇祖母，天都快黑了，咱們該用膳了。」青青笑道。
太后看了眼天色，說道：「我都忘了這事，嘉懿餓了吧？錦瑟，叫人傳膳吧。」
太后晚上向來不多用，怕克化不動夜裡不舒坦，因此晚上的膳食多以清淡的素食為主。可宮裡為了要讓御膳好吃，縱使是一樣簡簡單單的小白菜也是用熬煮了一天以上的雞湯做底料，因此味道非常鮮美。
青青盛了一碗特意叫御膳房做的煨肉麵在吃，太后見她吃得兩腮鼓鼓，也有些饞了，吩咐道：「給我也盛一點嘗嘗。」
錦瑟舀了小半碗放在雞湯裡的銀絲麵出來，又放了一勺澆頭，拌勻了放在太后面前。太后挑起幾個麵條放進嘴裡。麵條爽滑筋道，肉丁濃香軟爛，切碎的鮮菌更將味道提到極致。太后吃了小半碗，居然覺得有些意猶未盡，似乎有想再吃半碗的意思。
錦瑟忙勸道：「娘娘晚上素來只喝半碗粥的，吃多了只怕肚腹不適。若是娘娘喜歡這口，明天早上再讓御膳房做一份可好？」
太后點頭，「也好，妳瞧哀家年紀越大倒越貪嘴了。」

錦瑟說：「那是因為郡主吃飯瞧著太香甜，太后每回同郡主一起用飯都會多吃些。」

太后最後沒忍住，又吃了半碗麵條。飯後兩人略休息了片刻，青青掏出隨身攜帶的消食丸遞給太后一丸，自己也吃了一粒。

太后用的藥須太醫院的院正和幾名太醫共同把脈商量脈案後方才一起寫方子，青青並不是宮裡長大的，不知道這些。這消食丸是醫道人的方子，青青自己配的藥丸，平日吃多了便吃一粒，從來沒出現過積食的情況。

錦瑟看到青青給了太后一粒藥丸，頓時有些慌張，不知要怎麼提醒郡主這不合規矩。倒是太后不以為意，不等錦瑟說什麼，便把藥丸放進嘴裡嚼了幾下嚥了下去。吃完以後，還咂了咂嘴，「有股山渣的味道。」

青青正拿茶水漱口，聞言笑道：「放了些山楂在裡頭，一個是有健脾消食的用處，再一個味道也不那麼澀口。」

兩人吃了消食丸也沒坐著，圍著福壽宮轉了幾圈，等再坐下來的時候，太后驚奇地發現之前的飽腹脹肚感都不見了，不禁讚許道：「嘉懿這個方子好，明日傳太醫來，妳寫給他們瞧瞧，叫他們也做些出來日常備著，我這年紀大了就容易積食。」

青青應下，瞧著天色不早了，估摸著太后要就寢，便起身告退。

太后擺了擺手，「下午睡得好，晚上睡不了那麼早，妳同我一個床上睡，咱倆說話。」

青青傻愣愣地看著太后，「我怎麼能在您的床上睡呢？這不合規矩。」

「傻丫頭，規矩是人定的。」太后戳了她腦門一下，「我就是這宮裡最大的規矩，我說行就行。再者說了，妳不是認我當祖母了，還有什麼好見外的？」

青青想了想，這麼說好像沒毛病。

當天晚上，太后和青青在一張床上睡下。太后問起青青小時候的事情，青青揀那有趣的說了起來。太后是豪門貴冑的嫡長女，幼年連莊子都沒去過，更別提青青嘴裡的村子，因此聽得津津有味，又有點心疼青青小時候不算富裕的生活。

兩人這一聊就說到了三更，還是錦瑟給青青倒茶時，趁機勸了幾句，兩人閉眼入睡。

東宮裡，祁顯很雀躍，晚上歇在太子妃那裡，一個勁兒說他認的新妹妹懿德郡主的事。太子妃住在宮裡，這些年和青青打過不少照面，自然知道太后娘娘對這個郡主很是喜愛，可兩人畢竟交集少，因此也沒將她放在心上，不過是日常說笑幾句，並不算熟稔。

直到太子興沖沖回來，說太后做主讓他認了懿德郡主當妹妹，太子妃這才重視起懿德郡主。雖然心裡十分疑惑，可她既不想拂了太后的面子，也不想為此惹太子不快，因此笑道：「這可是喜事。」

「可不是？」祁顯長舒了一口氣，躺在枕上懷念，「她同母后長得有幾分相像，我見了她就覺得是母后給我送來的親生妹妹。妳這個做嫂子的，往後好好與她相處，她姊姊離得遠，幾個堂妹年紀又小，只怕沒什麼能說話的知心人，往後妳們多多來往才是。」

太子妃笑道：「我肯定把她當親妹妹一樣疼，其實殿下和郡主頗有緣分，您曾和郡主的父親徐大人一起治理水患，又和郡主的夫婿朱將軍一起到雲南殺敵，這朝中大臣，哪家都不如郡主家和咱們關係密切，我得好好準備給妹妹的見面禮才是。」

聽聞青青的愛好，太子妃開了太子的私庫，選了兩幅知名的古畫裝在匣子裡準備送給青青。祁顯看了禮說有些簡薄了，又添上兩件難得的硯臺，這才罷了。

早上起來，祁顯急得連飯也不吃，匆匆洗漱後就便帶著一家人浩浩蕩蕩去了福壽宮，只說要去同太后、郡主一起用飯。

他不知道昨晚太后和青青同枕而眠，兩個人說了不少悄悄話，一直快到三更天才睡著，因此早上兩人誰也沒醒。錦瑟悄悄進去瞧了幾次，見太后睡得香甜，不敢驚動，連灑掃院子的小宮女們都喝住了，怕她們擾了太后的睡眠。

祁顯一家到來的時候，還未開口，錦瑟就拚命擺手不讓他們說話，轉身把他們帶到閒置的另一側偏殿去休息。

關了門，看著太子、太子妃不解的神情，錦瑟嬤嬤解釋道：「昨晚太后和郡主說話到三更才睡著，這時候兩人還沒起。殿下也知道，太后娘娘一直淺眠，晚上睡睡醒醒也就能歇兩個多時辰。這幾年來，她老人家可是頭一回晚上睡這麼沉，奴婢們不敢驚動她。」

祁顯每回來太后宮裡問的第一句話就是「皇祖母昨晚睡得可好」，十分了解太后的狀況，便擺了擺手道：「讓皇祖母好好歇息，我們在這裡候著就是。」

看著這時辰，見幾個小皇孫的樣子，錦瑟嬤嬤猜到他們定是空著肚子來的，便問道：「也不知娘娘何時起來，不如我先給殿下傳膳？」

祁顯嘆了口氣，「本來還想陪皇祖母一起用飯。」摸了摸大兒子的頭，「也罷，等到晌午再一起吃吧。」

祁顯的大兒子抬起頭望著太子，「父親，我們今日要在福壽宮陪皇曾祖母嗎？」

祁顯笑著點了點頭，「還有你們的皇姑姑。」

此時的朱子裕穿上新的衣裳，頭髮梳得油光水滑，向老太太請完安就叫天莫牽馬。

天莫一頭霧水，「這麼早三爺要去哪兒？」

朱子裕白了他一眼，「當然是去宮門口接我媳婦回家！」

天莫看了眼東方剛剛升起的太陽，又瞅了眼小廝剛剛提回來的食盒，相當掙扎，「少爺，要不，您帶玄莫去，我還沒吃飯呢！」

素來被天莫嫌棄缺心眼的玄莫難得機靈了一回，頭搖得像撥浪鼓似的，「我也沒吃飯，要不，三爺您自己去得了。」

朱子裕頓時火冒三丈，從袖口裡摸出兩粒金瓜子朝二人射去，「少囉嗦，趕緊去牽馬！等我接到我媳婦後要坐馬車，你倆得幫我把馬牽回來。」

天莫手腳麻利躲閃得快，微微側身，一伸手就將金瓜子抓到手裡。玄莫正回頭看小廝擺飯呢，一沒留神，後腦杓被打了個正著，頓時鼓起了一個包。

摸了摸頭，玄莫不樂意了，「少爺，咋能衝著頭打呢？要是我一回頭打到臉上不就毀容了嗎？要是我沒回頭，不就被打傻了？」

朱子裕豎起了眼睛，「說得好像你不傻似的。動作快，是不是想再挨一下？」

玄莫慫了，往馬廄跑去，「我給少爺牽馬來！」

天莫屁顛屁顛端出來一盤羊肉包子，遞到朱子裕面前，「少爺，先墊墊肚子。」

朱子裕此時恨不得立刻奔到宮門口接青青回家，哪有心思吃包子，瞥了他一眼，道：「你趕緊吃，別耽誤出門。」

天莫應了一聲，拳頭大的包子三口一個，一會兒就吃了半盤子，等玄莫帶著小廝牽了三匹馬過來的時候，天莫已吃飽喝足了，把剩下的拿油紙一包，翻身上馬以後拋給玄莫，玄莫感激地朝天莫露出了大白牙。

京城的街道上馬跑不快，玄莫索性連韁繩都不拿了，兩腿夾著馬腹，一手拿著包子一手往嘴裡塞，等快到宮門口的時候，他的包子也吃完了，掏出媳婦給裝的乾淨手帕抹了抹嘴，這才摸起韁繩來。

朱子裕今天不面聖，因此並未進宮，只站在宮門外等著。

天莫四下裡望了望，忍不住勸道：「少爺，我估摸著少奶奶怎麼也得用了早飯才出來，咱們來得是不是有點早？不如您先到一個小店坐坐，喝一碗餛飩，我幫您在這裡瞧著？」

朱子裕摸摸肚子，搖了搖頭，「也不算餓，宮裡用膳早，估摸著這會兒也該吃完了。」

兩人正說著，沈太傅進宮面聖，見到朱子裕站在宮門口，不禁笑著問道：「子裕，怎麼站在這裡？可是皇上召見？」

朱子裕行了禮，道：「沈伯父早。」又說：「不是皇上召見，昨日嘉懿回來後還未回家就被拉進了宮裡，太后娘娘打發人說今天再把人送回來，我便來接嘉懿回家。」

沈太傅捋著鬍子搖頭，「年輕夫妻感情就是好，那你在這裡等著，皇上還等著我。」

沈太傅一搖三晃地去了御書房，皇上召見他是討論川鹽改革之事，原本打算加一層鹵水稅，但蜀王事件許多鹽商牽扯在內，川鹽已受重創，再加稅只怕讓川南鹽業難以發展。犯事的鹽商都是抄家殺頭之罪，手裡的鹽井自然都到了盛德皇帝手裡，能在川南鹽業分得這麼大一杯羹，他的目光自然不在鹽稅上了。除了和太傅商議將收繳的鹽井租給當地的鹽商外，還準備增加川南售鹽範圍，以此促進川鹽大力發展。

沈太傅進來行了大禮，盛德皇帝便叫他上前看地圖，沈太傅一看皇上指的是四川一帶，便笑道：「這個子裕最熟悉了，正巧他在宮門口，不如皇上叫他進來問問。」

盛德皇帝挑了挑眉，「不是給他放了幾日假在家休息嗎？跑宮門口來做什麼？」

沈太傅無語地看著皇上，「不是說郡主在宮裡？他來接他媳婦回家。」

「他倒是閒。」盛德皇帝冷笑一聲，隨即吩咐安明達：「叫朱子裕進宮。」

朱子裕正在宮外伸著脖子往裡瞅，就見一個太監連跑帶顛地出來，行完禮道：「朱大人，皇上叫您到御書房見駕。」

朱子裕懵了，「我這裡等著接媳婦呢！」

太監抹了把汗，「朱大人喲，皇上的口諭您可不能不遵，快跟小的走吧。」

朱子裕很無奈，看了眼天莫道：「等少奶奶出來趕緊送回家去，別在宮門口等著，萬一裡頭知道了再被叫進去就麻煩了。」

天莫連連應聲，眼帶著同情地目送朱子裕進了皇宮。

向盛德皇帝行了大禮，朱子裕趁著起身的功夫給了沈太傅一個埋怨的眼神。

沈太傅捋著鬍子呵呵地笑，佯裝沒看見。

「子裕，你在四川也待了幾個月，你來說說川南鹽商販鹽的途徑。」

朱子裕雖沒關注過這一塊，但也聽徐鴻達和沈雪峰討論過，便依樣說了個大概。盛德皇帝也沒指望他說得多詳盡，知道大概心裡有底就成，具體的叫徐鴻達上個加急摺子即可。

將地圖捲起來交給安明達收好，盛德皇帝看了眼朱子裕，「是不是放假了很閒，所以沒事在宮門口晃悠？」

朱子裕很冤枉，「太后娘娘打發人說今天讓郡主回家出宮，我便趕著來接。」

「幾輩子沒娶過媳婦嗎？一天不見就想得慌？」盛德皇帝冷笑著，「太后都多久沒見嘉懿了，你不知道太后想她嗎？留她在宮裡待一天你有什麼捨不得的？」

朱子裕委屈地看著盛德皇帝，心裡默默念叨：我也想我媳婦！

白了朱子裕一眼，盛德皇帝用手指叩了叩桌案，問道：「薛連路來了嗎？」

安明達回道：「正在外面候著。」

「正好，叫他進來。」盛德皇帝看了看朱子裕，朱子裕頓時心底升起一股不妙的感覺。

果然薛連路剛跪下行禮，還未開口，盛德皇帝便迫不及待地下旨道：「蜀王案子事關重大，著朱子裕協助薛連路審理蜀王謀反一案，一個月內必須讓此案塵埃落定。」

朱子裕苦著一張臉，眼淚都快下來了，「皇上，說好的一個月假期呢？」

盛德皇帝笑咪咪地看著他，「沒毛病，一個月後你再去都指揮使司上任就成。」

沈太傅、薛連路二人飽含同情地看著朱子裕，見朱子裕一臉絕望，沈太傅愧疚地揪著自己的鬍子，默默譴責自己，「嘴咋這麼欠呢？看把人家孩子整哭了。」

薛連路則想到每年年底從懿德郡主那裡拿的護身符，覺得該為這對小夫妻爭取一下。

他咳嗽一聲，往前邁了一步，仗義地進言道：「朱大人剛從蜀地歸來，還未好好休息，臣怕他的身體吃不消。」

「怎麼會吃不消？你沒瞅他天一亮就擱宮門口蹲著了嗎？這樣勤勞吃苦的臣子，怎能不好好重用呢？」盛德皇帝面帶微笑地拍了拍桌案上厚厚的奏摺，「這些都是關於蜀王的摺子，安明達，叫人抬一小案來，讓他倆在這裡把摺子看完。」

安明達揮了揮手，兩個小太監抬進來一張小案，又搬來兩個圓凳。

朱子裕看著安明達搬過來的奏摺，萬分洩氣，肚子也忍不住咕嚕嚕叫了起來，在寂靜的御書房裡格外明顯。

盛德皇帝、沈太傅、薛連路：⋯⋯

朱子裕：好餓，好想帶媳婦回家⋯⋯

◆　◆　◆

太后一覺睡到了巳時才睜開眼睛，滿足地伸了個懶腰，只覺頭也不疼了身子也輕快了，便拍了拍青青的肩膀，「天大亮了，快起來吧。」

青青揉了揉眼睛，睡眼朦朧地看著太后，「皇祖母。」

「哎！」太后滿足地答應，「好孫女！」

昨晚兩人聊到大半夜，青青從起初的不好意思開口，到後來一口一個皇祖母叫得熱絡，把皇太后哄得做夢都笑出聲來。

錦瑟一邊帶著宮女伺候太后和青青穿衣洗漱，一邊輕聲回道：「太子一家一早就來了，已在偏殿用過早飯。」

太后點點頭，「太子是個心誠的好孩子。」

待梳洗好了，太后喚了太子一家過來。

太子、太子妃和三個小皇子向太后行了大禮，青青又與太子、太子妃見禮。

太子妃扶住青青，笑著說道：「往日就瞧郡主親切，昨日聽太子說成了自家妹妹，歡喜得我一夜未睡。妹妹是愛畫之人，又畫了一手好丹青，我和殿下特意準備了兩幅古畫和兩方硯臺送給妹妹，妹妹可別嫌簡薄了。」

青青忙道了謝，方笑道：「能入哥哥嫂嫂眼的東西，自然都是難得一見的珍品，我這個當妹妹的託了哥哥嫂子的福才能看到這麼好的東西。」

太子妃道：「妹妹說笑了，誰不知道書畫坊裡擺著的都難得一見的好畫。」摸了摸大兒子的小腦袋，太子妃吩咐道：「帶弟弟們去向姑姑磕頭。」

三個小皇孫有模有樣地磕了頭，異口同聲地說道：「見過皇姑母，給皇姑母請安。」

青青從宮女手裡接過匣子，臉微紅說：「昨日倉促，也沒提前備好禮物，實在失禮。」

兩個年紀大些的小皇孫得了兩本書，太子在旁邊打眼一瞧，便看出是早已失傳的孤本，當下恨不得搶來一觀。年紀小的那個才三歲多點，青青送他一匣子自己閒來無事拿木頭打磨的一套機器人玩具。

小皇孫拿著奇形怪狀的東西有些不知所措，青青笑咪咪地將機器人放在地上，輕輕搖動身後的把手，把手帶動齒輪旋轉，兩條手臂就開始前後揮舞起來。

小皇孫一瞧就笑了，奶聲奶氣地問道：「皇姑姑，我可以試試嗎？」

青青將機器人遞給他，拿過一個小圓球放到前面，指著球門道：「往那裡踢。」

小皇孫年紀雖小，卻是很機靈，試了兩次就摸到了竅門，搖了一圈把手就將球打了個正著，只見球快速朝球門滾去。青青轉動球門兩側的齒輪，球門兩隻長長的手臂揮動著，順利將球擋了出去。小皇孫見狀忍不住哀嚎一聲，旁人看得都笑了起來。

青青起身，羞赧地笑道：「我回來的時候在路上沒什麼事，就自己做了一盒小玩具，樣子奇怪了些，也不值什麼錢，還望嫂嫂不要見怪。」

太子妃忙說：「東宮裡也有不少玩意兒，但還沒一個像這樣能動來動去的。郡主果然聰穎過人，連小玩意兒做得也不同尋常。」

兩人彼此客套了一番，太監已提食盒過來，太子見狀道：「孫兒耽誤皇祖母用飯了。」

「無妨。」太后看著蹲在地上玩得不亦樂乎的重孫子，笑得開懷，「你們帶著孩子們去裡面玩，等吃了飯再一起說話。」

太子妃聞言道：「我伺候娘娘用飯。」

太后擺擺手，「我這有錦瑟，你們一早在偏殿等那麼久也乏了，到裡頭略歪歪吧。」

太子妃應了一聲，但也沒敢就這麼走，還是洗了手，替太后盛了麵又佈了菜，方才在太后的催促下告退。

此時裡間暖閣裡，太子坐在椅子上翻看兩個兒子收到的孤本，三個小皇孫無論大小都趴在榻上，兩人拿著機器人紛紛試驗射門技能，抱著球門的那個也玩得不亦樂乎。

太子妃坐在另一側，一邊叫丫鬟過來替自己捶腿，一邊低聲喝斥三個孩子：「小心把衣裳弄出褶皺來。」

太子翻了一頁書，抬起頭看了太子妃一眼，「無妨，皇祖母最喜歡小孩子熱熱鬧鬧的，若是弄髒了衣裳換了就是。」

太子妃這才不再言語，隨著孩子們瘋鬧去。

太后和青青用過飯漱了口，才打發人請了太子一家過來。此時三個小子已玩出了一身的汗，太子妃便叫宮女給擦拭乾淨又換了身衣裳才帶出去。

三個小皇孫玩了青青的玩具，此時跟她也親熱起來，三人圍在青青身邊七嘴八舌的。

「姑姑，這個木頭為什麼能動呀？」

「姑姑，這兩個圓圓帶著一道一道的是什麼？」

青青不嫌他們吵，反而饒有興致地講解。拿出自己未完成的小匣子，裡頭擺著七零八碎的木頭零件，取出一個大齒輪一個小齒輪互相咬住，再加上兩個帶孔的木頭長條和幾個小配件，瞬間做出了一個能靠手搖把手控制放線收線的簡易小魚竿。

三個小皇孫眼睛亮了，齊齊驚嘆道：「哇，姑姑好厲害！」

最小的皇孫抱住青青的大腿，奶聲奶氣地道：「姑姑，妳可不可以和我回家，這樣我們就能天天在一起玩了。」

收穫了一堆小粉絲的青青得意洋洋，摸了把小皇孫的小臉蛋，「我再教你們好玩的。」

祁顯見青青和三個兒子玩得好，太子妃和太后在旁邊笑咪咪地瞧著，便起身道：「孫兒去看看父皇有沒有什麼吩咐。」

「去吧。」太后頷首，「正事要緊。」

祁顯一路往御書房去了，到那一問看門的小太監，得知裡頭熱鬧得緊，正猶豫要不要趁機腳底抹油，偏他一晃頭擋了些陽光，盛德皇帝立刻問道：「誰在外頭？」

太監回道：「回稟皇上，太子來了。」

「叫他進來，在外頭鬼鬼祟祟的像什麼樣子？」盛德皇帝板著臉喝道。

祁顯進了門，施了一禮，「父皇。」

盛德皇帝低著頭繼續批閱著奏摺，嘴裡問道：「從哪裡過來？」

「回父皇，從皇祖母那裡來的。」祁顯恭恭敬敬地回答。

坐在一邊的朱子裕抬起頭來，可憐兮兮地看著太子。

祁顯想著父皇對青青的一片慈愛之心，忍不住多說了兩句：「郡主昨晚和太后同榻而眠，兩人說了大半夜，早上到了巳時才起。也是這一覺睡得足，兒臣瞧著皇祖母臉上細嫩不少，比前陣子有光澤了。」

朱子裕在旁邊聽得心都碎了，薛連路也是從年輕時候過來的，十分理解朱子裕的心情，當下不忍地拍了拍他的肩膀。

祁顯又道：「皇祖母自打昨日見到郡主起，氣色便好了許多，一天都是笑呵呵的，難得皇祖母開心，不如把郡主多留幾日？」

朱子裕忍不住了，一臉怒色地看著太子，「殿下，我還在這裡呢！」

祁顯愣了一下，「咦，你啥時候來的？」

朱子裕：一起治理水患一起征戰沙場時的情誼呢？太子殿下，這樣下去，您會失去一個對您忠心的小夥伴的！

見朱子裕敢怒不敢言的樣子，盛德皇帝心裡爽快：臭小子，讓你把嘉懿帶到四川隔離了我們父女那麼久，這回讓你也嘗嘗見不到嘉懿的滋味。

祁顯身為正直的好青年，倒是沒那麼多壞心思，不過他在男女感情上卻一直沒開竅。不論太子妃還是侍妾，在他眼裡都是女人，只不過從小的教育讓他深知嫡妻、嫡子的重要性，所以平常一個月準時在太子妃屋裡歇半個月，剩下的半個月除了在書房外，其他時候都是幾個侍妾平分。

幾個侍妾服侍太子這麼多年，從來看不出太子對哪個偏愛些，甚至他從不給幾個侍妾任何賞賜，東宮女人們身上穿的衣裳、戴的首飾只能按季等著太子妃發放，如此一來，倒也沒什麼爭寵的事，一個個都老實得像鵪鶉似的。

這樣一個木頭似的太子，指望他理解朱子裕和青青之間那種炙熱的感情是不太可能的。他看著朱子裕惱怒的神情，恍然大悟，「是孤疏忽了，郡主還未回家向老夫人請安。這樣，等下午先叫郡主回家，明日再接進宮來也成。」

朱子裕臉氣得通紅，半晌憋出來一句話：「為什麼不讓太子妃陪伴太后呢？」

祁顯下意識脫口而出：「太子妃又不是皇祖母的……」剛說到一半，想起後半句的內容，嚇得趕緊憋了回去，冒出了一頭的冷汗。

面對朱子裕不解的神情，沈太傅、薛連路八卦的目光，祁顯硬生生將話圓了回來，「皇祖母不是最疼郡主嗎？看著她就高興，太子妃不如郡主機靈。」

這樣說也沒錯，畢竟太后對郡主的寵愛天下皆知。

朱子裕摸了摸扁扁的肚子，想起已經兩天沒見媳婦了，頓時悲從心來，若不是男兒有淚不輕彈，只怕這會兒他得哭出來。

盛德皇帝看到朱子裕難受得半死不活的模樣，心裡痛快了，對朱子裕寬和了幾分，看了眼安明達，吩咐道：「帶他去吃些東西，回來把這些奏摺看完，下午讓他帶郡主出宮。」

朱子裕聞言立刻有了動力，跟著安明達到平日臣子歇腳之處。

安明達道：「朱大人稍等片刻，咱家叫御膳房給您送些熱菜熱飯來。」

朱子裕擺了擺手，說道：「不用那麼麻煩，有現成的點心端來兩盤，吃了墊了肚子趕緊看奏摺，我還急著接郡主回家。」

這處每日早上也有新鮮的點心送來，不過到這個時候早已涼了，若是不受寵的大人吃這個墊肚子就罷了，讓朱子裕吃這個就不合適了。安明達是極少數知道青青身分的人之一，又瞧著盛德皇帝和太子不把朱子裕當外人的態度，自然不敢輕慢了他，勸了他兩句，一邊打發徒弟安亮去御膳房走一遭。

安亮腳程快，又是得了師傅的吩咐，不一會兒就帶著兩個小太監提進來一個食盒。

安亮笑道：「小的知道朱大人心急，但大人聽小的一句勸，這眼瞅著還有大半個時辰就到晌午了，不如大人一氣吃飽了，就省下中午用飯的功夫，還能多看兩本奏摺。大人您瞧，我特意拿的都是肉食，有的雖不太精緻，但容易飽腹不說，挨的時候還長。」

朱子裕一聽也是這個理，瞧見安亮拿的都是方便吃的東西，便不再推辭。就著糟鵝蛋、醬鵝肉、叉燒肉，一頓吃下去一斤半的肉油餅，又端起半涼的鴨子粥喝了一碗。

用完膳，朱子裕滿意地掏出一錠銀子丟給安亮，「你這小子夠機靈，賞你的。」

安亮笑著彎腰行禮，「以後有事朱大人吩咐就是。」

安明達領著朱子裕又回御書房，盛德皇帝看了他一眼，「吃飽了？那就好好幹活。」

朱子裕說道：「臣這就看奏摺。」

盛德皇帝捏了捏自己的肩膀，圍著屋子走了兩圈鬆散筋骨，對安明達道：「打發人問問中午太后有什麼想吃的，趕緊叫御膳房準備，等朕忙完去福壽宮陪太后用膳。」

祁顯聞言愣住了，支支吾吾地說道：「父皇，中午不是我和太子妃陪著皇祖母用膳嗎？」

盛德皇帝這才想起昨日說了這麼一嘴，頓時有些惱羞成怒，「叫太子妃在那陪著就行了，你一個大男人整天往那湊什麼？」

祁顯見父皇又不講理了，只得閉了嘴不敢吱聲，四處看了看，找了個圓凳坐在薛連路旁邊幫忙看奏摺。盛德皇帝見太子這麼識時務，滿意地點了點頭，「孺子可教也。安明達，中午傳一桌御膳來，叫太子晌午陪著三位大人用飯。」

沈太傅道：「……若是皇上沒有什麼事，老臣準備出宮了。」

薛連路看著還有幾十本沒看完的奏摺、努力裝鵪鶉的太子、快速翻閱奏摺的朱子裕，總覺得自己遭受了無妄之災。

福壽宮內，三個小皇孫在激烈的蹴鞠比賽中不小心撞散了一個木頭人，散落許多零件，頓時都傻了眼，一個個面帶心疼，又擔心皇姑姑生氣，便局促地看著青青。

青青笑道：「本來就是拼裝的，正巧教你們怎麼裝上。」說著講了裡頭的結構，又講了齒輪、滑輪、杠桿等知識。見他們一個個聽得認真，問的問題都能切中重點，青青覺得手上的木塊實在是不足，不由建議道：「我畫出樣子和尺寸來，叫人多打些木頭，你們自己嘗試著拼插，比聽我講更容易理解。」

太子妃雖是女流之輩，但能被盛德皇帝選中為太子妃自然樣樣都出色，她雖不懂郡主講的那些東西，但見幾個簡單的齒輪和杠桿，就有省時省力的用處，便覺得這東西學透了將來一定大有可為。

此時見青青提出叫人打一批木頭來，太子妃順勢接了話：「工部下頭有許多能工巧匠，回頭我和太子說，叫他們多打一批出來，郡主有空也要多指點他們才是。」

青青畫完各種零件的形狀，詳細標明每一個點每一個距離的尺寸，又拿過一張紙，用炭筆畫了數十張圖紙，笑著說道：「我也不能每日進宮，先給他們畫些簡單的圖紙照著搭建，有什麼不懂的，等我進宮一併問就是了。」

將畫紙放在匣子裡收好，太子妃對青青的態度更加親近了。

青青像聖文皇后是宮裡人心知肚明的事實，最初太后對青青另眼相看的時候，太子妃還以為太后是看在青青的長相上才對她寬容些，後來青青逐漸在太后宮裡有了偏殿、被封為郡主，皇上太后又賞了五十台嫁妝，太子妃才意識到青青受寵並不簡簡單單是因為容貌，只是也猜不出是何緣故，大概真的十分討喜吧。

如今太后又叫太子認了青青做妹妹，太子妃才明白青青在太后心中有多麼重要。太后不僅是想讓青青得到皇上的庇護，更想讓太子在未來能保青青一生的平安富貴。

太子是個實心人，從昨晚的言辭和今天的舉動來看，太子妃知道他是把青青當親妹子。嫁給太子多年，太子妃深知太子對聖文皇后的孺慕之情，有這樣一個像自己親娘的女孩子甜甜地叫哥哥，只要她不做什麼糊塗事，這一生太子都會把她當親妹妹看待。

太子妃原本心裡微酸，但經過一上午和青青的相處，倒對她生出了好感。不僅是長得好看，一笑一顰都吸引人的目光，說話溫溫柔柔的，能照顧到每一個人的感受。最重要的是，太子妃坐在青青旁邊和她說笑時，渾身都放鬆了不說，人也覺得格外舒服。又見幾個孩子喜歡她，圍著她姑姑姑姑叫個不停，倒真讓太子妃佩服青青待人處事的能力了。

幾個孩子正拉著青青說話，盛德皇帝打發太監過來，隱晦地表明想過來用飯的意圖。聽話音，太子妃知道自己這一家再來這就有些討人嫌了，便起身笑道：「孩子們鬧了皇祖母一上午，也該帶他們回去了。」

太后年紀大了，就喜歡宮裡熱熱鬧鬧的，此時見到幾個重孫子活潑的樣子，便有些捨不得讓他們走了，遂慈愛地笑著，「鈞兒幾個也許久沒見到他們皇祖父了，叫他們留下來陪著一道用膳吧。」

太子妃大喜過望，行了大禮謝過太后，又熱情地邀約了青青有空去東宮做客，這才面帶喜色地退了出去。

……

祁顯和朱子裕眼睜睜看著盛德皇帝處理完政務，昂著頭背著手出了御書房，不約而同地嘆了口氣。聽到和自己一樣的嘆氣聲，朱子裕有些不滿地看著太子，「你有啥好嘆的？」

祁顯一臉惆悵，「昨天剛認了郡主當妹妹，今天原本想著帶著太子妃和我家幾個小的跟郡主一起用飯，誰知……」

朱子裕默默地看著太子，「你認了我媳婦當妹妹？」

祁顯拍了拍朱子裕，笑得和善，「往後你就是我的妹夫了。」

朱子裕看了他兩眼，面無表情地低下頭快速翻起奏摺。

祁顯看著他的反應十分不解，「你這是什麼意思？」

朱子裕隱晦地翻了個白眼，「我得趕緊把這些玩意兒做完帶媳婦出宮，再拖下去，指不定還得再多幾個親戚。」看了太子一眼，朱子裕在心裡腹誹，「關鍵是，認的親戚各個死皮賴臉還惹不起。」

祁顯想了想，認真地說道：「哦，對了，太后娘娘還認了郡主當乾孫女，如今郡主叫娘娘皇祖母了呢！」

朱子裕痛心疾首，「豈不是我媳婦往後要時常進宮了？」

祁顯笑道：「郡主自然是要像孝敬親祖母一樣孝敬太后娘娘的。」

朱子裕嘆了口氣，總覺得青青往後在家的時間會急劇減少。

祁顯手裡沒什麼活兒，便幫著一起看奏摺。朱子裕化悲痛為動力，別人看一本他能看三本，在三人的共同努力下，終於在剛到申時的時候把摺子看完了。

薛連路認真地把奏摺做了統計，三分之二的摺子都義憤填膺地譴責了蜀王的種種不是，建議皇上處決蜀王以儆效尤。剩下的有的請盛德皇帝顧念先皇，留蜀王一命。也有的不知是不是收過蜀王什麼好處還是真的缺心眼，暗暗懷疑蜀王謀反是遭人陷害。

聽聞大多數的臣子都支持處決蜀王，盛德皇帝心情大好，畢竟如果大部分的臣子反對，他要殺蜀王只怕要多費波折，如今一來就省勁多了，只不過走個審訊的過場就可以宣判。

看著朱子裕期待的眼神，又想起能擒獲蜀王拿到種種罪證朱子裕功不可沒，盛德皇帝樂呵呵地吩咐：「去瞧瞧郡主歇晌起來了嗎？若是起來了，就叫她隨子裕出宮吧，等哪天閒了再進宮陪太后。」

朱子裕鬱悶了一天的心情終於好轉，一臉期待地看著太監去傳話，過了不久，太監回來稟告：「郡主已收拾妥當，正準備出宮。」

朱子裕朝盛德皇帝行了大禮，「皇上，微臣先行告退。」

「去吧，好好陪陪郡主！」
朱子裕心中暗喜，琢磨著：這是說明天不用去大理寺了？
看著朱子裕的神情，盛德皇帝就知道他想的是什麼，看他轉身走了，壞心眼地提醒：「別忘了明天去大理寺審案。」
朱子裕一個踉蹌差點趴地上，盛德皇帝大笑，「等這事了了，多放你一個月假就是。」
拍了拍脆弱的小心臟，朱子裕實在不想在盛德皇帝面前受刺激了，飛快地跑到從福壽宮到宮門口的必經之路。站了約一炷香的時間，一頂軟轎出現在視線裡，上面坐著的美人正是朝思暮想的青青。
朱子裕三步併兩步地跑了過去，傻呵呵地看著青青直樂：媳婦，咱們回家吧？
青青驚訝地道：「你怎麼來了？剛才御前的一個太監去傳話，娘娘還笑話我呢！」
朱子裕委屈地看著青青，「我一早就來接妳了，結果被皇上抓了壯丁，在御書房裡幹了一天的活兒，好不容易才放我出來。」
往常在家裡每當朱子裕露出這種神情時，青青都會送上香吻來安慰他，眼下是在宮裡，旁邊又有伺候的太監和宮女，青青不敢有出格的舉動，只能下了軟轎，輕輕拽住他的手，露出甜甜的笑容，「那咱們趕緊回家吧。」
朱子裕美滋滋地握著媳婦的小手，感嘆道：「這兩天可比當初沒娶妳時見面還難。」
兩人出了皇宮上了馬車，青青看著安靜的車廂總覺得少了點什麼，待馬車走了一刻鐘，青青忽然悟了，「差點忘了小黑，送祖母回家時藍藍帶牠去餵食，我被催著上車就忘了帶牠，咱們先去我家把小黑帶回來吧。」
想起那個時不時給自己一個白眼，整日陰陽怪氣嘲笑自己的小黑鳥，朱子裕說道：「送給藍藍吧，回頭我給妳買隻更好看的。那隻破傻鳥，有啥好的？」

「傻朱子裕！傻朱子裕！」一陣熟悉的聒噪聲從馬車外傳來。

朱子裕怒氣沖沖地掀開馬車簾子，只見玄莫舉著一隻眼熟的黑鳥，「我剛去徐家把少奶奶的鳥給帶回來了。」

「玄莫，你這個傻鳥！」

馬車駛回鎮國公府，剛進大門，就有小廝往二門去報信，二門的婆子又往裡傳話，等各房主子知道三少爺、三少奶奶回來，朱子裕和青青已經快到老太太的院子了。

老太太高興地道：「可算回來了，把姑娘們都叫來跟她們嫂子請安。」

鎮國公府頓時熱鬧起來，後面廚房抓緊準備席面，晚上老太太肯定是要拉著少奶奶喝一盅的。寶珠帶著三個妹妹寶瑜、寶琪、寶姝急急忙忙往老太太的院子裡去，剛進門就聽見老夫人的笑聲，「可算把妳盼回來了，都沒人和我討論話本了，聽說妳祖母也回來了？」

四個女孩轉過屏風到東次間，就見老太太拉著青青的手正笑得開心。寶珠姊妹四個齊齊行禮，青青回了一禮，青青笑道：「才一年不見，四個妹妹長得越發漂亮了。」

寶珠掩著嘴笑道：「再漂亮也漂亮不過嫂子。」

老太太大笑，「妳們都好看，都像嬌豔的花朵，看著妳們，我這心裡別提多舒坦了。」

話音剛落，珍珠肩膀上落著的小黑啾啾叫了兩聲，隨即清脆地喊道：「好看！好看！」

老太太冷不防嚇了一跳，瞇著眼睛看著在珍珠肩膀上跳來跳去東西，忍不住問道：「這黑漆漆的是什麼玩意兒？怎麼還會說話？」

朱子裕聞言得意地笑道：「這是一隻傻鳥！」

聽說是小鳥，幾個女孩都好奇地湊過來圍著瞧。

那鳥也不怕生，瞅瞅這個瞅瞅那個，張開嘴嘹亮地叫道：「傻朱子裕！傻朱子裕！」

寶珠幾個頓時笑成一團，連老太太也笑說：「這隻鳥倒是有趣，從哪裡得的？」

青青解釋了小黑的來由，「去年冬天的時候，川南降了一場雪，這鳥兒不知道從哪裡來，一頭撞在了樹上。我瞧牠可憐，就帶回屋子，養了幾日倒活了過來。起初撿回來的時候，這鳥兒不會說話，叫得倒是好聽。原本想養到春暖花開的時候就放牠走，誰知養慣了牠倒不走了，我們從川南回京，牠也一路跟著，飛累了就落在馬車頂上，晚上到驛站就自覺地鑽進屋來。我瞧著牠倒是有靈性，便帶回來了。」

老太太讚許地點頭，「就該這麼著，牠願意跟著妳，說明你們有緣分，好生養著吧。」

寶珠剝了一個核桃掰碎了放在手心，逗著牠道：「叫寶珠姑娘！」

小黑飛過來落在寶珠的手上，寶瑜幾個忍不住退了一步，緊緊攥著帕子看著近在咫尺的黑鳥。寶珠倒是膽子大的，依舊說道：「叫寶珠姑娘……寶珠姑娘……」

小黑啄了兩塊核桃仁吃了，似乎對這個滋味很滿意，機靈地把今天學的話連了起來，「寶珠姑娘！寶珠姑娘！好看！好看！」

寶珠樂不可支，對青青懇求道：「好嫂子，借我養幾天，我教牠說話。」

青青說：「我都是隨牠飛來飛去的，妳喜歡只管養著就是。」

朱子裕更是恨不得寶珠別把這鳥還回來，千叮嚀萬囑咐她一定好好養鳥，最好養得小黑傻得捨不得離開她才好。

老太太瞧著這鳥也歡喜，也想逗弄兩下，便和寶珠商量：「早上妳過來請安的時候就送過來，等妳晌午吃了飯再帶回去可好？」

鎮國公府裡的人就沒有人不順著老太太的，寶珠說道：「我正愁著上午我理事的時候怎麼帶著牠呢，還是祖母替我著想。」

老太太是個好哄的，高興地道：「妳樂意就好。」

朱子裕眼瞅著每日給自己添堵的傢伙一躍成為鎮國公府的新寵，一邊慶幸以後和青青說私密話的時候沒鳥偷聽了，一邊暗暗祈禱寶珠能多養幾年，最好出嫁時候能帶走。

老太太屋子裡熱鬧得緊，又把張氏都忘到腦後了。張氏知道自己在府裡不受重視，若是自己不去老太太院子裡，只怕到晚上用飯的時候會尷尬。

扯了扯帕子，張氏無奈地嘆了口氣，「走吧，去瞧瞧咱們家三少奶奶。」

張氏對青青的感覺很複雜，有羨慕有嫉妒，時常忍不住拿自己和她相比較。兩人年紀相差不過六七歲，若不是都嫁入了鎮國公府，只怕可以用姊妹相稱。張氏原本也是活潑少女，期待可以早日嫁給自己那英勇的未婚夫，可惜進門前未婚夫婿死了，自己落了剋夫的名頭，為了不嫁過去當一輩子寡婦，張氏只得進了家裡的佛堂。

吃齋念佛六七年，張氏原本以為自己一輩子都得過這樣的日子了，倒沒想到能有從佛堂出來的一日。原本想著只要能嫁了，怎麼樣都好，可真等嫁了，體驗了女人的滋味，難免就因鎮國公在床上的不足所煩惱。只是這話她不敢說，只能憋悶在心裡，畢竟要坐穩這鎮國公夫人的位置，言行都得格外謹慎才行。

想起那貌美的三少奶奶，張氏很不是滋味，兩人一前一後嫁入鎮國公府，人家嫁的是英勇神武的少爺，自己嫁的是被酒色掏空身子的糟老頭；人家被全家人寵愛著，敢說敢笑恣意張揚，而自己謹小慎微沒人重視時常被遺忘；人家可以在老太太面前嬌言軟語地撒嬌，自己只能正襟危坐地擺出慈愛的笑容。

想起青青明媚的容顏，張氏摸了摸自己有些寡淡的臉，忍不住嘆了口氣。

張氏心情低落，連一路上奴僕卑躬屈膝地行禮都沒讓她心情好轉。

來到老太太的院子，門口的丫鬟見到她時微微一愣，隨即反應過來，「夫人來了。」屋裡嘰嘰喳喳說得正熱鬧，誰也沒聽見門口丫鬟的回話。

張氏站了好一會兒也沒見裡頭請她進去，面上帶了幾分尷尬。正巧天莫的媳婦玉樓從外面進來，見到張氏行了個禮，一邊打簾子，一邊清脆地回道：「老太太，夫人來了。」

「叫她進來。」老太太的聲音從屋裡傳了出來，玉樓佯裝沒瞧見張氏臉上一閃而過的惱怒，恭敬地退了一步讓出路來，「夫人請。」

聽到張氏來了，青青和四個女孩子都起身相迎。

青青朝張氏行了一禮，叫了聲母親。

張氏朝青青點點頭，卻沒說話，先和老太太行禮，「母親。」

老太太點頭，「妳來了，還打算一會兒叫青青去跟妳請安。」

張氏溫柔地道：「母親素來喜歡她，讓她陪著母親說話比向我請安讓我高興。」

老太太又實心眼了，「我捨不得放她走，既然妳也這麼想，正好省得她走一遭。」

張氏的笑容在臉上僵了片刻，下意識瞅了瞅幾個女孩，就怕她們暗自嘲笑自己。幾個姑娘都是機靈，早就圍在小黑周圍嘰嘰喳喳說笑起來，彷彿沒有聽見張氏和老太太的對話。

張氏的眼神從女孩兒們那裡收了回來，又打量了青青一番，只見她唇不點而紅眉不畫而黛，皮膚比記憶中更加白皙滑嫩，眉眼越發精緻，登時張氏想比較一番的心思都沒了，畢竟自己打自己臉的滋味不好受。

強撐出笑臉，張氏問道：「回來的路上累不累？在四川待得慣嗎？」

青青笑了笑，「去的時候有些累，回來就舒服多了，太后娘娘特意讓人送了一輛馬車，坐著躺著都成，除了路途長些，旁的都還好。我在四川待得倒也習慣，那裡的人無辣不歡，我又喜歡那口，有時候一餐能吃兩碗飯。」

朱子昊從外面回來，聽說嫂子到家了，一路小跑過來，剛進門就聽青青說吃兩碗飯，頓時眼睛一亮，「嫂子，妳說的是什麼好吃的？」

青青笑著，「恰好我帶了一個四川的廚子回來，還有許多當地的辣子，晚上讓她做幾道你嘗嘗喜不喜歡？」

朱子昊立刻狗腿地表示：「嫂子最會吃了，嫂子愛吃的我都喜歡。」

寶珠幾人也紛紛附和：「我也喜歡，上次嫂子叫人煮的那個火鍋特別鮮嫩，只可惜如今天氣熱了，吃著容易出汗，待天寒地凍的時候吃著才叫爽快呢！」

見一家人都捧著青青，張氏沒忍住又酸了一下，眼神在青青肚子上轉了一圈，笑呵呵地問道：「胃口開了，是不是有喜訊了？」

話題冷不丁從吃一下子轉移到懷孕上頭，幾個女孩子臉都紅了，藉口去給鳥餵水躲了出去。張氏彷彿不知自己這話多讓人尷尬，反而笑咪咪地盯著青青，看她如何應答。

按理說這話張氏說沒什麼毛病，婆婆問兒媳婦有沒有身孕最正常不過了，只是張氏畢竟是後娘，沒生過也沒養過朱子裕，進門的日子又短，好端端突然問出這話顯得突兀了。

青青倒無所謂，只是朱子裕變了臉色，陰沉沉地盯著張氏，嚇得她撇過臉去。

青青對朱子裕笑笑，捏了捏他的手，方才說道：「讓母親白高興一場，我只不過是菜合口多吃兩口罷了，不是懷了身子。」頓了頓，青青又道：「我成親的時候剛及笄沒多久，太后娘娘心疼我年紀小，特意打發人出來囑咐，叫我和子裕晚兩年再要孩子，免得傷了身子。」

看著張氏一臉驚愕，老太太笑呵呵地補刀：「是這話，我也知道這事，妳不曉得嗎？」

張氏尷尬得恨不得掉頭就走，只能掩飾地找補：「當初三奶奶嫁進來的時候倒是聽了這麼一耳朵，只是時間長了就忘了。方才聽這孩子說飯量漲了，我這才想偏了。」

朱子裕見不得媳婦吃虧，當即懟了張氏一句：「我們年紀輕，早晚都會有孩子的，倒是父親一直盼望著再得一個兒子。」

張氏又羞又氣，滿臉通紅，忍不住嗆聲道：「你就這麼期盼多一個弟弟？」

朱子裕微微行了一禮，「祝母親早添貴子。」

看著朱子裕笑容裡的不屑，張氏渾身發抖。鎮國公每個月也來她屋裡歇幾個晚上，可通常兩人摸索十次也只有兩回成事，可就這兩回也都草草完事，沒有一回讓她舒坦過。張氏對床笫之事又期盼又憎恨，她何嘗不想生個自己的孩子，可就鎮國公那幾下就完事的德行，這輩子她都不可能懷上身子。

看著朱子裕臉上掛著的明晃晃的諷刺，張氏原本對朱子裕暗生的情愫都沒了，只恨不得一巴掌把他的笑容給打飛。

老太太倒沒瞧出兩人之間有什麼不對，聽見朱子裕說想要弟弟，忍不住點了點頭，對張氏道：「妳這麼年輕，應該能懷上吧？是不是身子哪裡不好？叫個大夫給妳瞧瞧？」

張氏氣得胸口疼，猛地站了起來，匆匆說了句：「母親，我有些不舒服，先回去了。」轉身就走了。初雪苦著臉朝屋裡的主子們行了禮，匆匆地跟了出去。

張氏氣勢洶洶回了屋，想起朱子裕的話，心裡既心酸又心痛，可讓她罵又惹不得，揉了揉鬱悶的胸口，張氏吩咐：「初雪，妳回一趟張家，叫母親幫我弄些讓男人能盡興的藥。」

初雪愣住，張口結舌地看著張氏，「夫人……」

張氏不耐煩地道：「老爺的身子不行，我要是不用藥，怎麼能懷上孩子？」

肆之章

閨怨深重恨難平

氣走了張氏，朱子裕有些擔憂地看著青青，就怕她心裡不痛快。因旁邊還有人瞧著，只能安撫地捏了捏她的手。

青青笑著對他搖了搖頭，示意自己不在意張氏的話。

朱子裕這才鬆了口氣，拉著青青坐在老太太旁邊，一邊殷勤地給老太太端茶，一邊細細囑咐：「祖母，您可千萬別把夫人的話聽進心裡去，瞧瞧她說的都是些什麼話呀，居然連太后娘娘都不放在眼裡。」

老太太這時又不糊塗了，她喝了口茶，把青青往懷裡摟了摟，「放心好了，你倆還是孩子呢，咱們不著急要孩子，等過兩年再說，祖母保證不催你們。」

朱子裕聞言連連點頭，雖然如今很多男子的願望就是今年成親，明年就能抱上胖兒子，可在朱子裕看來，抱胖兒子哪有抱香噴噴的媳婦好。瞧瞧沈雪峰就知道了，沒朱寶之前兩人好得蜜裡調油，等孩子一出生，朱朱的心思都在孩子身上，尤其是在孩子晚上哭鬧的時候，沈雪峰沒少獨守空房。

朱子裕打定主意，為了能多獨占幾年媳婦，一定要晚點把小毛頭生出來。如今都這麼多人跟自己搶媳婦，等生了孩子出來，只怕青青分給自己的時間連一半都沒了。

青青見朱子裕不知在想什麼，目光在自己身上打轉，看得旁邊的丫鬟們都笑了。青青不禁嬌嗔地看了朱子裕一眼，把朱子裕看得骨頭都酥了，恨不得現在就是晚上，可以把媳婦扛回屋去好好疼愛一番。

姊妹們在耳房聽見張氏走了，這才又帶著小黑進來，老太太吩咐丫鬟：「早些擺飯，叫青青吃了飯早些休息，妳們姊妹明日再好好說話。」

丫鬟們不多時提了一個個食盒進來，除了京城日常的口味外，還有四川廚娘做的幾樣川菜。因怕鎮國公府的人吃不慣辣，廚娘特意減了幾分辣度。其實在青青的帶領下，除了老太太，寶珠姊妹四人多少都能吃些微辣的菜食。朱子昊的口味和朱子裕很像，已有些無辣不歡的架勢了。

後世青青吃的很多知名川菜如今還沒出現，她在川南時把前世自己喜歡的川菜做了個七七八八，家裡的廚娘也都學會了，所以桌上除了川南的特色吃食，還有棒棒雞、水煮魚、宮保雞丁、甜皮鴨等菜餚。

朱子昊對所有的辣菜都讚不絕口，老太太喜歡甜皮鴨的滋味，女孩子們則比較喜歡宮保雞丁這種口味。

朱子裕端著酒杯時不時敬老太太一盅，女孩子們湊趣也都倒了果酒，甜絲絲的不容易喝醉卻又添了幾分趣味。朱子昊自打習武以來格外喜歡吃肉，喜歡吃辣，如今瞧著桌上一大半的肉菜，胃口大開，吃幾口菜便喝上一口酒，十三歲的年紀倒有幾分江湖豪傑的味道。

朱子裕端起酒杯和朱子昊碰了一個，又夾了一口冷吃兔壓了壓酒，方才低聲問道：「這小一年我沒在家，家裡可還消停？」

朱子昊夾了蒜泥白肉，答道：「除了經常找藉口往前院逛，倒沒生過什麼事端。」

「到前院逛？」朱子裕皺起了眉頭，「她到前院做什麼？」

「我也不太明白。」朱子昊又夾了一塊水煮魚，用筷子挑出刺後將魚放在嘴裡，又燙又辣的口感讓他忍不住發出了嘶嘶的聲音。

將肥嫩的魚肉吞下去，朱子昊才繼續說道：「聽小廝說她時常叫人問些家常的話，倒也沒有旁的出格的地方。」

朱子裕聞言便不再將此事放在心上，兄弟兩個喝著酒又將話題轉移到武功上，你一言我一語討論得熱絡。

老太太年紀大，胃口就小，除了幾個不辣的新菜餚多吃兩口，其他的不過是略動一動筷子。女孩子們大的十三歲，小的也八九歲，正是愛美的年紀，吃東西都有度。青青有個怎麼吃都不胖的體質，不像幾個女孩吃一口還要掂量會不會長肉，她在乎的是哪道菜更好吃。

吃罷了飯，老太太開始打瞌睡，眾人見狀連忙告退。朱子昊住在前院，姊妹四人的院子臨近園子，和朱子裕兩個並不一路。目送四個姊妹離開，朱子裕拉起青青的小手往自己的院子走，用小手輕輕摩挲著她的手背。

夫妻兩人一路無言，只緊緊拉著彼此的手，在初夏的夜晚漫步在深宅的庭院裡，享受難得的獨處時光。

小別勝新婚，打從四川回京城這一路，朱子裕身負押解蜀王的重任，生怕蜀王出個什麼意外，連睡覺都不敢睡實了，有時候和青青在一起也只是匆匆了事，不敢恣意狂歡。路上條件艱難，一切從簡，也是沒法子的事，朱子裕原本想著到家以後就可以摟著媳婦好好親熱親熱，卻不想媳婦又在宮裡逗留了兩日。

回到了闊別許久的小院，青青看著熟悉又陌生的家，不由生出了幾分新鮮感。可惜朱子裕瞧她東看看西摸摸，半天都不往內室進，便有些心急，使了眼色打發丫頭出去，攔腰抱起青青扛在肩上就往屋裡跑。

青青尖叫地捶著朱子裕的肩膀，一邊笑著一邊叫嚷道：「壞蛋，放我下來！」

朱子裕跑得鞋都掉了，大笑道：「好俊俏的小娘子，快跟我回家當壓寨夫人吧。」說著將青青抱下來放到床上，隨即俯身壓了過去。

狂熱的吻落在青青的紅唇、粉腮和細嫩的脖頸上，兩人互相撕扯著衣服翻滾在一起。朱子裕雖然性急，但他十分照顧青青的感受，細細吻了一遍又一遍，直到青青癱軟成一汪水，才將她揉在懷裡。

盡興了一場，兩人躺在床上喘著粗氣。

將被子搭在身上，青青在朱子裕結實的胸口捏了一把，「我都還沒洗澡呢！」

朱子裕伸出手臂摟住青青，在她脖頸處聞了聞，認真地說：「聞著比平日還香些，怪不得書上形容女人用香汗淋漓這個詞，原來是真的。往常總覺得妳身上有股清幽的香氣，一旦出汗香味更加明顯。」親了親青青的額頭，朱子裕得意地笑道：「也不知岳母怎麼養的妳，又聰明又美貌又可愛，還香噴噴的，真是便宜死我了。」

青青得意地昂起下巴，在他胸口的小紅豆周圍畫圈，「可不是便宜你了？早知道當初在山上就不救你了，人家救人好歹有些好處，我這倒把自己搭上了。」

朱子裕笑道：「我這不是以身相許了嗎？我覺得憑青青對我的大恩大德，我以身相許一世不太夠，起碼得來個永生永世才能償還。」

「永生永世？」青青心裡一暖，翻身趴在朱子裕結實的胸膛上，認真地看著他，「永生永世都只娶我一個人，你不會膩煩嗎？」

「怎麼會膩煩？」摸著青青的脊背，朱子裕笑看著青青，眼睛裡滿滿的愛意，「因為我只愛妳一個人呀！」

「有一天我老了呢？」青青托著腮看著他。

「老了也是最漂亮的老夫人，到時候我就是最英勇的老太爺，正好和妳配一對。」朱子裕大笑，手滑到青青的腰部輕輕按住，就著剛才未來得及擦拭的濕潤又滑了進去。

「討厭！」青青嚶嚀一聲，拍了拍朱子裕的胸口，「人家還沒說完呢！」

朱子裕用腿緊緊地纏住了青青，恨不得時時刻刻與她合二為一，「那妳說，要不要永生永世和我在一起？」

青青剛想琢磨琢磨這個問題，朱子裕有些不滿地頂了兩下，青青忍不住叫出了聲，攀著朱子裕的肩膀連連點頭，「要要要，和你永生永世在一起！」

朱子裕滿足地說道：「既然說定了，以後可不許變！」

「嗯，永生永世都不變……」

架子床上的勾子滑了一下，床幔緩緩落了下來，遮擋住兩人的身體。

◆　◆　◆

張氏從園子裡出來，天已經黑了，只靠著初雪和細雨兩人提著的燈籠才能勉強看清楚腳下的路。走到岔路口，張氏停下腳步四下裡看了看，初雪擔心她又往旁處去，勸道：「夫人，天已經大黑，我們該回房了。」

「回去做什麼？」張氏百無聊賴地拽了拽身上的薄披風，露出嘲諷的笑容，「回去也還是我一個人孤零零在屋裡，還不如在外面走走，鬆散鬆散心情。」

「可天太黑了。」初雪道：「而且我們出來得太久，燈籠裡面的蠟燭都快燒盡了。」

張氏看了眼閃爍不定的燭光，四處張望了一下，見旁邊有個亭子，便道：「妳和細雨提一盞燈籠回去換盞新的燈籠過來，我坐亭子裡歇一歇。」

初雪聞言險些嚇瘋，「夫人，這黑漆漆的晚上，怎麼能留您一個人在這裡？還是我自己回去，叫細雨留下陪您吧！」

張氏固執地搖搖頭，「妳們倆一起去，回來的時候多帶一盞燈籠，把路照得亮些。」

「院子裡還有好些丫頭，叫她們提著燈籠一起來就是……」初雪不死心地勸說。

「聽不懂我的話嗎？」張氏忽然厲聲喝斥道：「我想一個人在這裡靜一靜。」

初雪不知道夫人又犯了什麼邪，當下不敢言語，和細雨對視了一眼，無奈地留了一個燈籠給張氏，兩人提著剩下的一盞快步往正院走去。

待四周沒了人，張氏忽然站起身來，提起燈籠往相反的方向離去。

夜裡靜悄悄的，此時正好過了巡夜的時辰，四周沒人。張氏提著燈籠來到一處院落的後方，高聳的院牆擋住了她的視線，卻擋不住她想窺探的心。

將燈籠放在平坦的地方，張氏走到院牆邊上，耳朵貼在上頭似乎想聽一聽裡頭的動靜，只可惜除了幾聲昆蟲的叫聲外，旁的什麼也聽不清。

張氏遺憾地嘆了口氣，剛提起燈籠想走，就聽見一個丫鬟吩咐道：「提水來，三爺和三奶奶要沐浴。」

張氏止住腳步，挪到院子的側面，又把耳朵貼了上去。等了片刻，便聽見抬水的聲音。過了半晌，一開始那個聲音又吩咐：「各自睡了吧，明天一早等三爺三奶奶起來後收拾。」

眾丫鬟應了一聲，之前那個丫鬟似乎走了，剩下的幾個丫鬟壓低聲音笑道：「三爺走了這一年依然是這麼能鬧騰，從開始的動靜到後來要水，差不多得一個時辰了吧？」

另一個小聲笑道：「要了水也未必就消停了，哪回收拾不是一地的水？」

有個年長些的丫鬟聽不得這樣的東西，怒斥道：「這些話也是妳們能說的，也不嫌羞恥，小心讓主子知道了，攆妳們出去！」

說話的幾個丫鬟頓時不敢言語了，勉強辯解了幾句各自散了。

張氏見院子裡又恢復了寧靜，這才離開牆邊，心裡又嫉妒又羨慕的，不自覺地小聲嘀咕道：「一個時辰呢……」

提著燈籠，戀戀不捨看了眼院牆，恨不得此時自己能鑽進去，可想起白天朱子裕對自己的態度，張氏嘆了口氣，轉身從原路返回。

原本以為能順利回到亭子裡，誰知才走到半路正好遇到巡夜的婆子們，領頭的當即喝了一聲：「誰在那裡？」

張氏沒想到這會兒能遇到人，臉上閃過一絲慌亂，隨即她想起自己的身分，瞬間又平穩下來，「是我。」

巡夜的婆子們提起燈籠一看，見是夫人獨自提著燈籠在外面，頓時面面相覷，「夫人，這麼晚了，您怎麼還在外面？跟著您的丫鬟呢？」

張氏若無其事地說道：「我走累了，又適逢燈籠不亮，便打發她們回去換燈籠。我坐了一會兒想小解，天太黑我走反了，正好遇到妳們，妳們給我指一指往哪邊是回正房的路？」

巡夜的婆子滿臉堆笑道：「哪能讓夫人一個人走夜路，小的送您回去。」

張氏順勢點點頭，跟著她們一路回到之前的岔路口，此時初雪和細雨已趕回來，見張氏不在原地，正四下裡無頭蒼蠅般找人，就見巡夜的婆子將人送了回來。

千恩萬謝地送走了巡夜的婆子，初雪還摘下一個銀鐲子賞她們喝酒。

扶著張氏的手臂，初雪嘆了口氣，「我的好夫人呀，咱們以後晚上再別出來逛了，實在是太嚇人了。」

張氏故意擺弄風情地攏了攏頭髮，輕聲問道：「老爺呢？」

初雪驚愕地看了眼張氏，方才反應過來，「應該是在孟姨娘的屋裡。」

「去，把老爺請到我屋來！」張氏緊了緊披風，面上帶了幾分媚色。

初雪快哭了，「夫人，這會兒這麼晚了，只怕老爺都睡下了，我去了該怎麼說呢？」

「我不管妳怎麼說，反正我今晚要見到人。」張氏冷冷地丟下一句話，轉身回了院子。

初雪想到白天夫人說讓張家準備的藥，再看晚上這情形，初雪哪裡還有不明白的：夫人這是寂寞難耐了。

◆　◆　◆

一覺睡到天色大亮，小倆口才從睡夢中醒過來，相比青青慌慌張張說起遲了，朱子裕愜意極了，還有閒心時不時偷吻青青。

雖然老太太說早上讓青青多睡一會兒，不必急著起來請安，但回家第一天總不能睡得太晚。青青一邊穿上中衣，一邊打掉伸進自己衣裳裡的手，「別鬧！」

「好好好，不鬧！」青青一撒嬌，朱子裕彷彿就沒了骨頭。

小倆口剛洗漱完，跟老太太請完安，還沒說幾句話，有個丫鬟打簾子進來回道：「三爺，大理寺打發人叫你去審案。」

朱子裕頓時懵了，老太太也有些糊塗，看了眼孫子，疑惑地問：「我怎麼記得你回京不是在大理寺任職？」

朱子裕能怎麼說，哭訴自己沒眼色撞到皇上跟前，這才多了這個活計？他原以為和薛連路的交情，薛大人能睜一隻眼閉一隻眼放他一馬，誰知早飯還沒吃就催著去衙門。

青青看著朱子裕可憐兮兮望著自己的模樣，強忍著笑意，打發人去廚房準備一了匣子肉餅，囑咐朱子裕在馬車上吃了，千萬別空著肚子當值。

抹了把臉，朱子裕嘆了口氣，拉著青青的手道：「等我忙完這陣子再好生陪妳。」見朱子裕戀戀不捨的模樣，老太太忍不住呵呵直笑。

青青微紅了臉，輕輕推了推朱子裕，「快些去忙，早去早回。」

送走了朱子裕，青青又得去向張氏請安，老太太見狀搖搖頭道：「她一早也沒來我這裡，依我說妳也甭去，若是她不高興，還有我呢！」

青青對這個後婆婆也沒什麼好感，總覺得她看著自己和子裕的時候神色有些奇怪，既然老太太替自己撐腰，她也不願意去張氏那裡看她陰沉沉的臉色。

老太太領著孫媳婦和孫女吃飯，又想著徐婆子回京了，便對青青說：「都快一年沒見妳祖母了，打發人去家裡看看，瞧瞧妳祖母解了乏沒，讓她得空帶小孫女來咱們家玩。」

青青用完飯便打發珍珠回家去瞧瞧，等珍珠過來的時候居然徐婆子帶著藍藍、丹丹都來了。青青喜出望外，一邊扶著徐婆子去見老太太，一邊笑道：「怎麼來這麼急？好歹送個信給我，我叫人去家裡接您。」

徐婆子爽朗地道：「若是旁人家我自然不敢這麼著，可我和妳太婆婆我們倆可是老姊妹，我這麼直接過來她才高興呢！」

果然一進屋，老太太就笑得合不攏嘴，拽著徐婆子直說：「妳還真能折騰，回老家待了一年，可是舒坦了？」

徐婆子往炕上一坐，端起丫鬟遞過來的茶碗喝了一口就開講了，「那是相當舒坦，妳不知道我回鄉時那場面，連縣太爺都出城迎我了，還一路把我送回家，鎮上的人都來看我。妳是沒瞧那場面，就和青青出嫁送嫁妝一樣，別提多熱鬧了。」

老太太一聽這熟悉的腔調就笑了，拉著徐婆子的手道：「如今妳家裡也沒什麼事，妳就在我家跟我住幾天吧，也能每日瞧見妳孫女多好。」

徐婆子離京之前倒是應承過這樣的話，眼下回來她倒有些猶豫了，怕旁人說青青。

寶珠見徐婆子猶豫，便笑著勸道：「徐祖母，您就應了吧。您不知道這一年我祖母寂寞得緊，嫂子也不在家，幾個妹妹又要讀書又要作畫的，也不能時時陪著祖母，她老人家就盼著您早日回來呢！」

老太太連連點頭，「妳以前答應過的，不許說過就算了，今日就都住下，我這裡一應東西都是齊全的，也不用妳準備什麼。」看了看有些拘謹的丹丹和藍藍，老太太笑著說：「妳這兩個小孫女也和我們家小丫頭差不多大，叫她們一起住，若是缺啥還有她親姊姊在，妳也不用擔心她們受屈。」

徐婆子見老太太和幾個女孩子都熱情地勸自己，便也不矯情了，拍著腿道：「那就在妳家住幾天，妳可不許嫌我。」

「不嫌不嫌，晚上咱倆一屋睡，還能說說話。」老太太笑得眼睛都瞇了起來，一邊催丫鬟讓廚房做徐婆子愛吃的幾樣糕，一邊讓人拿宮裡新賞下來的鮮果。

寶珠拉著丹丹和藍藍，說道：「祖母和徐祖母說話，我帶兩個妹妹去我那裡去玩。」

老太太點點頭，囑咐道：「拿好吃的好玩的給她們，不許委屈了她們。」

寶珠道：「祖母放心，嫂子的妹子就是我的妹子，我保管哄得她們連家都不想回。」

青青想著丹丹和藍藍沒來過兩回，怕兩個妹妹在府裡拘束，便也跟了過去。

高氏還在的時候，寶珠的性格多少有些沉悶和孤僻，自打高氏沒了，寶珠撐起鎮國公府的中饋，性子倒一日比一日爽利。有她領著，三個庶出的妹妹這幾年也開朗不少。回院子的路上，幾個女孩一邊給丹丹和藍藍介紹府裡的景致，一邊妹妹妹妹叫個不停。

幾個女孩中屬寶珠的院子最大，因此一行人都往寶珠的屋子去。一進門就見堂屋擺著兩個大箱子，寶珠嚇了一跳，問道：「這是什麼東西？怎麼也不收起來，我這還有客人呢！」

丫鬟忙道：「是三奶奶打發人送來的，我剛送了人出去，回來還沒來得及拆箱，姑娘就帶著人回來了。」

青青看見眼熟的大箱子，笑道：「這是我從四川帶回來的東西，有玩的物件，有當地的特產，也有蜀錦。」又對另外三個姊妹道：「妳們也有，估摸著都送到妳們院子裡了。」

四個姊妹行禮道：「多謝嫂子想著。」

寶珠叫人端上茶點招待藍藍和丹丹，又要開箱讓她們挑青青帶回來的蜀錦。藍藍和丹丹連忙笑道：「我們已經得了，這些是姊姊的，不必這樣客氣。」

寶珠這才作罷，又熟絡地和她們說起京城的新鮮事。

寶珠平易近人，寶瑜三人活潑，不多時幾個女孩就玩到了一起，說笑個不停。

這邊熱鬧得緊，正院裡的張氏卻是一覺睡到日上三竿才起。

昨晚初雪硬著頭皮，頂著孟姨娘的白眼，把鎮國公朱平章請到了張氏的屋子。朱平章剛睡著就被叫了起來，原本很是不高興，待進了正房剛要冷著臉喝斥兩句，就見他的新夫人衣衫半褪，眼神妖嬈地朝自己勾手。

朱平章登時眼睛亮了，張氏的主動和風情瞬間激起了朱平章的渴望，他眼裡冒著火一邊快速脫下外衫，一邊把張氏推到在床上。張氏原本嫌棄朱平章又老又醜，心裡存了些見不得人的心思，可經過這段時間她算是明白了，若連朱平章都征服不了，只怕一輩子只能守活寡了。想到這裡，張氏扭動著身軀，無師自通開始挑逗起朱平章來。

朱平章因為近兩年來一直不太如意，最近幾個月更是因為抬不起頭沒怎麼行過事，張氏熱情似火，朱平章也起了難得的雄風，兩人成婚一年多來，第一次超過了一盞茶的時間。

朱平章滿足地摟著張氏親了又親，張氏激情褪去，仍覺得不足，一邊平息著氣息，一邊纖手又有些不安分地往下摸去。朱平章能有這樣一回已是素了幾個月養腎的成效，怎麼可能再來一回？張氏摸了半晌，手裡依然是軟塌塌一坨，不禁沮喪地嘆了口氣，想弄些助興藥的想法越來越強烈。

朱平章早上起來又被孟姨娘叫走，張氏則睡到天色大亮才起來。

初雪一邊伺候她穿衣服，一邊說道：「三少奶奶的祖母來了，正在老太太屋裡說話。」

張氏打了個哈欠，睡眼惺忪地說道：「管她做什麼，妳叫細雨來伺候，妳趕緊回我娘家一趟，昨日我囑咐妳的話都記住了？」

初雪一個未嫁的女孩想起夫人說的那些，羞得面紅耳赤。

張氏看她一眼，斥道：「我能不能懷上孩子就指望這些藥了，妳可不許誤了我的事。」

初雪硬著頭皮應下，把手裡的東西交給細雨，便要了個板車去了張家。

張夫人平時雖然有些小心思，但也算正經人家出身，張家家風還算清正，一聽到女兒居然要這種東西，頓時又氣又羞。初雪見到張夫人漲紅臉的模樣，心裡也很不自在，只能小聲說道：「夫人說鎮國公年紀大了，那個……夫人想生個兒子傍身，所以……」

到底是親生的女兒，這幾年來又一直過得不如意，張夫人終究於心不忍，「雖說是為了生孩子，可這事傳出去到底不好聽。你們府上有沒有請個大夫給鎮國公調理調理？」

初雪嘆了口氣，「每個月都有太醫來給把脈開方子，依然是這麼著。」

張夫人想了又想，忍不住落淚，「我這姑娘是什麼命呀？」咬了咬牙，張夫人叫了自己的陪房來，悄悄吩咐道：「回去叫妳家男人去買些藥來……」

當晚初雪果然帶了一個匣子回來，張氏喜出望外，趕緊又叫人去請朱平章。

朱平章見新夫人又來請，心裡既期待又有些羞愧，自己的事自家最清楚，他自然知道自己去也是白去，他現在可滿足不了新夫人的需求。

初雪想起張氏興致勃勃的樣子，不敢這麼回去，話裡話外說張氏請他過去要商議家事。朱平章惱羞成怒，「家裡的事我向來不知道，夫人又不掌管中饋，有什麼家事好商議？」

初雪急得汗都落下來了，倒讓她想到了一個理由，「是給國公爺過壽的事。」

這倒是個正經的緣由，朱平章下個月的生日，雖不是整壽，但也要早早預備下來。

朱平章跟在初雪後頭來到正房，一進門沒瞧見人，剛要開口詢問，就聽臥室傳來嬌媚的聲音：「國公爺，我在這裡呢！」

朱平章下意識想躲，可是聽那甜膩的聲音又有些邁不開步。

張氏穿著半透明的紗裙款款而來，初雪見狀趕緊退下去關上了門。

朱平章看著張氏半隱半露的嬌軀，忍不住吞了吞口水。按理說這樣的美景在前，下面早就該昂首挺胸了，可如今依然毫無反應。

朱平章有些洩氣，剛想勸張氏別白費功夫了，就被一張紅唇堵住了話語。

一粒丸藥通過張氏靈巧的舌尖送到了朱平章嘴裡，朱平章吻著張氏，迷迷糊糊地將丸藥吞了進去，不多時就感覺一股熱浪從小腹處湧來。

也不知張夫人的陪房男人從哪裡買的什麼藥，朱平章吃了以後大展雄風，一晚上足足要了張氏三回，讓張氏過足了癮。

朱平章嘗到了久違的甜頭，更是心肝兒叫個不停，摟著張氏問道：「好人兒，妳到底給我吃的什麼東西，這麼管用。」

張氏伸出一根手指抵住朱平章的嘴唇，嬌聲嬌氣地笑道：「這是我專門尋來的，才不告訴你。若是你得了，指不定歇誰屋裡呢！」

「當然是歇妳屋裡，她們都徐娘半老了，哪有妳風情萬種。」朱平章對張氏上下其手，感到十分滿足。

……

日子一天天過去，蜀王謀反一案證據確鑿，盛德皇帝下旨廢蜀王為庶人，褫奪封號，蜀王斬首示眾。同時牽連其中的官員斬的斬，流放的流放，蜀王謀反一案徹底落下帷幕。

朱子裕忙完這一樁大事，終於鬆快了兩天，正琢磨著這一個月帶青青去郊外莊子消暑，一天夜裡，小倆口睡得正香甜，丫鬟慌亂地進來叫醒二人，稟道：「三爺、三奶奶不好了，國公爺沒了！」

說起來，自打張氏那天嘗到了爽快的滋味後，每晚都給朱平章一粒丸藥。朱平章起初還樂在其中，可沒過幾天就覺得力不從心。張氏只當藥丸不管用，每日便多給他吃一丸，就這樣，朱平章白天昏睡，晚上跟著張氏狂歡。

老太太有徐婆子陪著，也沒想起來很少來向自己請安的兒子，等朱平章到最後幾日都射不出什麼東西，張氏依然還在給他吃藥。朱平章這時已察覺身上越來越沒有力氣，可他這幾年都沒怎麼痛快過，難得能盡興，實在捨不得不吃那藥丸。就這麼吃了一個月的藥後，在太醫即將診平安脈的前夕，朱平章死在了張氏的身上。

朱子裕一邊叫人不許吵到老太太，一邊叫上朱子昊匆匆往正房趕去。

張氏胡亂裹著一件衣裳坐在椅子上瑟瑟發抖，滿臉的驚慌。

朱子裕一進臥室見朱平章赤身露體，連忙把青青和四個妹妹擋在外頭，叫她們到廂房候著。朱平昊背著劍上前兩步，看到父親的模樣，有些驚愕。朱平章比一個月前瘦了許多，面上兩頰都凹陷了進去，眼圈烏黑，身下還遺有許多穢物。

朱子裕冷眼看了看明顯心虛的張氏，喝問道：「我父親為何成了這般模樣？」

張氏驚惶地看了朱子裕一眼，轉頭默默流淚卻什麼也不肯說。

朱子裕此時沒有心情應付她，叫了人把張氏關到耳房裡鎖上門，又把正院的丫鬟們都鎖了起來。叫來幾個婆子把朱平章洗乾淨身體，因為這些年朱平章身子不大好，壽衣壽材早都備下預備著過壽後沖一沖的，如今倒派上了用場。

等靈堂設起來，府裡掛上了白布，天也大亮了。

天剛剛亮，常來鎮國公府的王太醫就被朱子裕派去的人匆匆請了來，等到的時候，朱平章已經收拾妥當。看了朱平章的面色，又解開他的衣裳，居然發現朱平章在一個月內瘦得只剩皮包骨頭。

問了問死時的情形，王太醫嘆了口氣，道：「上個月來給國公爺把脈的時候，雖然他腎水不足，身子骨也有些弱，但起碼還有幾年的生機，現在短短一個月內就耗盡腎水，消瘦成這般模樣，且突然暴斃，怕是用過什麼虎狼之藥。」

朱子裕眼珠一轉就想明白了關鍵，朱平章前些年就是再怎麼沉迷女色也沒用過這樣的東西，更何況朱平章極少出門，身邊甚至沒有什麼得力的小廝，日常起居都是幾個姨娘和丫鬟伺候，根本弄不來這樣的藥。

想想朱平章死時張氏的模樣，朱子裕猜到這藥多半是張氏弄來的，叫人打開正房的幾個箱櫃，輕而易舉就從張氏常用的一個小匣子裡找到幾瓶丸藥。

王太醫倒出一粒聞了聞，又磨點粉末舔了舔，這才吐掉用茶水漱了兩遍口，拱手道：「國公爺怕就是吃了這個東西才喪命的，裡面的藥材全是激發腎水的，雖一時見效卻十分傷身。年輕人用一次得個趣兒也就罷了，像國公爺這樣的年紀吃一次就得養幾個月才能緩過來。下官瞧著這瓶藥只剩下瓶底，也不知國公爺吃了多少日子了。」

朱子裕送走太醫，親自為朱平章換了壽衣，又著人收拾好屋子，擺上祭奠之物，這才讓朱子昊叫來青青和妹妹們，磕了頭燒了紙，又讓姨娘們來拜。

朱子裕叫朱子昊留下安排一應事物，自己則尋了一處空屋子，叫人把張氏的貼身丫鬟初雪和細雨提了過來。

朱子裕在大理寺幫了一個月的忙，對於審案的技巧學會了不少。他見初雪臉色發白但眼神頗有些堅毅，便知這是個難啃的骨頭，而細雨戰戰兢兢一臉害怕的模樣，只要恐嚇一番就不怕她不開口。

果然，朱子裕剛拿摺扇點了細雨，細雨就一副嚇得要暈過去的模樣。

朱子裕見狀拿出一個藥瓶，喝問道：「這個藥是從哪裡得的？」

「我不知道……」細雨哭哭啼啼搖著頭，「我膽子小，夫人不太喜歡我，這樣重要的事都是初雪辦的。」

被點了名，初雪卻沒有吭聲，依舊白著臉直挺挺跪在地上，看都不看細雨一眼。

「不知道？」朱子裕冷笑兩聲，「妳以為爺信妳這話？我實話和妳們說，太醫來瞧過了，國公爺就是被這虎狼之藥害死的，若是妳們趁早說了實話指不定還有命可活，若是不說，呵呵，等爺報到大理寺去，妳們到時候想死都是奢望了。」

細雨嚇得嘴唇直哆嗦，連忙說道：「一個月前有一回夫人派了初雪回了一趟張家，晚上回來的時候拿了一個匣子，裡頭就裝了這樣的藥瓶。」

不敢側頭看初雪的臉色，細雨快速說道：「自拿回那匣子，夫人和國公爺每晚都要鬧兩三回，天天都要拆洗被褥。起初我不知是什麼緣故，後來聽夫人說一粒藥不管用，得一天吃兩粒才行，便叫初雪回張家再拿一些，我才知道那匣子裡裝的是什麼。」

連這個都說了，細雨索性連張氏嫁過來後的種種都說了一遍，「夫人剛嫁過來的時候倒沒那麼多想法，後來有一回打發人出去買話本回來解悶，裡面不知怎麼加了兩本不堪入目的話本，夫人就看上了癮，從那後常常託一個叫喜德的小廝去買。」

一直沉默不語地初雪忽然喝斥一聲：「細雨，不要胡說八道！」

細雨看了初雪一眼，縮了縮肩膀，可憐兮兮地看著朱子裕。

朱子裕不耐煩地說道：「有話就說，別弄這些沒用的，妳自己想好是要死還是要活。」

細雨哆嗦了一下，低下頭不敢再耍小機靈，「喜德見夫人愛看這樣的東西，心思也活了，好幾回趁機往話本裡塞小紙條。夫人瞧過就叫初雪燒了，寫的什麼就不知道了。」

朱子裕沒想到還有這一齣，想到自己剛死的老爹頭上可能有點綠，臉色就不好看了。他惡狠狠地瞪了初雪一眼，又問細雨：「後來呢。」

「後來夫人便找藉口去前院，前院人多眼雜，夫人只問了喜德幾回話。」細雨聲音不大卻很清晰，「有一次我跟著去了，喜德雖坐在小杌子上，但和夫人說話的語氣很輕浮，瞅著外面沒人還捏了夫人的腳一下。我當時嚇了一跳，初雪姊姊臉上也不好看，只是她不吱聲我也不敢言語。夫人喝斥了喜德一句，但聲音軟軟的，喜德也沒什麼害怕的模樣。」

「後來朱管家知道夫人過來前院幾次，每每都親自陪著，還明裡暗裡說這樣不合規矩。夫人見管家盯得緊，就再沒去過前院。」細雨說完，抹了一把汗，似乎卸下重擔一般。

「夫人和喜德後來有沒有再見過面？」朱子裕臉黑得如鍋底一般。

「見過的。」細雨輕聲道：「有幾回夫人去寺廟燒香，特意吩咐喜德跟著伺候，至於發生了什麼我就不知道了，那幾次都是初雪跟著伺候的。」

細雨將知道的一五一十都說了，朱子裕又問了幾句，見她再說不出什麼有用的，便擺了擺手，叫人把她押了下去。

看了眼面如死灰的初雪，朱子裕道：「妳是夫人的心腹，我只問妳，夫人和喜德到底有沒有成過事？」

初雪咬住嘴唇，拚命搖頭，死也不開口。

今日還有大事要理，朱子裕不想把時間浪費在這上頭，叫人把初雪單獨關押了，又親自去耳房提了張氏出來，將她五花大綁鎖在柴房裡，著幾人嚴格看管。

天莫去前院把那個叫喜德的拎了過來，粗粗打量一番，大約二十歲的年紀，面貌普通，倒是有幾分力氣。將人帶到朱子裕跟前扔到地上，喜德心驚地看著朱子裕不敢吭聲。

朱子裕冷哼道：「你和夫人的事，是你自己說，還是讓我來問？」

喜德瞧見朱子裕手旁的尖刀，瞬間癱軟在地，「三少爺饒命，這事小的是被迫的。夫人看了話本總是來前院勾搭小的，後來又藉著去寺廟的機會叫小的趕車。高管家本來說小的不是專門趕車的，怕不機靈，可夫人說她是去求子，特意在佛前求了籤，隨身帶的人都得八字屬相相合才行。那日我趕著車走到半路，夫人就叫我把車停到小樹林旁，拽了我去裡頭行事。小的原本不想從的，可是夫人說不從就發賣了小的，小的這才依了。」

「有幾回這樣的事？」朱子裕喝道。

喜德小聲說道：「只有五回，後來管家不知道是不是發現了什麼，等夫人再去禮佛時，不顧夫人的反對，派了好多隨從跟著，我們就沒再做過了。」

朱子裕想活剮了張氏和這個狗奴才的心都有了，當即起身惡狠狠地踹了喜德一腳。喜德頓時去了半條命，口中吐出鮮血來。

天莫從外面進來，瞧了眼半死的喜德，低聲回稟道：「少爺，老太太已用過早飯，少奶奶換了喪服去了上房，這會兒怕是要告訴老太太國公爺的死訊了。」

想起年邁的祖母，朱子裕越發覺得父親的死法著實窩囊，嘆了口氣，「把張家的人給我叫來，這事張家要是不給我個說法，我非得叫他們從京城這個地界消失。」

老太太的院子裡，玉樓等人怕嚇著老太太都沒敢穿孝服，只穿了素色衣裳戴了銀簪子。老太太素來不在丫鬟們身上留心，便沒察覺，只莫名覺得心慌，眼皮一個勁兒跳個不停。

瞧了瞧屋子裡，不但青青沒來，就連朱子裕兄妹也沒一個過來的，便問玉樓：「子裕和子昊出門了嗎？幾個姑娘忙什麼呢？」

「少爺和姑娘們都在家，要請他們過來嗎？」玉樓問道。

老太太擺了擺手，「我這會兒心裡不舒坦，他們說話不如青青聽著舒坦，妳去叫青青來陪我說說話。」

玉樓應了一聲，剛要叫人去傳話，青青就掀開門簾子從外面進來。

老太太剛要朝她招手，猛地發現青青一身孝服，頓時覺得天旋地轉，身體晃了晃。

青青快步向前，一把將老太太摟抱住。

老太太半靠在青青身上，腦子裡的嗡鳴聲才慢慢消退。

老太太經歷了喪夫，又失去過兩個孫子，對這一身白的寓意再清楚不過了。

府裡就這幾個人，青青穿了重孝，府裡上了年紀的就鎮國公母子，縱使老太太經常糊裡糊塗，但這會兒難得清明了。握住青青的手，老太太哆哆嗦嗦地問道：「是不是國公爺……」

一句話未了，就已經淚流滿面。

青青扶著老太太坐下，一隻手扶著她的背，一隻手幫她揉胸口，軟軟地說道：「國公爺這幾年身子一直不算康健，只是誰也沒料到這麼突然……」

心中的猜測得到了證實，老太太痛哭不已，「我的兒啊……」

朱子裕和朱子昊匆匆趕來，穿著孝服躲在外面不敢進來的寶珠姊妹也跟在了後頭。

老太太看到孫子，彷彿找到了主心骨一般，登時鬆開青青的手，拉住朱子裕就哭得宛如孩童一般，「子裕啊，我的兒子沒了……」

朱子裕紅著眼圈將老太太摟住，「祖母，您還有孫兒呢，孫兒會好好孝順您的！」

老太太哭了一場，換了素服，扶著朱子裕和青青的手到了朱平章停靈的地方，最後看一眼自己寵了一輩子的兒子。

老太太年紀大了，哭了一場精神就有些不濟，眾人將她送回屋子留下寶瑜三姊妹陪著。

原本家裡來往應酬都是寶珠打理的，可這樣的喪事再讓一個小姑娘跑前跑後就有些不合時宜了。青青接過對牌，開始調度家裡大小事務，寶珠跟著打下手。兩人雖都是第一回經歷這樣的大事，但姑嫂齊心協力，倒也沒出什麼差錯。

京城和鎮國公府有來往的人家都接到了鎮國公朱平章去世的消息，紛紛前來弔唁，甚至連盛德皇帝也派了個太監走了一遭。

張夫人聽說自己那個國公爺女婿沒了，忍不住掉了淚。她倒是沒把朱平章的死同那助興藥想到一起，只是一想到自己的女兒好不容易說了門親事，這才成婚不到兩年又死了丈夫，膝下也沒個一兒半女，以後只能靠旁人過活，還不知日子怎麼艱難呢，心裡難受不已。

正在哭自家苦命的女兒，張老爺匆匆忙忙進來，喝斥道：「在家哭什麼，還不趕緊準備大盤、綾錦、銘旌等物，鎮國公府已打發人來催了。」

張家不算大戶，日常怎麼會備那些東西，連忙拿了銀子打發人去買。兩口子趕緊重新換了素服，乘坐馬車往鎮國公府去了。

張家夫婦到的時候，來弔唁的官員絡繹不絕，張家老兩口也沒怎麼來過鎮國公府，正琢磨著是不是要跟在後頭排隊，帶他們回來的小廝皮笑肉不笑地說：「您二老往這邊請，我們三爺想見見你們。」

張家老兩口聞言跟著走了，原本以為會先去行弔唁禮，不料那下人七拐八拐領他們到了一處偏僻處。張老爺機警地停下了腳步，遲疑地看著那小廝，「這裡是何處？」

朱子裕聽見聲音從屋裡走了出來，面無表情地道：「張老爺、張夫人，進來說話。」

看著朱子裕冷冰冰的模樣、疏離的稱呼，張老爺有些不安，心裡道：「女兒剛嫁到鎮國公府一年多，鎮國公就死了，難道鎮國公府想拿我女兒剋夫來說事？可這國公爺是五十多歲的人了，生老病死也算正常啊！」

心裡猜測著，張老爺沒敢多問，跟著朱子裕進了屋子。

朱子裕還要出去陪客，沒空和他打機鋒，直接將那裝藥的匣子放到二人面前。

張老爺遲疑地打開匣子，見裡面擺了兩個藥瓶，有些不解。

張夫人看著這眼熟的藥瓶，心裡咯噔一下，臉上露出不安的神色。

「看來張夫人知道這是什麼東西？」朱子裕譏諷地說：「太醫院的王太醫來瞧過，說這是虎狼之藥，這種藥年輕人吃了都傷身，更不用說像我父親這樣原本就身體衰弱之人。」

看了張家夫婦一眼，朱子裕冷冷地道：「這一個月來，張氏每晚都給我父親吃一到兩粒這樣的虎狼之藥，最後讓我父親耗盡腎水而亡。」

看著張夫人慌亂害怕的神情，朱子裕一字一句地說道：「我父親是被張氏害死的，而這藥據丫鬟說，是從張家拿回來的。」

「什麼？」張老爺不明所以，但聽話裡的內容卻讓他膽戰心驚。他看了看朱子裕鐵青的臉，回頭一巴掌將張夫人扇倒在地，怒喝道：「這藥是不是妳給的？妳哪兒來的？」

張夫人捂著臉哭道：「是女兒派丫鬟回家說要些房裡助興的藥物，我才打發人去買的，哪裡知道這藥這麼霸道？」

「妳糊塗啊！」親耳聽到老妻證實，張老爺淚流滿面，「這樣的藥，妳怎麼敢買給她，妳是不是不要命了？」

張夫人捂著紅腫的臉哭道：「女兒說想要個孩子，可國公爺總是不行，這才病急亂投醫。我原以為這只是補藥，哪知道居然這麼霸道。」

看著張老爺埋怨張夫人，朱子裕開口道：「先不用急著哭，我這還有一樁事。」

張夫人聞言將哭聲憋了回去，跪坐在地上抽噎不止。

「家父死得不明不白，我從張氏屋裡搜檢出些這樣的東西。」朱子裕隨手將桌上的一個匣子打翻在地，裡面滾落出二三十本話本，裡面皆是粗俗不堪的內容。

張老爺翻看了兩本，就羞得面紅耳赤，恨不得立刻到閨女面前給她兩個大耳刮子。

「若只看這些書倒也無妨。」朱子裕厲聲道：「只是她又和這買書的小廝不清不楚，藉著去寺廟燒香的名義在野外苟合。」

張夫人連哭都忘了，張老爺更是不敢置信地看著朱子裕，喃喃自語道：「不可能啊，我女兒在家念了六七年的佛，怎麼能幹出這樣的事？」

「念了六七年的佛？」朱子裕冷笑，「就念出這樣一個清心寡欲的玩意兒？這事兒丫鬟知道，那小廝也認了，你們還有什麼話說？」

看著滿地的豔本淫曲，張老爺老淚縱橫，捶著自己的胸口哀嚎沒教好閨女。

張夫人在絕望之餘希望能為女兒爭取一線生機，連忙哀求道：「這事是她做錯了，還請少爺原諒。往後叫她獨居佛堂，青燈古佛一輩子給國公爺燒香念佛可好？」

「叫她念佛？我怕佛祖能噁心得吐了。」朱子裕不屑地瞥了張夫人一眼，冷聲提醒：「我父親的命比張氏的命值錢多了。」

「我明白了。」張老爺拿袖子抹了眼淚，忽然開口道：「還請三少爺讓我見我女兒一面，我想當面問個清楚。」

朱子裕看了他一眼，「也罷，你自己問個清楚。」隨即起身往前院去陪客。

正當祭拜的人來往不絕時，一襲白衣的張氏忽然從內院款款而來。來賓見狀與她道惱，卻見她木著臉誰也不理，直直地走到靈錢燒了紙，隨即奮力往柱子上一撞，當時就把腦袋撞了碗大的洞，氣絕身亡。

張老爺、張夫人匆匆而來，見女兒死了卻沒什麼意外的神情。

張夫人泣訴道：「我家女兒說自己命硬剋死了國公爺，無顏活在世上，我剛才還勸她要看開一些，誰知一轉身她就不見了……」

眾人唏噓不已，有人惋惜，有人同情，還有人感嘆張氏性格剛烈的時候，面色鐵青的朱子裕看著張老爺、張夫人拿袖子擦淚的模樣，厲聲喝道：「張家打的一手好算盤，你們以為張氏死了就能掩蓋事情的真相嗎？」

張夫人聞言忘了哭泣，有些慌亂地看著朱子裕，就怕他眾目睽睽之下說出張氏的行徑。如若那般，張家只怕再也無法在京城立足了。

張老爺倒還冷靜幾分，他不覺得朱子裕會把張氏做的事大白於天下。這種事誠然會讓女方家裡丟人現眼，但戴了綠帽且馬上風的鎮國公也會成為京城的笑柄。

眼看自己的蠢媳婦開口要說什麼，張老爺眼明手快地拽了她一下，止住了張夫人未出口的話語。將張夫人拽到自己身後，張老爺看著朱子裕，眼裡帶著乞求和不明意味的威脅，「三少爺說的話下官不懂，還望三少爺說話前要三思。」

「三思什麼？」朱子裕冷笑道：「今早太醫來查我父親的死因，說我父親分明是吃了與補藥相沖的藥物致死的。鎮國公府上到老太太，下到我幾個妹妹，日常無論是生病還是調養都是宮裡的太醫把脈開方子，使用的藥材也是太醫院專門撥給，每一錢藥材的去向都明明白白記在帳上。家父吃的致死的丸藥既不是太醫的方子，也不是府裡的藥材，到底從何而來，我還來不及細查。但能把外頭的藥帶進府裡，又哄騙我父親吃下的人，滿府裡也找不出幾個。我剛說了要請大理寺來查找凶手，張氏接著就撞柱自盡，豈不是作賊心虛？」

張老爺傻眼，朱子裕避開助興藥改說是毒藥，這話也沒什麼毛病。只是朱子裕的反應與自己盤算中的截然不同，他原以為女兒一死這事就結了，縱使朱子裕不甘願但起碼女兒的名聲不會受損，女兒還能以國公夫人的身分葬入鎮國公府的祖墳裡，也能有香火供奉，不至於成了孤墳野鬼，可朱子裕一開口，他就知道自己打錯算盤了，這小子不打算讓自家好過。

張老爺臉色陰晴不定，他在心裡快速盤算著。朱子裕只敢說鎮國公吃藥相沖致死，卻沒敢說是用了助興藥，明擺著要顧全鎮國公的臉面。可是，以自己女兒在府裡的身分來說，鎮國公活著比死了更好。張老爺猶豫著，要不要賭朱子裕不敢將真相大白於天下，並以此為藉口挽回張家的顏面。

朱子裕見張老爺的眼珠飛快轉動著，就知他心裡打了旁的什麼主意，冷笑道：「張老爺還有何話要說？」

張老爺見周圍人都拿異樣目光瞧著自己，連忙辯白道：「三少爺這話說得好沒道理，我女兒好好的國公夫人不當，害國公爺做什麼？」

「那就要問你們張家了。」朱子裕抱著手臂，居高臨下地看著心虛的張老爺，「前些日子我們鎮國公府有一件傳了三朝的真珠舍利寶幢不翼而飛，而在寶物丟失的那些日子，夫人一反常態三天一趟往前院跑，家父當著全家的人的面多問了幾句，說要請巡城御史捉拿匪賊，結果沒出兩天家父就暴斃了。」

看著張老爺瞠目結舌的樣子，朱子裕冷漠地道：「張氏又在我說出要請大理寺查案之後撞柱身亡，我不得不懷疑是不是你們張家聯合張氏來謀財害命，又在事情暴露之前推張氏出來做了替死鬼。」

張老爺聽傻了，他千算萬算只想著朱子裕不敢把朱平章暴斃的真相說出來，卻沒想到朱子裕居然能編造出一個謀財害命的帽子扣在張家的頭上。

張老爺有些絕望了，他不知自己是認下謀財害命的罪名好，還是說出自己女兒與下人私通，拿虎狼之藥害鎮國公馬上風更好聽些。

張夫人看著張老爺傻愣在旁邊，對謀財害命的罪名絲毫不辯解，登時就急了，扯著脖子喊道：「我們家才沒拿你家的什麼舍利寶幢，我見都沒見過那玩意兒，我們張家不認！」

「哦？」朱子裕咄咄逼人地看著張夫人，「那你們張家為何聯手張氏下毒害我父親？難道是做了什麼見不得人的事？」

張夫人沒意識到朱子裕話裡帶著套，她下意識想避開自己女兒丟人現眼的事，旁的也來不及細考慮，面對著朱子裕拋出的一個又一個問題，慌亂地冒出一句：「我們沒想著要下毒害國公爺，當真不是故意的。」

眾人忍不住倒吸了一口涼氣，看著張夫人的眼神皆畏若蛇蠍。

張老爺見張夫人就這麼說漏了嘴，當下暴跳如雷，狠狠抽張夫人一巴掌，怒道：「蠢婦，妳多什麼嘴？」

終於逼出這句話，朱子裕暗地鬆了一口氣，朝眾人拱了拱手道：「讓諸位看笑話了，實在是家父死得蹊蹺，不查明真相子裕實在不甘心。剛才張夫人說的話大家都聽到了，家父的死確實與張氏有關。張氏這個惡婦自打嫁到鎮國公府後，早晚不與我祖母晨昏定省，且犯了盜竊之罪，又有謀殺親夫之嫌。今日子裕在此代父休妻，上奏皇上奪張氏之誥命，此後張氏與鎮國公府無關，不得入鎮國公府祖墳。」

看了眼面色灰白、癱軟成一團泥的張老爺和張夫人，朱子裕叫人拿了紙筆寫下休書，丟到張老爺跟前，大聲喝道：「我剛才說的話，你們張家是服還是不服？」

怎麼能不服？

張老爺沒有心思看休書，縱然張氏被休不是因為盜竊，但確實犯了淫罪，此罪在女子身上可比竊盜嚴重多了。謀殺親夫雖言不盡實，但張氏要是不拿那藥丸給鎮國公吃，鎮國公也不至於現在就死了。

可是，女兒死後被休，不僅沒了誥命且入不了朱家的祖墳，做為帶著這種惡名被休回家的女子，按照張家的族規，也是不能入張家祖墳的。朱子裕弄了這樣一手，竟是要生生逼得張氏死無葬身之地了。

張夫人悲涼地抱著女兒的屍身放聲痛哭，張老爺也有些不知所措，事情發展到這一步已經完全出乎他意料之外了。

眾人見張家居然默認了張氏被休之事，更對朱子裕的說辭堅信不疑，頓時斥責聲、嘲諷聲交織在張老爺耳邊，他茫然地看著四周，實在不明白事情怎麼就弄成這個樣子。

看著張氏撞柱飛濺四處的血漬，朱子裕冷聲喝道：「來人，將張家的人給我丟出去！」幾個孔武有力的護院過來抓住張老爺和張夫人丟到大門外，兩人摔了個結結實實，還沒等二人爬起來，一具血淋淋的屍體又砸到兩人身上，惹得路人尖叫連連，避之不及。

張家的車夫在不遠處瞧見了，也嚇得面色慘白，看著身上沾了鮮血的老爺和夫人，不知應該上前攙扶還是躲遠些假裝看不到。

張夫人爬了起來，也不在乎形象了，揮舞著沾著鮮血的手，指著車夫尖叫：「在那發什麼愣，還不趕緊給我過來！」

看著前面擠得滿滿的馬車，車夫道：「夫人，前面堵住了，小的沒法把車趕過去。」

往身上抹了抹手上的血跡，張夫人費力地將張氏的屍體拽了起來，又回頭叫車夫：「還管什麼車，趕緊過來把姑娘背到車上。」

車夫嚇得頭皮都快炸開了，一步三挪地蹭到張夫人跟前，這才發現這滿頭都是血的屍體竟然是嫁到鎮國公府的大姑娘。

看著老爺鐵青的神情和狼狽的模樣，車夫咬牙將屍體拽到了車上，張夫人毫不顧忌地跟著爬了進去。張老爺猶豫了片刻，寧願跟車夫並排坐著，也沒敢進到車廂裡頭。

「老爺，咱們去哪裡？」車夫看了張老爺一眼，一時不知如何是好。

張老爺也有些茫然，閉了會兒眼睛，方才說道：「拉到郊外的義莊吧。」

「老爺，不要！」車廂裡傳出張夫人的尖叫聲，張老爺忽然怒不可遏地回頭罵道：「妳還敢說不要？今日這些事不都是妳們兩個鬧出來的？好好的國公夫人不當，居然做出那種下三濫的事，那麼多年的佛都白念了，她有什麼臉埋進張家祖墳裡？還有妳，妳這個賤人居然教出了這樣有傷風化的女兒，還弄出那種藥來，妳這些年有沒有做出什麼見不得人的事？」

張氏嚎啕大哭，賭咒發誓說自己若是那樣做便不得好死。

想起頭上撞出個窟窿的女兒，張老爺嘆了口氣，絕望地說道：「可不是不得好死嗎？」

張老爺和張夫人一個在車廂內，一個在車廂外，吵得激烈，車夫忍不住豎起了耳朵，心裡萬分震驚。他正琢磨著八抬大轎嫁過去的姑娘怎麼死得這樣狼狽還被扔了出來，原來是有內幕，頓時耳朵立了起來。

可惜剛聽了一半，馬車就轉到了一條人來人往的街道上，張老爺怕人聽見，只罵了張氏兩句便不再言語，低頭拿帕子一個勁兒擦身上沾到的血漬。

張夫人在車廂內哭得肝腸寸斷，卻一句話也不敢多說了。

張老爺原以為自家認了朱子裕口頭上定的罪名，這事就過去了，卻不想等兩人暫時安置好張氏的屍身回到家裡，五城兵馬司就拿了聖旨來張府抄家。張夫人眼睜睜看著官兵在自己日常裝衣裳的箱子裡翻出一件自己從未見過的閃爍著寶光的物件，登時嚇昏了出去。

張老爺被免了官職，張夫人以謀財害命的罪名發配到苦寒之地，盛德皇帝寫了朱子裕繼承爵位的聖旨後，不禁嘆道：「朱平章窩囊了一輩子，居然也死得這麼窩囊，還得朕幫著給善後，也不知老國公爺怎麼養了這樣一個兒子。幸好朱子裕不隨他，要不然朕也不能讓太后把嘉懿指婚給他。」

安明達道：「之前朱平章要娶張氏時，我記得欽天監當時還說張氏命硬剋夫，如今看來，倒真應驗了。」

盛德皇帝嘆了口氣，「當初老國公軍功顯赫，先皇特意准許鎮國公府三代不降爵位，如今朱子裕正好是第三代了。」

聽出了盛德皇帝話裡的惆悵，安明達立刻笑道：「懿德郡主的兒子自然英明神武，說不定以後還會傳出來一門雙爵、一門三爵的事。」

盛德皇帝剛捋著鬍子滿意地笑笑，忽然意識到這爵位通常和戰功掛鉤，身為一個帝王，自然是希望自己的國家四海昇平。盛德皇帝順手拿起案上揉成團的廢紙丟到安明達的頭上，喝道：「胡說八道什麼？還不趕緊叫人去鎮國公府傳旨？」

安明達磕了個頭拿著聖旨退了出來，直到御書房外才敢抹去額上嚇出來的汗。

做滿了七七四十九天的法事，朱平章下葬，朱子裕成為新一任鎮國公，同時他鄭重地上了摺子，請求丁憂三年。

頭戴蘇巾、身穿深衣的朱子裕練劍回來，抹了把汗，問下人道：「夫人呢？」

丫鬟忙道：「老祖宗把夫人叫走了，說是想聽她講六道輪迴的故事。」

因朱平章沒了，老太太白髮人送黑髮人難免悲傷，青青怕老太太整日痛哭傷了身子，便想了些六道輪迴的故事給她聽。為了哄老太太開懷，青青講的並不是什麼大道理，而多是有趣的小故事。在青青的故事裡，那些死去的人多半都有個好去處。

故事好聽，可總講差不多的類型難免絮叨，眼看著老太太快對這樣的故事沒了興趣，青青愁得沒法，隨口扯了兩句穿越的梗。

聽多了眾多話本，經驗豐富的老太太眼睛一亮，當即說道：「這樣的好聽，和修仙的一樣有趣，就講這樣的。」

青青道：「這個不屬於六道輪迴啊！」

老太太道：「輪迴什麼的不重要！」

青青：……

蹲在老太太窗外的朱子裕一臉惆悵，「怎麼我都不用當值了，還是見不到媳婦呢？」

伍之章◆乘隙丁憂纏嬌妻

朱子裕在孝期難得清閒起來，鎮國公府整日緊鎖大門，極少有外人來往，只有親近的人家不怕晦氣時常來坐坐。楊大舅母因介紹了張家這門親事，對鎮國公府十分愧疚。老太太不知真相，只知一夜之間兒子媳婦都沒了，她甚至連媳婦怎麼死的、做了什麼事都不知道。

楊大舅母不敢在老太太面前說破，只能私下拉著朱子裕和青青掉淚，「實在是我的不是，原打聽說張家還算清正，張氏自未婚夫沒了便一直在抄經念佛，還以為是個慈悲心善之人，這才給你們家說項，哪裡知道竟是這樣的惡婦。」

為了朱平章的臉面，鎮國公府對外一致宣稱是張家謀財害命毒死了朱平章，就是楊家也是這麼認為的。朱子裕不欲多說，反倒寬慰了楊大舅母一番：「大舅母也是好意，知人知面不知心，誰也沒想到她居然是這樣的人。」

青青拿著帕子幫楊大舅母拭淚，說道：「就是我們在家裡每日與她見面，也都當她是個和善人呢。連張家，京城裡以前不都說他家家風好嗎？裡頭的事外人哪能知道。」

提起張家，楊大舅母氣不打一處來，「一家都不是好東西，還好皇上英明，沒幾日就斷了案。」楊大舅母看了看兩個人，壓低聲音道：「你們在家不出門，還不知道張家的消息吧？這張夫人在獄中就病了，發配那日還昏昏沉沉的，也不知路上熬不熬得過去。張家老爺被免了官又罰沒了不少銀子，聽說家裡的奴僕都散盡了。為了養家糊口，他家幾個兒子出來找活計，可沒人敢用，說是怕謀財害命。張老爺受不住指指點點，想賣了宅子回老家去。」

朱子裕聽了張家如今的情形，沒有什麼太大的反應。說起來張家並不算無辜，畢竟那藥是張夫人叫人買的，可論起來也是朱平章不爭氣，受不住誘惑才生生把自己作死了。雖說子不言父過，但朱平章這樣的死法差點噁心死朱子裕，在最初的氣憤過了、悲痛消退以後，成功地讓朱子裕心中僅有的一點對父親的孺慕之情徹底磨沒了。

朱子裕不想楊大舅母總為這事掛懷，主動安慰道：「大舅母若是不嫌我家晦氣，沒事常來坐坐，陪我祖母說說話，也教教青青中饋之事。」

果然楊大舅母露出了幾分笑意，滿意地看著青青說：「說起來你父親的大事，我原本還擔心來著。青青自成親就跟著你去了四川，聽說你們在川南是住在岳母家，也沒操過什麼心，這回來以後還沒等緩過勁兒來，你父親就沒了。我當時真擔心青青年輕又沒經過事，怕辦不好這宗大事，還和你大嫂子說叫她來瞧瞧，若是忙不過來趕緊幫襯一下，萬不能讓外人看了笑話去。誰知你大嫂子回家後滿口地誇讚青青，說就和積年管家的主母一樣，事事都有條不紊十分妥當，就是讓她來做，也不能比這再齊全了。」

青青被楊大舅母誇得滿臉通紅，連忙說道：「多虧了大嫂子和寶珠妹妹幫襯和提醒，這才將事情辦得周全了。」

「這才是當家主母的風範呢！」楊大舅母滿臉的讚許，「也是妳自己有能耐，遇到那種束手束腳、不慣見人的，就是旁邊有十個提點的人也不成。」

拉著青青的手，楊大舅母鄭重地囑咐她：「現在妳是鎮國公府正兒八經的主母了，這中饋還是在妳手裡比較穩妥。這寶珠幫了幾年忙，該學的都學會了，往後別讓她多插手了，讓她將心思放在針線上才是正經。」

想起寶珠，青青臉上多了幾分暖意，「這幾年鎮國公府的張羅款待都是寶珠在費心，她要守孝三年，等出了孝都十六了，若是那時再打聽人家未免有些耽誤，還要拜託舅母幫我們多留意人品才學皆上佳的少年，等寶珠出了孝再相看。子昊和寶珠是龍鳳胎，男孩子成親雖說可以晚些，但也得提前瞧著，心裡有數才是。」

楊大舅母喝了口茶，不是很情願的樣子，一個是因為張氏這事大大地打擊了楊大舅母信心，她不是很想再摻和旁人家的親事，再一個就是寶珠和朱子昊都是高氏所出。當初高氏對朱子裕做的那些事楊大舅母都還記在心上，雖然寶珠和朱子昊那時年紀小，對此也不知情，但楊大舅母對他倆還是親熱不起來。

青青無奈地和朱子裕對視了一眼，便不再為難楊大舅母，琢磨著改日託人和沈夫人說一聲，讓她幫忙留心看著。

楊大舅母說了一會兒話，眼看快到晌午了，起身要走。

朱子裕和青青留楊大舅母吃午飯，楊大舅母擺了擺手道：「你們外祖母還在家，我就不在這吃了。」又拉著青青說：「得了閒就到我家去說話，都是自家孩子，沒那麼多避諱。」

楊大舅母去拜別了老太太，朱子裕親自送到大門口，見馬車駛遠了才回轉。

青青叫他去陪兩個祖母說話，自己則去廚房安排午飯。

徐婆子自打朱平章沒了，想著老太太年事已高，怕她傷心過度再跟著走了，連忙將藍藍託付給徐鴻飛一家，自己又帶著鋪蓋來了鎮國公府。

有徐婆子陪著，又有青青時不時講些新奇的故事，老太太等兒子下葬以後很快就緩了過來。徐婆子見狀又回家住了幾日，可藍藍和丹丹每日都跟著徐鴻飛到胭脂鋪子幫忙，居然有些樂不思蜀。徐婆子索性不管兩個孫女，帶著衣裳又去鎮國公府小住。反正邀請她的是鎮國公府的老封君，當家主母就是自己的寶貝孫女，鎮國公朱子裕又是從小吃自家飯長大的，也不怕旁人說嘴。

朱子裕到了老太太的院子裡，還沒進門就聽見祖母的笑聲，朱子裕鬆了一口氣，心說：多虧徐祖母陪著，老太太才不至於鬱鬱不樂。

丫鬟行了禮掀開簾子，朱子裕走進去瞧見老太太靠在迎枕上，徐祖母盤腿坐在另一側，兩人說得正歡快。

朱子裕笑道：「兩位祖母，飯快得了，擺哪裡吃？我來伺候。」

老太太擺手道：「你們自去吃，省得在我這裡聞了肉味又饞得慌。」

如今鎮國公府吃飯都是分開，老太太和徐婆子兩個正常用飯，而朱子裕、青青和底下的弟弟妹妹們都得茹素三年。寶珠、寶瑜等女孩子還好，吃肉也行，吃素也好，並不挑食，而吃素最久的朱子昊反而有些受不住，每日吃飯總是無精打采不說，還總說茹素不頂餓，練劍的時候腿經常打晃。

朱子裕雖不吱聲，但細心的青青發現朱子裕的飯量明顯比以前要少一些，往往不到吃飯的時候肚子就餓了，只能吃一些素燒麥、素蒸餃來充飢。

青青打小也是愛吃肉的主，一想到守孝三年必須吃上三年的素食，她就覺得有些絕望。強忍了些日子，實在熬不下去了，青青便想著做幾道味道像葷菜的素食替一替，總得把三年熬過去再說。

青青到底是跟著食道人學過幾年的廚藝，做素食也有一手絕活，原先能吃葷時不顯，如今守孝的時候就顯出珍貴來了。

來到廚房，青青挽起袖子，看了一圈廚房裡除了各色蔬菜外還有麵筋、豆腐、竹筍、竹蓀、各類蘑菇等物，便叫來廚娘吩咐道：「我做幾道菜妳們都瞧仔細了，往後就按這個方法來做。也不拘這一道菜，能琢磨出新的更好。」

青青叫人把菜按照自己的要求切好，拿切片的葫蘆和麵筋分別用料醃漬後加蔥花、花椒油、黃雕酒一起爆炒。眾廚娘聞到那香味，竟覺同鮮美的河豚十分相像。

拿豆腐乾醃漬後切片煎至金黃同竹筍熬煮，不多時便做出一大碗竹蓀雞湯。雞蛋打散，放薑末和醋，略微翻炒，味似鮮蟹鮮美。更有肉燜鮮筍、東坡肘子等菜，都是拿豆腐等素物做的。守孝不講究形色相像，只味道接近便成。

為了讓廚娘知道須做成什麼味道，青青每一道菜都特意多做了一份讓廚娘嘗味。送走了青青，廚娘們紛紛拿出筷子挨個品嘗，假河豚鮮得能讓人把舌頭吞下，東坡肘子香而不膩，最妙的是竹筍雞湯，若不是親眼看到青青用的是豆腐乾，只當真的是用小嫩雞熬煮的湯。

廚娘們讚嘆後一個個又苦了臉，這些人能在鎮國公府當這麼年的廚子，個個都有自己的拿手絕活，就是素菜每個人也有自己的祕方。青青做的那幾道菜，看似簡單，用的時間也不多，可讓她們原樣做出來，誰也不能保證做出正宗的味來。

正院的偏廳內，朱子昊看著滿桌的素菜，強忍著嘆氣，勉強叫丫鬟盛了碗飯，隨意從離著自己最近的盤子夾了一筷子菜放進嘴裡。

朱子昊的眼睛猛地睜大，他不敢置信地看了看眼前的這盤菜，怎麼瞧都是普通的素菜，可怎麼吃一口就是滿嘴的肉味呢？

朱子昊懷疑自己是不是饞肉饞瘋了，沒忍住又夾了一筷子放嘴裡，熟悉的口感、喜歡的肉香無一不告訴他自己吃的這道菜叫東坡肘子。

「這是誰做的菜？簡直神了！」朱子昊喜出望外，拿起調羹連舀了幾勺子拌進飯裡，幾口就吃下去大半碗。

朱子裕吃了一口假河豚，對嘴裡的滋味十分滿意，「這道菜好，和真河豚的滋味也不差什麼，關鍵是還沒有刺。」

青青給他佈了一筷子菜，「若是喜歡，回頭再給你做。」

朱子裕滿足地點了點頭，又看了眼快把臉埋碗裡的朱子昊，得意地說道：「我媳婦做給我吃的，等你娶了媳婦以後，你可就沒這口福了。」

「嗝……」朱子昊抬起頭，堅定地說道：「那我就不娶媳婦了，這樣就能天天跟著三哥和嫂子吃飯了！」

朱子裕的筷子停在半空，不敢置信地看著朱子昊厚臉皮地繼續吃吃喝喝。

朱子昊盛了碗湯，一口氣喝了半碗，滿足地嘆氣，看著朱子裕的眼神帶著感激，「多謝三哥提醒，差點以後就吃不上嫂子做的飯了。」

朱子裕忍不住想打自己一巴掌，「多什麼嘴？」

兩個月沒吃上可口的飯食，中午這頓飯朱子昊吃得眉開眼笑，撐得他吃完飯愣是沒有躺下，又到鎮國公府新修葺的練武場練了一下午的劍。

到了晚上，看著桌上和中午相似的菜色，朱子昊滿懷期待叫丫鬟盛了滿滿一碗飯，剛夾了一口菜放在嘴裡，朱子昊就變了臉色。看著盤子裡的素肘子，香味雖然略微淡些，但色形都和中午吃的沒什麼差別，怎麼嘗起來味道相差那麼多呢？

不甘心地又夾了另一道菜，若是單純論素菜來說，已經做得很鮮美，但是朱子昊仍嫌寡淡。朱子裕等人看著朱子昊挨個菜夾了一遍，越吃越沮喪，越吃越絕望。

惱怒地放下筷子，朱子昊喝道：「廚房的人呢？叫她們來回話！」

朱子裕嘗了一口菜，便知道朱子昊為何生氣了，也微微皺起了眉頭。

此時廚娘們都膽戰心驚地等消息，自中午吃了飯幾人就分頭行動，學著中午夫人做菜的手法，每一道菜每一道工序都不敢出差錯，就怕偏了味道，主子們吃得不對胃口。

可怕什麼來什麼，等做好了菜眾人一嘗，全都傻了眼，明明一模一樣照搬著做的，怎麼味道差那麼多？夫人做的菜，嘗在嘴裡誰也吃不出是素菜葷做，而她們做的菜，頂多有點肉味罷了，略微嚼一嚼就能嘗出不對來。

慌亂地試了一下午，眼瞅著到了晚飯時候，可這些廚娘們對著四不像的菜一籌莫展，直到正院伺候的丫鬟們來催了，這才硬著頭皮把新做的菜給送了去。

等丫鬟走了，廚娘們皆面面相覷，管事的劉嫂子知道送上去的菜肯定不過關，估摸著主子肯定會問話。劉嫂子不敢耽擱，簡單洗了手臉，匆匆忙忙換了件乾淨的衣裳，便到正院外頭候著，預備著主子問話時能找到人。

果不其然，才站了一盞茶，就有丫頭苦著臉出來，壓低聲音問：「廚房來人了嗎？」

劉嫂子連忙過來，小心翼翼地陪笑道：「姑娘，我就是。」

「原來是劉嫂子。」那丫鬟不顧上寒暄，拉著她就要往裡走，「快跟我來，四爺發火了，國公爺也有些不高興。」

劉嫂子心裡咯噔一下，暗嘆自己命不好，伺候了大半輩子，居然折在這素菜葷做上。硬著頭皮進去，劉嫂子一眼瞧見四爺滿臉不愉，就連國公爺也一臉不善地盯著自己。劉嫂子眼淚都快掉下來了，做了這麼多年菜，這大京城也沒聽說過能有幾個把素菜做出肉味來的，味道有個四五分相似就很難得，也不知夫人是怎樣的巧手，做出來的就那麼香。

將手裡的筷子重重地放下，朱子昊問道：「中午嫂子做菜的時候，妳們怎麼學的，怎麼味道差這麼多？」

劉嫂子很冤枉，忍不住辯白了兩句：「奴婢們當真是連眼都不敢眨地瞧著，菜還是那幾個人切的，做的時候也都按夫人說的做，誰知出了鍋就不是那個味了。」

青青也弄不清是怎麼回事，便指著其中一道菜讓劉嫂子說是怎麼做的。

劉嫂子不敢隱瞞，一五一十地說了，青青也有些不解，「這樣做沒錯呀！」

朱子昊看了看青青，誠摯地問道：「嫂子是不是有什麼竅門沒說？」

「竅門？」青青認真想了想，遲疑地道：「做菜的時候想著這道菜應有的味道，比如說這道塞螃蟹，我做的時候想的就是鮮嫩肥美的大螃蟹。」

連廚房都沒進過的朱子昊聽得連連點頭，還正兒八經教導廚娘：「妳聽聽，做菜時就得心誠才能做出鮮美的味道，不能應付了事。」

劉嫂子聽傻了，誰家做菜還在心裡琢磨滋味，忍不住腹誹道：「我該請尊食神的神像來，早晚三炷香，那才叫心誠呢！」

說了這麼一會兒，菜已經涼了，再做也來不及了，便讓廚房做了麵來，再淋上素澆頭，簡單吃了一餐。

朱子昊沒吃到心心念念的美食，鬱悶地走了，而對於朱子裕來說，比起口腹之欲來，更讓人難以忍耐的是身體的慾望。

守孝不僅要求茹素三年，同時也有三年不同房的說法。放著香噴噴軟綿綿的媳婦不抱，自己去前院獨守空房，那是傻子才幹的事。如今朱子裕是鎮國公府的老大，他不去前院住誰也不敢說他，只可惜兩人只是睡一張床上，不敢做旁的。

把青青抱在懷裡，朱子裕親了兩口，挨著青青蹭了蹭，只是蹭了幾下不但沒有舒緩，反而更加難耐了。

忍不住拉著青青的手放到了自己身下，朱子裕舒服地呻吟出聲，一邊引導著青青挪動著手，一邊小聲嘟囔道：「他倒是牡丹花下死，做鬼也風流，卻累著我們受罪。」

青青安撫地吻了吻朱子裕的嘴唇，細聲細語地哄道：「到底生養了你一場，且忍忍吧，忍過這三年就好了。」

「三年呢！」朱子裕委屈地哼哼兩聲，「我估摸著誰也忍不過去，說不定都得破戒。」

朱子裕原本只是發洩不滿隨口說說，不料第二日就一語成讖了。

話說劉嫂子昨晚自正院回去，把主子的話重複了一遍，愁眉不展地說道：「若是三五天還好混過去，這可要茹素三年，還得想個法子才是。總不能真在廚房供個食神天天燒香吧，就是燒香也不頂用，沒聽說過誰靠燒香就能做好飯的。」

眾人互相看了一眼，做飯這事哪有什麼投機取巧的法子，無論是刀工還是調味，都是上千次的刻苦練習和經驗積累，才讓她們幾個在眾廚娘中脫穎而出，專為幾個主子做飯。

一個姓王的廚娘最滑頭，她見每個人都是愁容滿面，就知道誰也沒想出好法子。將燒火挑水的幾個打下手的粗使丫頭趕出去，王娘子見沒人在外頭，這才關上門，壓低聲音道：「我倒是有個主意，不知行不行？若是我說錯了，劉嫂子可別攆我。」

「這時候提什麼攆不攆的？」劉嫂子沒好氣地看著王娘子，「有主意趕緊說，現在咱們可都是一條繩上的螞蚱，伺候不好主子，誰也跑不了。有主意妳就趕緊說，若是可行咱們就照辦，若是不行，咱們還得繼續想轍。」

王娘子一邊留意眾人的神情，一邊小心翼翼地說道：「四少爺最近吃喝不香，無非是饞肉了，想頓頓菜都有肉味。我想著，咱們索性就用真肉不就得了。」

劉嫂子嚇了一跳，喝罵道：「妳瘋了？這可是守孝，哪能用真肉？再者說，若是露餡兒，咱們都得被發賣了不可。」

王娘子訕笑道：「嫂子別氣，您聽我細說。夫人這素菜葷做的絕活看似簡單，可是咱們現在誰也學不像，這種功夫不是一天兩天能練會的，可飯還是得每天照常做，咱們不能一天三頓地挨罵吧？」

看著劉嫂子神情有些意動，王娘子繼續遊說：「我想著做的菜裡不能放肉，那總能放肉湯吧？這個看不出來不說，還能夠提味，只要咱們幾個把嘴閉嚴了，保管誰也猜不出來。」

劉嫂子陰晴不定地看了看王娘子，有些猶豫不決。

王娘子趁機說道：「像咱們府上老太太和徐家的老太太不忌口，一日三餐大魚大肉吃著，東西都不用額外採買，直接用就是，也不用擔心旁人懷疑。」

劉嫂子猶豫了半晌，最終咬著牙點了點頭，只是這是冒險的事，誰也不想栽在這上頭，因此看了看眾人，劉嫂子低聲道：「我知道原先妳們這個和那個不對盤，那個看這個不順眼，往常妳們小打小鬧的我也不管妳們，可打今兒起都把妳們那些小心思收起來。自明日起，咱們一早熬好高湯，熬得濃郁些，多弄上兩樣，等做菜的時候就舀上一勺。只是這事到底上不得檯面，咱們得謹慎才是。那些燒火提水的丫鬟，讓她們弄利索後就都攆出去，咱們寧可自己辛苦些，也別漏了餡兒。」

眾廚娘紛紛點頭，第二天天不亮，幾個廚娘結伴來到廚房，一邊打著哈欠，一邊讓小丫鬟引了火。等火旺起來，就把人攆出去，將豬肉骨頭、牛肉骨頭、整雞整魚都分別焯水下鍋熬了起來。

翌日晌午，朱子昊不報什麼期待地喝了兩口湯，十分驚喜地說道：「這劉嫂子做菜有進步啊，才一晚的功夫，這湯就喝出肉味來了。」

青青夾了一筷子菜放在嘴裡細細品嘗，臉色微微一變，忍不住拿眼瞅朱子裕。

朱子裕吃了一口燜鮮筍，臉上帶了幾分遲疑，他下意識轉頭看向青青，又吃了一口，低聲說道：「味道不錯。」

劉嫂子在院子裡聽了消息，頓時鬆了一口氣，看來這次蒙混過關了。

宮裡的馬車停在鎮國公府門口，福壽宮的太監下了馬車，奉太后旨意請青青進宮。

太后最近心情十分鬱悶，孫女回來還沒親香夠，朱平章居然這麼死了，實在是太影響她和孫女培養感情了。

因青青身上有熱孝，鎮國公府又有各家誥命來往也都要青青陪著，還要料理喪葬大事，著實是不得清閒，太后縱然是再想她也不能在這個時候召她進宮。

如今好歹過了七七四十九日，朱平章發喪下葬，青青也空閒下來了。太后估摸著青青應該緩過勁來，立刻迫不及待地派人來叫青青進宮去說話。

青青有些為難，時下守孝的人家不輕易到旁人家去，怕忌諱不說，也怕帶了晦氣，更別提進宮了。那裡住著皇上和太后，若是衝撞了怎麼得了？青青是穿越來的，自然不信這個，但擋不住本朝的人迷信，再加上宮裡不是尋常地界，青青覺得自己還是謹慎些比較好。

來接青青的太監和青青不算相熟，乾巴巴地將太后的話重複了兩次，但青青堅決地用有孝在身為由不同意隨他進宮。小太監想不出法子，只能垂頭喪氣地起身告辭。

小太監回宮跪在太后面前將青青的回絕重複一遍，「郡主怕衝撞了太后，不敢進宮。」

太后嘆了口氣，「這孩子什麼時候心事這麼重了，你去和她說，哀家福氣重得很，不怕這個，讓她只管來就是。」

小太監苦著臉磕了個頭，心裡琢磨著該怎麼說服郡主，若是再請不來人，只怕他也甭在福壽宮當差了。

正要退出去，太后忽然叫住他，轉頭叫來錦瑟嬤嬤：「哀家瞧著小慶子嘴笨，不如妳跟著去走一遭。嘉懿和妳相熟，平日也敬重妳，妳和她好好說說，別讓她想這些沒用的。」

錦瑟嬤嬤便坐著馬車一路來到鎮國公府，青青正和朱子裕兩個在園子裡摘花，聽見宮裡的錦瑟嬤嬤來了，顧不得換衣裳，趕緊去了花廳。

錦瑟嬤嬤正在喝茶，見青青來了，起身行禮，「見過郡主。」

青青快步上前，托住錦瑟嬤嬤，親暱地笑道：「嬤嬤怎麼出宮了？」

「還不是為了請妳？」錦瑟嬤嬤看著青青的眼神滿是寵愛，她無兒無女，大半輩子陪在太后身邊，這些年見的最多，相處最好的孩子就是青青。有時候夜深人靜的時候，錦瑟嬤嬤常想，若是自己也有這樣一個孫女，這輩子也就知足了。

拉著青青在自己身邊坐下，錦瑟嬤嬤攏了攏青青的頭髮，「娘娘想妳想得不行，叫我請妳進宮去呢。」青青剛要開口說話，錦瑟嬤嬤就止住了她，「傻孩子，這麼些年妳不是不知道太后有多疼妳，什麼孝期啊晦氣都不必說，太后娘娘說她不怕那個，她更怕的是見不到妳。」

青青感動地說：「其實我也想太后娘娘了。」

錦瑟嬤嬤笑道：「這不就是？趕緊跟我走吧。」

青青不再矯情，見自己一身素白，說道：「勞煩嬤嬤等一下，我去換件衣裳。」

待青青換了淡青色的衣裳出來，兩人坐車進了宮。因之前小太監耽誤了時間，青青到福壽宮的時候都快晌午了。太后娘娘一見青青就拉著她上下打量，「瘦了，這回是真瘦了，比從四川回來時候瘦多了。」

摸了摸自己的臉頰，青青說道：「從四川回來那會兒正胖著呢，好不容易這幾個月吃素才把臉上的小肥肉減下去。」

「肉嘟嘟的才可愛。」太后心疼地摸摸青青的臉，一個勁兒地問：「是不是前些日子累著了？還是吃素不習慣？妳愛吃魚蝦肉類，這會兒都吃不得，可怎麼辦呀？」

青青說道：「誰家都是這麼過來的，挨過三年就好了。」

「這個殺千刀的朱平章！」太后恨恨地罵道：「這一輩子他除了生了幾個好兒女外，就沒做過一件好事！死了噁心人一把不說，還連累我們嘉懿吃苦受累！」

青青面露無奈之色，敢這麼正大光明罵朱平章的也就皇上和太后了。雖然青青對朱平章也沒什麼好感，對他的死生不出悲切之心來，但看在老太太和朱子裕的面上，青青也得把該做的都做周全。

青青道：「不過是盡自己的本分罷了，好在大事都了了，也就謝孝、期年、再期、除服的時候忙一遭，旁的不用操心。」

太后道：「這個先不說，我只問怎麼子裕上丁憂的摺子了呢？本朝奪情只針對文官，武官不需要丁憂守制。當時皇上看了子裕的摺子，想著他回京後還沒正式當值，又怕他心裡不自在鬧得妳也心情不好，這才准了的。」

青青臉上閃過一絲害羞的神情，捂著紅彤彤的小臉說：「偷偷和娘娘說，千萬別讓皇上知道，其實子裕不過是想偷懶罷了。他打十來歲起去山東治理水患，又到雲南攻打緬甸，等成親去四川任職期間也沒得消停，子裕說這些年沒能好好陪我安安靜靜地待一會兒，便想著趁此機會歇上三年，同我在家吟詩作畫。」

太后笑了出來，「到底是年輕的小倆口，這想法就是與旁人不一樣。」

錦瑟嬤嬤在旁邊湊趣道：「鎮國公年紀輕輕，有戰功又有爵位，歇上兩三年也不打緊，只要他們小倆口感情好就行。」

太后點頭，「這話說的是。」拍了拍青青的手，太后也故意悄悄地說道：「你們在家好好玩就是，哀家保准不讓皇上知道。」

聽見旁人忍不住的笑聲，青青紅了臉。

太后順勢哄了兩句，估摸著到了晌午，便道：「好了，不鬧了，也到了該用膳的時候了。都叫御膳房做了什麼菜？哀家今兒可得給青青好好補補。」

正說著，皇上和太子來了，青青連忙起身行禮。

盛德皇帝說：「想著郡主來了，母后一定高興，朕來蹭頓飯吃。」

太后好笑地看了皇帝一眼，「只可惜今日沒什麼好吃的，哀家吃齋，青青吃素，你們父子兩個跟著我們也吃不好。」

「無妨。」盛德皇帝笑道：「我陪母后吃齋。」

十來個食盒提了上來，一盤盤精緻的素菜擺在長桌上，與青青的素菜葷做不同，御膳房的廚子將各色素菜本身的味道挖掘出來，鮮美的味道、清淡的香氣讓人食慾大增。

青青沒少在宮裡用飯，可每回吃的最多的是各地進貢的特色食材，對純素的菜色偶爾嘗一嘗，並未多吃過。現在吃不得肉，倒能靜下心來細品素菜的鮮美。太后見青青吃得香甜，用的也不少，臉上露出了笑容，「雖吃不得肉，但蛋和奶都可以用一些，這樣才不會虧了身子。你們還是孩子，該多吃些養身子的。」她一邊說著，一邊叫人端了奶豆腐過來，「特意叫人燉得嫩嫩的，妳嘗嘗。」

青青嘗了一口，倒有些後世雙皮奶的意思，只是不太甜，便道：「再放些蜜醃的紅小豆、核桃仁、松子之類的拌著吃，也許滋味會更足。」

太后連聲道：「快去拿來給郡主。」

宮女忙抱了各色的蜜餞罈子和乾果匣子來，按照青青的要求逐樣放了一勺進去，攪拌均勻，入口是撲鼻的奶香和香甜的口感，青青連飯都不吃了，把這一碗奶豆腐吃了個精光。

太后見狀直笑，笑著笑著又紅了眼睛，「可見是餓著我們青青了，以往吃再好的東西都沒見饞成這樣，虧了嘴了。」

青青很無語，她真的只是饞雙皮奶而已，娘娘，您想太多了。

太后想多了的結果，就是出宮的時候不得不帶上皇上和太后賞賜的三個御膳房太監，兩個做素食，一個做甜點的。

回到府裡，青青比較愁這三個太監如何安置，畢竟人家之前在御膳房都是數一數二的廚子，總不能讓他們跟自家的廚娘整日待在一起吧。

想了想，青青決定將前院一處閒置的小院落利用起來，把東西兩側的廂房改成廚房，正房三間房隔開給三人居住，另外配了小廝伺候他們起居，又打發十來歲的小子跟著打下手。

每日府裡的大廚房伺候老太太的一日三餐，青青幾人的飯食則由三個太監準備。

這三名太監本是伺候太后的，手藝自不必說，其中兩個專供素食幾十年，做出的素菜鮮美異常，四個姑娘吃得津津有味，連朱子昊都不嚷著要肉吃了。

青青鬆了一口氣，若不是這三個人來，她真的擔心某天自己會在素菜裡吃到肉沫。

……

時光飛逝，第二年青青的弟弟徐澤寧從四川回京參加春闈，成了新一任的狀元郎，創造了一門雙狀元的佳話。徐婆子又看了一回誇官遊街，面對眾人的奉承，徐婆子連著一個來月做夢都咯咯咯直笑。

歲月如梭，轉眼間鎮國公府的二十七個月孝期過去了，辦酒除服後，一時間各色的帖子紛沓而至，不是邀請賞花的就是請喝茶的。原因無他，鎮國公府的大姑娘和四少爺皆滿十六歲了，已經到了談婚論嫁的好時候了。

朱子裕表示，這些先不著急，目前最重要的是，她要和媳婦在床上大戰個三天三夜。為了此戰不半途而廢，朱子裕提前就計劃好了，在天還沒亮的時候，他扛著還沒睡醒的媳婦上了馬車，在沒有驚動旁人的情況下靜悄悄地出了城。

朱子昊屁顛屁顛地來了：嫂子，您給我相看哪家姑娘當媳婦啊？嫂子？嫂子呢？

寶珠：嫂子，明天的賞花宴……咦……人呢……

老太太：這個故事太好笑了，快叫青青來，我得和她好好說說……

福壽宮內，兩個小太監瑟瑟發抖地跪在大殿，委屈直想哭，「鎮國公一早就把郡主帶走，小的找遍了京城，還是守城門的官員說鎮國公府的馬車一早就出城了！」

此時，京郊的莊子裡，朱子裕摟抱著媳婦左親親又抱抱，這回看你們怎麼和我搶媳婦！

鎮國公府從老太太到少爺姑娘們每日看著門口望眼欲穿，就是不見人回來。老太太重重地用拐杖頓地，「不是說三天就回來嗎？這都四天了，怎麼還沒回來？」

珍珠欲哭無淚，「國公爺走的時候說是三五日就回來，也許還得等兩天？」

「就沒見過這麼糟心的孫子，要是想玩自己去就好了，做什麼把我孫媳婦帶走了？」老太太憤憤不平，她每次聽完話本就喜歡發表兩句自己的看法，偏生家裡的人只會是是是、對對對，沒一個能和自己聊得起來的。青青就不一樣了，她總是能摸準老太太喜歡的點，幾句話就能把老太太說得兩眼直冒光。若不是孫子不同意，老太太恨不得睡覺都不讓青青走，有個能說到一起的人實在是太不容易了。

長吁短嘆了一番，老太太的目光對準了朱子昊，「你說說你這麼大了怎麼還不娶媳婦？就不能給我娶個像青青一樣貼心的姑娘回來嗎？」

正在啃西瓜的朱子昊一臉懵逼，「我這不是剛十六嗎？」

「十六？我十六的時候都嫁人了！」老太太不屑臉。

艱難地把西瓜嚥了下去，朱子昊無語地抹了抹嘴邊，「我這不是剛出孝嗎？」

「這倒也是。」老太太點了點頭，朱子昊剛鬆了一口氣又摸起一塊西瓜，老太太的腦子又轉了回來，「那現在不是出孝了嗎？怎麼還不娶媳婦？」

朱子昊很絕望，「您老人家好歹先給我說個媳婦啊！沒訂親，我娶誰呀？」

「就是不機靈，你瞧瞧你哥十歲的時候就知道自己以後娶誰了，你都十六了還得讓我一個老太婆給你找媳婦！」老太太恨鐵不成鋼「還練劍呢，話本上的劍客屁股後頭一串小姑娘追著跑，你瞧瞧你……」

老太太嘖嘖嘖兩聲。

朱子昊頓時覺得啃了一半的西瓜生澀難嚥，他小心翼翼地看著老太太，「祖母，拐跑我嫂子的是我哥又不是我，您怎麼老瞧我不順眼呢？」

老太太沒好氣地瞪了他一眼，「若是你也娶一個，就是拐跑一個我還有一個，哪像現在一個孫媳婦都不在跟前。」

朱子昊沒脾氣了，他看了看捂著嘴偷笑的寶珠、寶瑜，忍不住說道：「您這不還有四個孫女嗎？讓她們陪著您！」

老太太瞧了瞧幾個孫女，搖搖頭，「雖然長得一個個都不孬，就是不會聊天，我說什麼都聽不明白，以後嫁到婆家去可怎麼辦？」

寶珠無奈地道：「您老放心好了，京城這麼多夫人，哪個都不如您藏的話本多。」

話音剛落，站在箱子上的小黑忽然發出啾啾聲，眾人嚇了一跳。

寶珠忍不住罵了一句：「作死呀，魂都快被你嚇飛了！」

小黑似乎聽到了什麼關鍵字，歪著脖子看了看寶珠，隨即在箱子上走了兩步，叫道：「話說有個女子受到了驚嚇，竟然魂魄離身，飄飄蕩蕩瞧見了小時候的自己，眼見著兒時的自己按照丫鬟的指引就要往湖邊走，頓時一個著急就撲了上去……」

寶珠驚悚地看著一邊踱著方步一邊說書的小黑，不敢置信地問道：「牠在說什麼？」

老太太滿臉驚喜地看著小黑，站起身來顫巍巍地走了兩步，「小黑說的是青青才寫的一齣戲，昨兒剛讓小丫頭念了一回，誰知牠竟然記住了，真是聰明。我和你們說，這戲可有意思了，講的是重生，你們知道什麼叫重生嗎？」

眾人面面相覷，茫然地搖了搖頭。

「嘖，還不如一隻鳥呢！都走吧都走吧，小黑陪我就成了，等你們嫂子回來叫她來我這裡請安。至於朱子裕，讓他哪涼快上哪兒待著去，我不想見他。」揮手趕走了孫子孫女們，老太太拿著幾粒松子仁放在小黑的腳下，看著牠一粒一粒啄著吃，不禁喜孜孜地摸了摸牠身上黝黑的羽毛，「吃吧，吃完了再繼續講。」

寶珠等人被老太太趕出來，幾人站在院子裡看著從空中飛過的喜鵲，竟然有一種恍如隔世的感覺。

朱子昊湊到寶珠面前，問道：「那小黑才在祖母屋裡待了小半個月，怎麼就開口說話本了呢？以前妳養的時候發現牠有這方面的天賦嗎？」

寶珠想起自己精心養育了小黑三年，教了無數次詩詞歌賦，可小黑學了下句忘上句，今天學一句明天就能忘一段，原以為牠天生蠢笨，記不住太多東西，誰知現在居然一開口就能講話本，寶珠頓時覺得心累。

鎮國公府上下找不到青青，太后娘娘也抓了個空，趁著皇上來請安，太后告狀：「朱子裕帶著青青跑莊子上去了，都三四天了還不回家，哀家瞧著他一定是太閒了。」

盛德皇帝點了點頭，「母后說的對，這朱子裕出孝好幾天了，也該做些正事了。母后且放心，一會兒朕就下旨，給他安排個合適的差事，叫他即刻上任。」

太后用力點了點頭，等盛德皇帝起身要走的時候，又猶猶豫豫叫住他，「雖說不讓他閒著每天沒事幹，但也別太忙，青青跟著守了三年的孝，轉眼就十八歲了，也該有個孩子了。」

盛德皇帝聞言站在原地，半晌惆悵地嘆了口氣，「剛見到她時還是個粉嫩嫩的小姑娘，這眼瞅著就這麼大了。」

「可不是嗎？」太后笑了笑，眼裡滿是慈愛，「看著她一天天長大，生兒育女，咱們當長輩的心裡也高興。」

「母后說的是。」盛德皇帝附和道：「只是往後嘉懿陪母后的時候就少了。」

「無妨，只要她過得好，隔十天半個月進宮讓哀家瞧瞧就行了。」太后有些失落，卻也有些欣慰，「孩子長大了不就是這樣嗎？」

盛德皇帝扶著太后坐下，慢慢地說道：「朕記得太子的長女吉兒快五歲了，倒有幾分嘉懿的模樣，不如叫她過來陪陪母后？」

太后想起那個古靈精怪的小丫頭有幾分嘉懿的品格，便點了點頭，「也好。」看了盛德皇帝一眼，太后嘆氣，「嘉懿小時候哀家沒瞧過她長得什麼模樣，等進宮的時候已經是亭亭玉立的小姑娘了，每每見到吉兒，哀家就總是恍恍惚惚把她錯認成小時候的嘉懿。」

搖了搖頭，太后無奈說道：「老了，也開始糊塗了。」

「您可不老！」盛德皇帝不贊同地說道：「嘉懿不是常說母后能長命百歲嗎？您素來可是最信服她的話。」

「哄我開心的，你也信？」太后忍不住拍了拍盛德皇帝的手，「人生七十古來稀，哀家都快八十了，也知足了。」

聽著太后的話，盛德皇帝強壓住傷感，一邊催人去東宮把吉兒帶來，一邊又想著法子說好聽的話哄太后開心。直到太后將吉兒摟在懷裡，樂呵呵的，盛德皇帝才退了出去。

回到御書房，盛德皇帝越想越不是滋味，叫來安明達，吩咐道：「叫人去打聽打聽，看朱子裕把郡主拐到哪個莊子上去。」隨手拿起一個奏摺，盛德皇帝忍不住酸溜溜地哼道：「在家和媳婦膩歪了三年，出了孝又跑外頭去膩歪，顯擺他有媳婦嗎？」

安明達頗無言，不知這話要怎麼接，看著盛德皇帝越來越黑的臉，安明達硬著頭皮安慰了一句：「您有各宮娘娘，可比鎮國公的媳婦多多了。」

盛德皇帝錯愕地看著安明達討好的笑容，擺擺手示意安明達跪在自己面前，順手拿著奏摺狠狠地敲了敲他的腦袋，「不會拍馬屁就閉嘴，他還敢跟我比媳婦的數量？要是朱子裕這個混小子敢動歪心思，朕立刻就給郡主選個新夫婿。」

安明達閉了嘴，不敢再多言多語。若是這話讓朱子裕聽到，他雖不能把自己怎樣，但那滿身的殺氣也夠讓人受的。

盛德皇帝越想越覺得這個主意不錯，忍不住和安明達嘀咕：「郡主還年輕，朕該多給她留些後手才是，你說賜她一座郡主府怎麼樣？」

安明達磕磕巴巴地道：「皇上，本朝還沒有給郡主賜府邸的先例。」

「也是。」盛德皇帝敲了敲桌案，「沒有先例，這尺度就不好掌握，既然這樣，就讓他們照著公主府邸的規格修建。」

「可是……」安明達忍不住提醒皇上：「還沒冊封呢？」

盛德皇帝不耐煩地道：「先叫人修著，回頭讓太子去問問郡主喜歡什麼樣的宅子，讓他親自畫圖紙。一旦開工修建，怎麼也得一兩年的功夫才能建好宅子。再移栽上花木，養得好了又得一年。這有三年的功夫，朕怎麼也能想出冊封青青為公主的主意。」

安明達看著盛德皇帝得意的神情，不再言語，好在盛德皇帝很快回過神來，囑咐安明達研磨，親自寫了聖旨。

京城郊外的莊子裡，朱子裕一邊悠閒地享受著冰山帶來的涼爽氣息，一邊從青青的勺子裡搶冰酪吃，舒服地喟嘆了口氣，「這樣的日子太舒服了，天上的神仙也不如我舒坦。」

青青刮了他的臉一下，「只怕天上的神仙看了嫉妒，一會兒就不叫你這麼舒坦了。」

話音剛落，就有下人進來回稟道：「宮裡來了人，說請國公爺接旨。」

朱子裕哀怨地看了青青一眼，隨即換上見客的衣裳，匆匆趕到前廳。

朱子裕看著安明達心虛的笑容，接過聖旨，不敢置信地問道：「這就升任京衛指揮使了？這奪情以後怎麼還升官了呢？」

安明達訕笑道：「這不是因您繼承爵位了嗎？皇上也是考慮到您是國公爺，還是四品官不太好聽。」

「所以直接升到正三品了？」朱子裕目瞪口呆，「這也太隨意了吧？」

安明達不知道怎麼接話，只好板著臉說：「皇上的旨意自然考慮得十分周全，國公爺還是趕緊隨咱家回城吧！」

「這有什麼好急的？」朱子裕不明所以，「到了上任那天，我自然就回去了。」

安明達笑容滿面地告訴他：「您今天就上任，前一任指揮使接了聖旨放了外任，正等著和國公爺交接。」

聖意不可違，朱子裕幽怨地嘆了口氣，吩咐下人道：「我急著回京一趟，你去和夫人說一聲，叫她不必著急回去，難得出來歇兩天，讓她好好鬆快鬆快。」

下人抬腿剛想走，安明達急了，「別別別！」喝住了下人，安明達白了朱子裕一眼，「我的國公爺啊，把郡主一個人留下來多危險，要是半夜進個歹人可怎麼辦？要我說，不如讓郡主跟著我們一起回京吧！」

「可是還有好多東西沒收拾呢！」

這幾日小夫妻兩個從附近山上弄了不少有趣的東西，必須得帶回鎮國公府。

安明達誠摯地建議道：「要不，您留這裡收拾，咱家帶郡主先走？」

朱子裕無語，「我不是急著交接嗎？」

安明達紅了老臉，「送郡主回京更加重要。」

朱子裕：所以我升官是附帶的吧？

……

安明達坐著馬車一路跟在青青的馬車後頭，直到青青下了馬車，安明達才吁了口氣，無視朱子裕在一邊猛翻的白眼，安明達彎腰點頭地奉承道：「郡主改日別忘了去宮裡向太后娘娘請安，如今太子殿下家的大姑娘在太后跟前養著，整天吵著想見姑姑。」

青青想到那個粉雕玉琢和自己有幾分相像的小女孩，臉上露出幾分笑意，「正巧我前幾日做了幾個娃娃，你幫我帶去給吉兒玩。」說著就喊人去內宅取匣子。

安明達哪裡敢接這個差事，到時候他把郡主送的玩意兒帶回宮卻沒把人領回來，多半得被皇上踹上兩腳，還得承受太后娘娘的白眼，這種費力不討好的事堅決不能幹。

安明達滿臉堆笑地說：「還是等郡主進宮時親自交給大姑娘比較好，若是等姑娘問起那娃娃頭上戴著什麼身上穿什麼，咱家答不上該掃了大姑娘的興致了。」

青青笑笑，「瞧公公嚇得，太后娘娘又不會吃了你。」

安明達拿袖子抹了抹頭上的汗，「娘娘見了東西肯定會想起郡主，到時候看著咱家又該覺得礙眼了。」

青青掩嘴輕笑，「既然如此，明日我陪祖母一天，後天就去宮裡向太后娘娘請安。」

安明達聞言眉開眼笑，「咱家回宮一定將話帶給太后娘娘。」

朱子裕見安明達拉著自己的媳婦絮叨個沒完沒了，忍不住揪住他領子把人扯到一邊，「不是說急著叫我交接嗎？咱們趕緊走吧。」

安明達看了看天色，有些為難地道：「國公爺，要不，您自己走一遭？郡主這還叫我給娘娘傳話呢！」

朱子裕無語地看著安明達，這翻臉比翻書還快，你好歹偽裝偽裝，假裝我這個三品的京衛指揮使很重要好不好？

朱子裕將人推到馬車上，「行行行，我自己去，公公趕緊回宮吧，我家夫人都站累了。」說著瞧也不瞧他，屁顛屁顛跑到青青身邊，拉著手膩歪地說道：「妳先回去，我一會兒就回來了。有沒有什麼想吃的？我回來的時候正好去買。」

青青幫朱子裕整理了下衣領，甜甜地道：「今天吃的冰酥味道好，就是少了幾味鮮果，一會兒你帶幾個小廝出去，叫他們瞧瞧哪裡有鮮果買一些回來，放到冰酪上滋味才足。」

朱子裕連忙應道：「這就叫人去買，只是市面上賣的咱們家都有，我叫他們到常來京城的那些行商們那裡瞧瞧，看看有沒有從各地運來的好果子。」

青青點點頭，催著讓朱子裕上馬車。

朱子裕笑道：「我騎馬去就行，這樣回來得快。」

安明達在馬車上牙疼地看著小倆口依依惜別了許久，忍不住開口催促道：「國公爺，您再不走，就要到晌午飯點了。」

朱子裕瞥了他一眼，「公公不是趕著回宮嗎？怎麼還不走？這是想等我請你吃飯？」

安明達臉上的肉抽動了幾下，朝青青揮了揮手，「郡主，後天見。」

青青笑著點頭，等安明達的馬車遠去，這才推了推朱子裕，「快走吧，早去早回。」

天莫牽來朱子裕的駿馬，青青在朱子裕的再三催促下方才上了轎子。

轎子過了二門停了下來，珍珠和瑪瑙兩人迎了上來，一個抱著腿，一個抱手臂，「夫人，您總算回來了。」

青青哭笑不得地看在半跪在自己腳下的珍珠，「這是怎麼了？趕緊起來吧。」

珍珠拿帕子擦掉眼角的淚花，「夫人，您下回出門可一定要帶上我，若是您在外面多待幾日，回來就不一定能瞧見我了。」

瑪瑙戚戚然點頭，「您再不回來，我和珍珠就要被老太太和姑娘們給埋怨死了。」

青青想起前幾日睡夢中被朱子裕套上衣服直接抱到轎子裡的事情，臉頰微紅，嗔了兩個丫鬟一眼，「多嘴！」

主僕三人剛走進垂花門，就見朱子昊、寶珠兄妹五人從裡面迎了出來，一個個歡天喜地圍著青青。朱子昊仗著人高馬大，擠到了青青前面，委屈得直掉眼淚，「嫂子快給我找個媳婦吧，祖母看我都不順眼了。」

青青笑彎了眼睛，「好，嫂子一定給你相個好看又可愛的姑娘。」

朱子昊剛點了一下頭，又連忙回頭瞧瞧身後，見朱子裕沒跟過來，立刻撇起嘴來，「可是我又怕我成親了，我哥就不讓我吃嫂子做的菜了。」

看著已經高高壯壯的朱子昊委屈的小模樣，青青差點笑出來，她強忍笑意，認真說：「我和你哥在房裡吃飯那就沒法了，你若是來蹭飯，你哥肯定踹你出去。好在每隔半個月我會做幾道菜孝敬祖母，那時候你還是能跟著吃幾口的。」

朱子昊聞言笑顏逐開，「下回嫂子做烤鴨吧，妳烤的味兒太好，我一個人能吃兩隻。」

青青點點頭，「明兒一早讓人殺鴨子，我看著她們抹料，保准讓你吃得滿嘴流油。」

朱子昊歡呼一聲，「嫂子太好了，嫂子幫我找媳婦的時候，一定也要找個做飯好吃的，到時候我就端到我哥面前吃，饞死他。」

寶珠噗哧一笑，拿手指刮了刮臉頰，「不知羞！」

幾個人一邊走一邊說笑，在屋裡聽見動靜的老太太扶著玉樓的手出來，站在廊下看著嘰嘰喳喳的孫子孫女，嗔怪道：「怎麼不進屋說？也不怕曬得慌。」

寶珠摟著青青的手臂，後面跟著三個妹妹，朱子昊早在老太太出來的時候竄沒影了。

瞧著年輕粉嫩的孫媳婦和孫女們，老太太的心情極好，她拽住了青青，問道：「和子裕去哪裡玩了啊？」

青青紅了臉，「就在莊子上避暑來著，上山採了花，還在河邊釣了魚。」

寶珠最愛花花草草，連忙問道：「嫂子見到什麼好花了嗎？」

青青說：「有一株蘭花淡雅芬芳，我連根挖出來種在盆裡了，回頭叫人送去給妳。」

寶珠道：「我瞧瞧就行了，這花是哥哥為嫂子採的，我可不要。」

青青聞言便道：「那回頭我養大了分一枝給妳。」說著吩咐珍珠：「叫人把馬車上放著的花拿來給姑娘瞧瞧。」

珍珠答應著去了，不一會兒端來一盆蘭花，只見蘭花株型秀美，葉綠滴翠，亭亭玉立地栽在盆裡，寶珠一下子看住了。

青青笑道：「這可入迷了？還不知多久能分株，回頭再採一株更美的送給寶珠好了。」

寶瑜笑道：「這株已經很難得了，若是比這還要美，我可想不出是什麼樣子。」

老太太眼神已大不如前，她瞧了瞧盆裡的蘭花，也沒瞧出什麼新鮮來，索性不再看了，拽著青青獻寶一樣告訴她：「我和妳說，咱們家的小黑子可有靈性了，牠居然會講話本。」

青青一聽就笑了，朝小黑伸出手，小黑立刻撲騰著翅膀落在她的手臂上。摸了摸小黑的羽毛，青青說：「你還會說書了？真是越發聰明了。好好給老太太說書，聽明白沒？」

小黑很通人性地啾了一聲，眼睛滴溜轉了一圈，展翅飛到小竹竿上，昂頭挺胸開講了。

屋裡正熱鬧，一個下人進來回稟道：「夫人，宮裡打發人送了好些鮮果。」

青青將人請到前廳，來的人是福壽宮的王海，他笑著行禮說：「安公公回宮說郡主想要鮮果做冰酪吃，正好今兒南方送來荔枝，無錫送來蜜桃，新疆送來哈密瓜，娘娘立刻叫我給郡主送來了。」

青青有些羞赧，「不過是國公爺鬧趣兒說一句，倒讓娘娘惦記了。」

王海道：「剛到的時候，娘娘也說分出來給郡主送來，正好趕巧了，過幾日還有好些果子呢，到時再給郡主送來。」

青青起身鄭重地謝恩，又說了明日親自去宮裡請安，這才拿了上等的紅封賞他。

等王海走了，青青叫人給老太太屋裡每樣鮮果都端上兩盤，又給朱子昊和幾位姑娘屋裡各送一份，徐家宅子也送了一些去，剩下三分之一，青青叫人好生收著，這幾日當零嘴或是做冰酪吃。

下午，朱子裕興沖沖地帶了一簍甜瓜回來，就瞧見自己的小媳婦正吃著哈密瓜，手邊的盤子裡還有些荔枝殼。

見朱子裕回來，青青笑得甜甜的，「累了吧？快洗洗手來吃瓜。安公公聽見咱們倆說的話了，宮裡就送了好些鮮果來，都是各地進上的。」

朱子裕瞧了瞧桌子上擺的紅彤彤比自己拳頭還大的水蜜桃，不由得開始沮喪：討好媳婦咋就這麼困難呢？

晶瑩的水晶盤裡，一座酥山矗立其上，冰酥上淋滿櫻桃醬，酥山下點綴著雪白的荔枝。

看著從冰窖裡取出凍好的酥山，寶珠姊妹們一個個眼睛都直了，拿著精緻的小銀勺，面露期待地看著青青。聞著誘人的奶香味，連老太太也有些嘴饞，只是她知道自己吃不得涼，便和青青商議道：「把那盤子上的荔枝給我兩個，好歹能借幾分酥山的涼氣兒。」

青青取出一個小水晶碗，舀了兩顆荔枝餵老太太吃，這才和寶珠姊妹說道：「咱們可說好了，一人只能吃一小碗，誰也不能吃多了，小心晚上肚子疼。」

幾個女孩連連點頭，催促青青趕緊先動勺子。青青昨天剛吃了酥山，這會兒天快黑了，便只盛了小半碗。寶珠還有些自制力，只盛了平平一碗，戀戀不捨看了眼還剩下大半盤的酥山，念叨著：「明兒一早就讓她們做上新的。」

到寶瑜這裡就忍不住舀了冒尖的一碗，眼瞅著寶琪、寶姝兩個小的舀了一碗還有些不足的樣子，青青連忙攔住她們，不許她們盛太多。

等姊妹們都盛完，朱子昊直接把盤子端走，坐在窗邊一口口往嘴裡塞，吃得心滿意足。

濃郁冰涼的奶酥在嘴裡慢慢化掉，香甜的奶味讓青青回味無窮。吃掉碗裡的最後一顆荔枝，青青滿足地嘆道：「這酥山裡的奶油足味道好，今年的荔枝也比去年的甜，若不是太醫不許吃那麼多，我一人能吃一盤。」

寶珠拿著帕子優雅地擦著唇瓣，矜持地笑道：「家裡的冰窖還存著玫瑰醬、草莓醬、杏子醬，不如每天試一種，看哪種搭配滋味更好。」

寶琪拍手道：「乾脆都切成小塊放上去，拿冰鎮得涼涼的，一定更加可口。」

瞧著府裡的姑娘說起吃食來一個個興味盎然，眼睛發亮，青青忍不住愧疚地琢磨，是不是都被自己帶偏了，原本她們都不是這樣的。

吃完了酥山，丫鬟們上了紅棗茶，一人喝了一盞暖胃。

朱子裕從外面回來，一進屋便聞到滿屋子的棗香，向老太太請完安，便問青青：「這個時候怎麼喝棗湯？」

青青笑道：「我們剛吃了酥山。」

拿溫熱的汗巾子把頭上的汗擦了，朱子裕問道：「還有嗎？給我也來一盤。」

青青說：「今兒只淋一份，倒是有冰的蓮子銀耳湯，也有放在井裡浸了一天的西瓜。」

朱子裕道：「切一盤西瓜來，解解暑氣。」

老太太看著孫子眨眼間就啃了一盤西瓜，不禁問道：「你們那個京衛指揮使司是不是很艱苦？怎麼渴成這樣？底下人聽不聽話？」

朱子裕道：「要拱衛京師，難免辛苦些，但掌管的都是精兵良將，對皇上最是忠心不過，並沒有勾心鬥角的人。」

老太太笑咪咪的，「這樣最好，往常聽沈家太太說過幾句官場上的事，聽得我腦仁疼。你說這些官兒們有什麼差事就當什麼差事不就得了，有什麼好勾心鬥角的，也不嫌費腦子。」

朱子裕知道和祖母沒法細說這裡頭的事，便只笑道：「我們那裡不這樣。」老太太放了心，不再問孫子當差的事。

如今朱子昊十六歲了，練了幾年的劍法，也算小有所成。朱子裕不想他每日在家閒著，便和皇上說了，想把他編在禁軍裡。

盛德皇帝把朱子昊叫到御前，找了幾個親兵同他比劃一番。只見朱子昊拿著老國公爺曾經愛若至寶的重劍，也沒耍出什麼花哨的劍法，就在幾個親兵的脖子上劃了一道血痕。親兵們頓時變了臉色，若這是在戰場上，自己早就被抹了脖子。

盛德皇帝感嘆了一番虎爺無犬孫，便在禁軍裡給了朱子昊一個六品的差事，往後有了功勞政績再往上提。

朱子昊有了差事，又有鎮國公府少爺的身分，可說親的人家不少，寶珠更是百家來求。青青記掛著朱子昊和寶珠這對龍鳳胎兄妹的親事，在沈夫人的協助下，辦了不少宴會，倒是相中了兩戶人家。

替寶珠看中的是左丞相府的長孫孟偉峰，孟偉峰年方十七，長相端正，敏而好學，尤其最讓青青滿意的是左丞相孟大人性子耿直，家風清正，而孟偉峰的父親也是左丞相的長子，如今在杭州任知府一職，政績卓越，在百姓中口碑也不錯。

孟老夫人很喜歡寶珠的利索勁兒，又聽說前些年鎮國公府的上下事都是寶珠打理的，心裡越發滿意。原因無他，孟偉峰身為孟家的長子長孫，他的媳婦除了以後要掌管中饋外，還是孟家家族未來的宗婦，只有樣樣立得住的人才能撐得起來。

兩家看對了眼，孟家便請了媒人上門去提親。

朱子昊的親事就有些波折了，青青選來選去並沒有特別合心意的姑娘，有一個勉強算是符合朱子昊要求的，可是朱子昊藉著宴席的機會遠遠瞧了一眼便有些不樂意。

面對一家人的詢問，朱子昊說得理直氣壯，「不如嫂子好看！」

朱子裕深深覺得，也許親弟弟以後得打一輩子光棍了。

◆　◆　◆

青青吃完了荔枝、蜜桃，宮裡又送來了葡萄、石榴。吃了石榴又到了吃螃蟹的季節，終於在青青吃了三個團臍的螃蟹、一碟蟹黃包子後，來診脈的太醫摸出了喜脈。

一時間，宮裡、鎮國公府、徐家都忙亂起來。太后娘娘聽說青青查出喜脈前吃了好些螃蟹，驚得臉都白了，忙派幾名擅長婦科的太醫到鎮國公府，就怕青青的肚子有什麼不好。

所幸青青身子從小就康健，太醫們輪流把了脈也沒瞧出什麼異常，甚至脈搏穩健，連安胎藥都不必吃，但想著太后對郡主的重視，幾個人討論了一番，還是開了個太平方子，又寫了滿滿一張忌口的食物。

青青瞧上第一行就寫了螃蟹，心裡微苦，守孝三年好不容易開了葷，才吃了一頓螃蟹就被禁口，簡直太殘忍了。

不過顯然這個時候青青這個孕婦說的已經不算了，就算是從來不管事的老太太，這時候也叮囑青青要好好聽太醫的話，寶珠更是把繡了一半的嫁衣擱到了一邊，準備幫襯著嫂子再管幾個月的中饋。

徐婆子得到信兒，帶著大小兒媳婦來看青青，王氏還特意把青青當年畫的麒麟送子圖從兒媳婦那裡要了回來，送還給了青青，祝她一舉得男。

徐婆子看了眼那張有些泛黃的畫，看大兒媳的眼神宛如在看一個智障，「青青當年可被稱為送子觀音座下的童子，哪需要這畫？再者說了，都畫了這麼多年，也不知好不好使了。」

「好使！」王氏弱弱地反駁，「浩哥兒的媳婦剛剛又懷上了一個，可靈驗了。」

青青無力地扶著額頭：都過去這麼多年了，咱們能不能忘了送子觀音的事。

「總而言之，青青是不用這個東西的。」徐婆子拍板定案，「青青肯定想生幾個生幾個，想生什麼生什麼。」

青青道：「我想生一座金山！」

徐婆子聞言想拍青青，可是手剛要落下猛然想起青青剛剛有孕，只能硬生生把手挪了一下，把一旁的王氏拍了一個踉蹌。

「別胡說八道！」徐婆子瞪了青青一眼，「妳就想著生兒子，生大胖兒子！」

王氏揉著被徐婆子拍疼的肩膀，還贊成地直點頭，「先生兒子再生閨女，多生幾個。」

青青的腦海裡忍不住浮現了一胎又一胎，一個又一個的情形，頓時打了哆嗦，「生兩回就行了，生那麼多，想想就讓人害怕。」

「怕什麼？」王氏不解地看著她，「妳瞧瞧妳祖母、妳娘還有我，不都是這麼過來的，妳怎麼也得有兩三個兒子吧？妳長那麼漂亮，不得再生個隨妳的女兒？」

青青皺著眉頭，說道：「也許我能懷雙胞胎呢？這樣的話，生兩次就能完成目標了。」

王氏頓時啞口無言，想了半天，似乎也沒什麼毛病，只能點頭附和道：「這也是個辦法，只是雙胞胎不是那麼好懷的吧？」

青青剛要說朱子裕有過雙胞胎哥哥，按理說自己也有懷雙胞胎的可能，還未等開口，徐婆子就信心十足地把青青的話堵了回去，「咱們家青青可是送子觀音座下的童子，別說雙胞胎了，就是三胞胎都沒問題。」

青青抹了把額上的汗，看了看自己扁平的肚子，一想到三胞胎會把肚皮撐得碩大無比，臉都白了，「祖……祖母……咱們不說三胞胎行嗎？」

徐婆子拉著青青的手，「怕什麼，妳可是送……」

「祖母！」青青打斷徐婆子的話頭，「祖母可別說什麼送子觀音座下的童子了，回頭再有人上門求畫，我可就把大伯母這幅畫送給他們了。」

王氏聞言，手腳麻利地把畫軸捲好，緊緊地抱在懷裡。

青青忍不住搖搖頭，「那幾次不過是正好湊巧罷了，我娘和我大伯娘那會兒本來就年輕，夫妻感情又好，懷上孩子很正常的，哪裡就因為我這幅畫了？」

王氏是堅信這幅畫十分靈驗的，見青青不要，她準備帶回去，以後給自己的二兒媳婦，未來還要當作傳家寶，一代傳一代。

青青還不知道王氏的遠大目標，此時她除了能吃能睡，旁的也沒什麼反應。宮裡每三日太醫就來把一次脈，隔三差五皇上、太后就要賞一回，連太子妃都親自出宮來瞧了一次。

朱子裕身為典型的寵妻狂魔，簡直是要把媳婦給供起來了，恨不得連飯都親自餵到媳婦嘴裡，就怕青青累著。

平平穩穩地過了三個月，太醫把脈覺得胎兒穩健，青青便坐馬車進宮去向太后請安，福壽宮頓時熱鬧起來。皇上、太子聽說後，連摺子都不看了，父子倆一起到福壽宮看青青。

宮裡的妃子們也都是人精，當年盛寵的淑妃因為想陷害徐家被皇上厭棄後又杖斃，德妃因侄女對青青出言不遜受了連累，已經幾年沒得盛德皇帝一個正眼了。如今眼瞅著懿德郡主越發受太后的寵愛，連皇上也對她頗為照顧，太子甚至和她結為兄妹。宮妃們算是都瞧出青青在這幾個重量級人物心中的地位了，一個個都帶著貴重的賀禮到福壽宮向青青道喜。

看著滿屋子鶯鶯燕燕和笑得滿臉花開的盛德皇帝，青青一度懷疑自己是不是懷了國寶。過了兩個月，微微凸起的小肚子彷彿一夜之間鼓了起來。朱子裕沒見過女人懷孕，但也覺得自己的媳婦肚子有點大，倒是徐婆子上手摸了摸，喜笑顏開地說：「瞧著和青青她娘快生的時候一樣大，保不齊真懷了兩個。」

朱子裕聞言趕緊請來太醫把脈，太醫其實早就摸了出來，只是事關郡主，除非百分百肯定，否則他們實在是不敢妄言。若是說錯了，讓皇上白高興一場，丟官還算好的，若是沒了腦袋，到時候想哭都沒地方哭去。

見國公爺問起是不是雙胎的問題，看著這明顯比正常孕婦大一圈的肚子，太醫們合計了一番，終於點了頭，「多半是雙生子。」

徐婆子得意地笑了，「我就說吧，青青極為靈驗的，說啥來啥！」

青青摸了摸肚子，忍不住反駁了一句：「可是，我還說要生一座金山來著。」

青青懷的這一胎極為順利，頭三個月能吃能睡，沒怎麼孕吐，等肚子大起來，青青的食量雖然上去了，身上卻沒有長太多肉，只是肚子看起來大得驚人。

上輩子青青雖沒結婚生子，但日常生活中也聽過不少孕婦的胎兒過大難以生產的新聞，因此青青打胎兒穩固下來便每天圍著園子走兩圈。在吃飯上也講究肉菜平衡，平常愛吃的甜點心也不吃了，若是餓了便吃一把乾果或者一個鮮果。

到了過年的時候，青青已經懷孕七個月了，太后心疼青青，怕她進宮拜年跪出個好歹，也擔心人多擠著她，特意下旨叫她在家歇著。又想著鎮國公府老夫人年紀也大了，沒人陪著獨自進宮容易出亂子，便也叫她不必初一一早進宮。

老太太和徐婆子不同，她最不願意做的事就是出門，一聽說大年初一不必一大早往宮裡趕，樂得大年三十晚上多吃了三個餃子。徐婆子卻從來不把進宮當作負擔，反而覺得是光宗耀祖的好事，進宮拜年是她每年最喜歡做的事。

大年初一，即使青青沒有進宮，小太監依舊照著往年的舊例，領了徐婆子、沈夫人及楊家的老夫人和幾位夫人到偏殿等候。眾人喝著茶吃著點心，少不得說起青青的事。

徐婆子笑容滿臉地說道：「太醫說懷的是雙胎，我一聽就歡喜得不得了。」

沈夫人忙說：「青青好福氣，等生下來咱們都去吃喜酒。」

楊老夫人笑著說：「當初子裕他哥哥也是雙胞胎，小時候不知道多招人疼。」想起自己一家剛從邊關回來時聽到子裕在鎮國公府過的日子，忍不住拉著徐婆子感嘆道：「若不是子裕遇到了妳家青青，也不知他這會兒還在不在世上，青青真是子裕的貴人呀！」

徐婆子笑得瞇起了眼睛，「這不就說明兩個孩子有緣分嗎？若不是有當年的偶遇，哪裡會有現在這一對甜蜜得羨慕煞人的小倆口呢？」

眾人聞言都笑了起來，楊大舅母素來疼愛子裕這個外甥，便趁機說道：「青青的母親在四川，鎮國公府也沒個人幫她張羅，我不把自己當外人，孩子的衣裳包被我都叫人準備好了，還特意從相熟的親戚家要了一百件康健孩子的小衣裳，正準備給雙胞胎做一身百家衣。」

「子裕他大舅母，多虧妳費心了。我年紀大了，精神也不足，幫不上孩子什麼忙。青青的伯娘嬸嬸倒是都在京城，可是她們都是鄉下出來的，沒見過什麼世面，我就怕她們弄差了哪裡，讓人看了笑話。」

沈夫人道：「都是自家親戚，又是實心實意地為孩子好，哪裡會笑話？」

楊大舅母說：「可不是？她大伯母看著她長大的，和親娘也沒差，青青想吃什麼想要什麼和我們不好開口，還得讓她大伯娘多問問她，可別讓孩子受了委屈。」

徐婆子笑道：「這麼多人疼她呢，哪裡會受委屈？連太后都派了兩個嬤嬤照顧她，還隔三差五打發人去瞧她。這孩子有這麼多人疼，可真是有福氣啊！」

眾人和樂融融地說了小半個時辰，就有太監領命婦進去。誥命們磕了頭，分品級坐下。太后娘娘頭一個把坐在快到殿門口的徐婆子叫了過來，在離自己近的地方賜了座，和顏悅色地說：「這一陣子大年底下的宮裡事多，有七八天沒叫人去瞧嘉懿了，這幾天嘉懿可好？可有什麼想吃的嗎？」

徐婆子早上在宮門口前正好碰到朱子裕了，也這麼問了一番，因此忙回說：「一切都好，早上嘉懿說想吃糖葫蘆，子裕怕外面買的不乾淨，特意打發人去莊子上取些新鮮的山楂回來叫廚房自己炸。昨兒大年夜嘉懿吃了十個餃子，鎮國公府統共在餃子裡放了十二個金花生，除了老太太碗裡早就放了兩個，其餘的都讓嘉懿吃到了。」

太后聞言直笑，「我們嘉懿天生的富貴命，花生也是個好預兆。」

眾誥命這些年雖然都知道懿德郡主的盛寵，但每一回進宮，看到太后對郡主明晃晃的寵愛還是忍不住羨慕嫉妒恨：不就是漂亮點，不就是會作畫，娘娘您瞅瞅我看看我美嗎？

問完了青青的情況，太后又說起請奶娘的事，「哀家叫太子妃特意尋了五個身家清白的奶娘，都是二三月份生產，到時候就叫她們伺候雙胞胎。哀家已經打發人去照顧這幾個奶娘，讓她們吃得好喝得足，等咱們雙胞胎出生的時候才不會餓肚子。」

徐婆子道：「正愁這事呢，原想著從家裡懷孕的下人中選個奶娘，偏尋不到合適的。」

太后笑說：「嘉懿的事哀家都叫錦瑟記著，就怕有什麼錯漏的，到時候抓瞎。」

眾誥命瞧著太后娘娘什麼事都替嘉懿郡主考慮周全，簡直和親祖母一樣上心，誰也捨不得這種可以拍馬屁的好機會，有誇郡主福氣好的，有說到時候要去喝洗三酒的，瞧那熱切的模樣，不知道的還以為都和鎮國公府是親戚。

……

冬去春來，轉眼春暖花開，到了四月末，青青早上起來剛吃了一碗肉絲麵，正想著去園子裡走兩圈，忽然感覺下身一濕，溫溫的液體順著大腿流了下來。

太后派來的兩個嬤嬤見青青神色不對，連忙問道：「郡主，可有哪裡不舒服？」

青青有些窘迫地說道：「不知怎麼突然尿了褲子了。」

珍珠和瑪瑙聞言都笑了，一個要去拿乾淨的衣裳，一個就要服侍青青更衣。

兩個嬤嬤急得臉都紅了，「還拿什麼衣服？趕緊扶郡主去產房，這是要生了！」

要生了？

正房頓時亂成一團，年長些的李嬤嬤當機立斷，親自和王嬤嬤把青青攙進了產房。伺候生產的是宮裡的女醫，盛德皇帝三個年歲小些的兒子及太子的兒女都是這位女醫接生的，可謂是經驗豐富。

女醫將早已準備好的各色物件拿了出來，王嬤嬤叫珍珠去廚房熬參湯，正好大廚房有給老太太預備的人參雞湯，此時送了過來。青青剛吃完早飯，肚子並不餓，但為了生產有勁，還是連湯帶肉吃了一碗，這才有些害怕地躺下了。

因青青是頭胎，女醫和兩個嬤嬤都估摸著得三四個時辰才生得下來，故而只打發了人去請了姑娘們過來，又打發人去外面找朱子裕，並沒敢驚動老夫人，就怕她在外頭等得久了累壞了到時候更添亂。

接到信的朱子裕慌亂地跑回家，進了正院就直奔產房。李嬤嬤正好有事出來吩咐，見狀攔住了他，「裡面都是乾乾淨淨的，國公爺身上還帶著塵灰，手也不乾淨，進去不便利。」

朱子裕只得隔著房門問了兩句，聽見青青在裡面呼痛，恨不得代她躺在裡頭。在外面轉了兩圈，朱子裕按捺不住心裡的焦急，回屋換了一身乾淨的衣裳，又叫丫鬟打了溫水來，把手和臉洗得乾乾淨淨的，這才轉身去了產房。

本朝也有男人不進產房的習俗，認為那是汙穢之地，男人進去容易出現血光之災。如今鎮國公府的當家人是朱子裕，上面除了一個萬事不管的老太太，再沒有人可以管得了他，於是朱子裕要進去，沒人敢攔著。

在朱子裕的心裡，血光之災不是事，他更擔心的是青青的安危。

一想到自己的愛人躺在裡面撕心裂肺地呼痛，朱子裕心疼得都快要炸開了。他推開門口的丫鬟衝了進去，跪在青青的旁邊握住她的手，「青青，是不是很疼？」

青青精緻的面容上有著以往從來沒見過的蒼白，她額頭的汗水打濕了頭髮，黏在臉上。朱子裕伸手將青青的頭髮撩開，李嬤嬤正好擰了溫汗巾過來想替青青擦汗。朱子裕連忙接過去，一點一點擦去青青臉上的汗水，愛憐地在她額頭上輕吻了一下。

女醫和兩個嬤嬤無奈地對視一眼，試圖勸道：「國公爺，您在這裡不太合適，進來瞧完就趕緊出去吧。」

朱子裕板起了臉，「妳們快幫青青把孩子生出來，我在不在這裡輪不到妳們說話。」疼痛感漸去，青青趁機拉著朱子裕道：「你出去吧，我不想讓你瞧見我醜醜的樣子。」

「怎麼會醜呢？」朱子裕保持著單膝下跪的姿勢，拉著青青的手不住地輕吻，「妳楚楚可憐的樣子特別美。」

剛咧嘴笑了一下，陣痛又襲來，青青疼得忍不住閉上眼呻吟一聲，「好痛！嬤嬤，到底還要多久啊，我想快點生出來。」

朱子裕聞言也看向李嬤嬤，李嬤嬤無奈地搖了搖頭，「這才發動半個時辰，至少也得三四個時辰吧。」

話音剛落，就見青青疼得越來越厲害，簡直一點停歇都沒有。

女醫摸了摸青青的肚子，大喜過望地說道：「快生出來了！郡主，按我說的做，吸氣！很好，呼氣，使勁兒……」

如此十來次，青青總覺得憋的勁兒沒釋放出來，她咬了咬牙，剛一用力，就聽女醫大聲喊道：「出來了！」說著一隻手接住剛冒出來的小腦袋，隨即身子也滑了出來。

拍了拍腳底板，一聲響亮的嬰兒啼哭聲響起，在外面等候的朱子昊等人紛紛笑道：「生了生了，大嫂生了！」

在裡面伺候的一個媳婦笑容滿面地出來回稟道：「夫人喜得麟兒。」

寶珠一面打發人發賞錢，一邊和寶瑜說：「快去告訴祖母喜訊。」

寶瑜答應著掉頭就跑。

生了一個，第二個就更順利了，幾乎是兩盞茶的功夫，第二個孩子順利出生。

女醫喜道：「恭喜國公爺，恭喜郡主，喜獲雙麟兒！」

陸之章◆喜得雙子福氣旺

青青生了一對雙胞胎兒子，下人們一路跑著往楊家、徐府報信，按理宮裡也該走一遭，可那地方不是下人能去的，如今鎮國公府也就老太太和朱子裕能進宮，可老太太年紀大了，過年都不進宮請安了，更別提這個時候。

朱子裕此時則是拉著青青不鬆手，別說讓他進宮了，就是讓他瞧一眼自己剛出生的兒子都沒那功夫。

幸好太后估摸著青青快生了，又琢磨著雙生子一般都會早產幾日，隔兩日便打發人來瞧瞧，這邊徐婆子帶著王氏等人剛到，那邊宮裡的太監也下了馬車。

看著徐婆子喜氣洋洋的樣子，王海上前請安，「老太太一向可好？好幾日沒瞧見您了。」

此時徐婆子哪有心情和他說這些有的沒的，擺了擺手道：「別給我耽誤事，我得瞅瞅我家孫女去，聽說剛生了一對胖小子。」

王海一聽頓時眉開眼笑，恨不得一下子就衝到內院去瞧瞧雙胞胎。只是還沒等他邁開步子，就見徐婆子以不屬於她年紀的矯捷，帶著兩個兒媳婦和孫女竄了個沒影。

王海瞠目結舌，跟著他來的小太監扶了一把，「王爺爺，咱們也趕緊進去吧。」

王海回過神來，直奔二門，可沒走幾步就被管家攔住，恭敬地請他到前廳喝茶。王海哪裡喝得下茶，他想快點看雙胞胎，問明郡主的情況，再回宮去找太后和皇上領賞。

朱管家哪敢不經國公爺允許就把他放進去，一邊打發人去後院去傳話，一邊安撫他稍安勿躁。王海從荷包裡掏出一個金瓜子丟給要去傳話的小廝，「給咱家跑快些，別忘了要請示國公爺，咱家要進內院看看郡主和孩子。」

朱管家把金瓜子從小廝手裡搶回來還給王海，哭笑不得地道：「哪裡需要公公打賞，一會兒我會賞這小子。」說著喝那小廝：「沒聽見公公的話嗎？跑快些！」

小廝應了一聲，飛快往外跑去。

此時內院裡老太太瞅瞅懷裡的大小子，又眯著眼瞧了瞧徐婆子懷裡抱著的二小子，高興地說道：「我瞅著一個模子刻出來的，妳們也瞧瞧看像不像？」

徐婆子笑得滿臉菊花開，「可不是一模一樣嗎？妳瞧瞧這眼睛，多像青青啊！眉毛和鼻子倒是像子裕，很英挺，長大肯定是兩個俊俏的後生。」

楊大舅母聽了信兒也來了，一進門正好聽見徐婆子的話，顧不得見禮，連忙上前去瞧孩子的模樣。只見雙胞胎肌膚白嫩得微紅，頂著一頭濃密的黑髮，一雙酷似青青的鳳眼靈活地轉動著，小嘴唇不約而同打了個哈欠，一張一合的似乎在找吃的。

「這是餓了？」老太太喜不自禁地道：「剛吃完沒多久又餓了，真是個大肚量。」

兩個奶娘聞言過來從兩位老夫人手裡將孩子接了過去，到一旁去餵奶。

老太太便拉著徐婆子、楊大舅母到堂屋去吃茶，剛坐下就有個僕婦來通報：「宮裡的王海公公來了，想進來探望郡主和小公子。」

徐婆子恍然大悟地說：「我就說怎麼半晌沒瞧見他，原來還在前頭等著呢！」

來往應酬交際的事，老太太從不插言，她擺擺手叫丫鬟去內室問朱子裕和青青的意思。

王海等得心急如焚，在前廳裡一邊轉圈一邊努力伸著脖子往外張望，終於在他期盼的目光中，一個下人過來稟道：「國公爺和夫人請王公公進去說話。」

得到首肯的王海都快把鞋跑飛了，進了二門後氣喘吁吁地埋頭就跑，領路的婆子在後面奔得快斷氣，連聲吆喝道：「公……公……公……不是……不是那……邊……」

自打當年朱平章沒了以後，朱子裕叫人把原先的正院給拆了，又往旁邊挪了挪，重新蓋了一個小二進的院子當作正房。

王海聽說正房改了位置，不敢亂跑了，老老實實跟在僕婦後面來到正房。

老太太和徐婆子知道他身上有差事，也不耽誤他，打過招呼後就叫丫鬟進去通報。

青青生孩子因年輕身子骨也好，並沒有費多大力氣，這會兒一邊一個，摟著兩個白胖胖的兒子，神采奕奕，絲毫沒有睏意。朱子裕見青青的心神都在孩子身上，一會兒看看這個，一會兒瞧瞧那個，自己同她說話她連頭都不抬，心裡不免酸溜溜的。

王海進來瞧見朱子裕一臉醋意地盯著郡主旁邊的白胖小子，連忙上前行禮，笑道：「太后娘娘早上起來就聽見院子的喜鵲在叫，便打發小的來瞧瞧郡主。一到大門口正巧碰到徐家老夫人，這才知道郡主喜獲雙麟兒。」

青青拍著躺在身側的兒子，輕聲道：「有勞公公了，回宮的時候替我向娘娘請安。」

王海恭敬地問道：「郡主用過飯了嗎？胃口怎麼樣？有沒有哪裡不舒服？」

青青道：「剛剛用了一碗紅棗燕窩粥，身子沒有哪裡不舒服，請娘娘無須掛念。」

王海又伸頭去瞧兩個小公子，青青笑道：「長得一模一樣，十分有趣。」

王海道：「閉著眼睛瞧不出長相來，鼻子倒是有些像國公爺。」

青青笑說：「眼睛與我極相像，你下回來瞧見就知道了。」

王海立刻誇讚道：「那一定長得俊俏極了。」說了幾句話，王海怕說久了累著郡主，又道了一回喜，便要告辭。

朱子裕吩咐珍珠：「拿一袋子銀錁子給王海，讓他也沾沾喜氣。」

珍珠開箱取出一小袋銀錁子，每個二兩，裡頭估摸著有二三十個。

王海接了賞銀，又行了個大禮，這才到外面叫了女醫和李嬤嬤到跟前，細細問了青青生產的情形，這才匆忙回宮。

宮裡頭，太后和錦瑟嬤嬤在宮女的攙扶之下，在御花園裡轉了一圈，剛到宮門口下了轎輦，就見王海帶著一個小太監小跑著過來。

太后想起今日是王海出宮的日子，忙止住腳步，一臉期待地看著他。

王海快步過來，跪下稟道：「太后娘娘，郡主今兒中午生了一雙麟兒，十分康健。」

「生啦？好好好！」太后忍不住笑出聲來，錦瑟嬤嬤忙扶著她勸道：「娘娘，咱們回宮坐下好好聽小海子給咱們說說，您也歇歇腳。」

太后點了點頭，又吩咐道：「趕緊叫太醫去鎮國公府走一遭，給開個調理的方子。」

錦瑟扶著太后到暖閣坐下，宮女拿著美人錘輕輕幫著太后捶腿。

王海道：「郡主早上剛吃了早飯就破了水，疼了一兩個時辰就生下來了。兩個孩子長得一模一樣，聽郡主說，眼睛同郡主十分相似。」

太后聞言笑得合不攏嘴，青青的眼睛就是隨了盛德皇帝的丹鳳眼，這雙生子的眼睛像青青，也肯定像盛德皇帝了。

太后一邊打發人去給盛德皇帝、太子和太子妃報信，一邊將早已準備好的豐厚賞賜如流水般抬到了鎮國公府。而王海和太后彙報了青青的情況，同樣的話又到御書房和東宮說了一遍。眼看著太后、皇上和太子不知賞下去多少珍稀異寶，心裡暗暗囑咐自己一定要抱好郡主的大腿，起碼這跑腿的活兒不能讓旁人搶了去。

此時躺在母親身邊酣睡的雙生子還不明白自己受到了多少關注，他們除了吃就是睡，偶爾睜開黑亮亮的眼睛卻什麼也看不清。

到了洗三這日，鎮國公府宛如過年一般熱鬧，相熟的親戚、同僚、朋友們都來了不說，還有些平常都沒和鎮國公府搭上話的也趁機提著賀禮來祝賀。

來者是客，何況又是這樣的喜事，沒有把人往外推拒的道理。

前廳、卷棚、倒座裡都坐滿了人，端茶倒水送點心的小廝們跑得腿都快斷了。

後院老太太的屋子裡也擠滿了女眷，年紀大些的都在老太太的屋裡喝茶，還有一部分客人在花廳裡坐著，由楊大舅母相陪。自家親戚及青青的好友都在正院稀罕地打量雙生子。

雙胞胎今日換上了大紅色繡著吉祥富貴花紋的衣裳，被奶娘抱在懷裡。許是人多，兩個孩子吃飽喝足，這會兒很有精神，白白胖胖的小臉粉嫩至極。

到了舉行洗三儀式的時辰，楊大舅母過來將客人請過去，並囑咐青青：「估摸著還得鬧一會兒，趁著這會兒清靜，妳喝一碗雞湯，等會兒孩子就送回來了。」

青青點點頭，「有勞舅母了。」

楊大舅笑說：「都是自家人，有什麼客氣的？」又囑咐寶珠等人，「好好照看妳們嫂子，別讓她累著了。」

產房外面擺上了香案，供奉碧霞元君、三霄娘娘，還有痘疹娘娘、眼光娘娘之類的，老太太燒了紙祈求諸位神仙保佑孩子平安長大。

盛滿了溫熱水的金盆被抬上來，來的女眷們不要錢似的往裡面放金銀珠子、各色寶石，尖銳之物或是銀票之類的都放在茶盤裡，但金錁子、金瓜子，一匣子一匣子的珍珠就直接倒進盆裡了。幸好太后叫人打的金盆夠大，這才在眾人「添盆」後還能把兩個孩子放進去。

乍一躺在半冷不熱的水盆裡，兩個小子都忍不住撇起嘴，一副委屈的模樣。

「一攪兩攪連三攪，哥哥領著弟弟跑……」突如其來的歌謠聲，及棒槌撞擊金盆的聲音像壓倒駱駝的最後一根稻草，大公子哇一聲哭了出來，小手小腳還用力蹬踹著。

小公子雖然沒哭，但也揮舞著手臂掙扎。微微張開的小手不知怎地，從盆裡抓了兩把珍珠。似乎察覺手裡有東西，又奮力把小手往眼前伸，可惜力氣太小，剛動了兩下，一隻手握著的珍珠就掉了下去。

小公子似乎有些不滿，小手臂又往水裡攪動兩下，這回摸上來一個金花生。一手珍珠，一手金花生，小公子居然露出了喜孜孜的模樣。

眾人看著這對雙生子一個哭得驚天動地，一個握著金子珍珠開心不已，頓時啞然失笑，紛紛說道：「瞧這小哥倆，長大怕是不一樣的性子呢！」

徐婆子盯著握著金子的孫子，悄悄問王氏：「那個抓金子的小子長大後，不會和青青一樣是個財迷吧？」

王氏小聲道：「娘，人家可是鎮國公府的少爺，往後要什麼沒有，怎麼會是財迷呢？」

奶娘將孩子從盆裡抱了出來，擦乾淨身子又套上喜慶的衣裳。雖然是又擦又穿的，小公子的小手依然緊緊抓住自己撈到的寶貝。

洗三的女醫將盆裡的金銀珠寶收起來裝進匣子裡，奶娘順手從小公子的手裡將那顆珍珠和金花生拿出來，遞給了女醫。

「哇！」一驚天動地一聲嚎，小公子終於哭了。

徐婆子莫名其妙想起了青青說的那句「要生座金山」的話，忍不住冷汗直冒，「該不會是金子成精了吧？」

王氏：……

青青年輕，身體恢復得快，生完孩子當天就出了奶水。原本兩個嬤嬤打算直接給她吃回奶湯的，但青青隱約記得剛生產的初乳是旁的母乳比不了的，因此執意要親餵一陣子。可青青臉皮薄，餵奶的時候別說嬤嬤了，就是一直伺候她的珍珠和瑪瑙都不讓靠前。

身邊得有個伺候的人，朱子裕主動請纓接下了這個活計。只見他兩眼熱切地看著青青含羞帶怯地解開衣衫，白白嫩嫩的肌膚一如既往的令人垂涎。朱子裕吞了吞口水，剛想靠近，就看到躺在青青懷裡的大兒子一口含了進去，閉著眼，咕咚咕咚吃得香甜。

雖然知道餵奶是怎麼回事，但親眼瞧見的朱子裕還是黑了臉。看著吃奶吃得香甜的大兒子，朱子裕第一次有了想把他扔出去的衝動。這個吃飽了睡著，青青把另一個抱了起來。朱子裕抹了把臉，深深覺得這兩個小子就是來跟他搶媳婦的。

沉浸在多了兩個胖兒子的青青倒是沒察覺到朱子裕的怨念，現在她根本就沒有多餘的心思去關心朱子裕。每天醒來拿熱汗巾子蒸了臉和手，用淡鹽水漱口喝上一碗熱牛乳，便開啟了與兒子增進感情的母子親香模式。

親親這個，抱抱那個，餵上一次奶，等兩個小傢伙睡著了，青青才下床吃早飯，然後指揮著丫鬟們打開外間的門窗通風換氣。

李嬤嬤見狀無奈地嘆了口氣，勸了多少次，但郡主執意每天堅持開窗通風兩次，她也不敢把話說重了，只得在原有屏風的基礎上，又趕緊豎起了兩道。

在古代坐月子是件比較辛苦的事，本朝的傳統風俗認為女子月子期間要靜養，要吃得營養豐盛不能活動，且不能見風不能碰涼，沐浴洗頭什麼的更是想都別想。

青青好歹接受過二十年的現代教育，就是沒有特意關注過這樣的資訊，但手機總有掃一眼的時候，故而對科學育兒有個籠統的概念。她自打生完孩子三五日，覺得身體恢復力氣，便每天在屋裡轉圈，還時不時做一些瑜伽鍛煉身體，看得李嬤嬤和王嬤嬤目瞪口呆。

這樣的事兩個嬤嬤說動不了青青，瞧著她每日活動一番越發精神了，只得隨她去，但當青青要求在月子裡沐浴時，兩個嬤嬤誓死捍衛了自己的職業尊嚴，咬緊了牙不同意。

珍珠和瑪瑙兩人為難地看看這個，糾結地看看那個，不知該聽誰的好。

正好徐婆子來了，聽見青青要洗澡的話，立刻黑了臉，三兩下把她推到床上蓋上被子，板著臉說道：「可消停些吧，落下了病根到時候有妳哭的。」

青青哭笑不得，「祖母，您忘了我學過醫了？坐月子該怎麼樣，我有分寸的！」

徐婆子堅定地搖了搖頭，「醫道長醫術再高也是個未婚的老光棍，他哪裡懂這個？我就不一樣了，我生了三個，又伺候過妳大伯母和妳娘的月子，怎麼坐月子我最知道。」

青青強不過她祖母，只得放棄了沐浴的想法，所幸老天爺疼青青，打青青坐月子那日子起，每天瞧著陽光明媚，氣溫卻很適中，孩子大人的衣衫洗曬方便不說，也不會把青青熱出汗來。其實青青打小肌膚清涼，很少出汗，更不會生出異味，奈何她總覺得不洗澡就不自在。

轉眼出了月子，青青數著手指頭盼到了這一天，早上匆忙吃過早飯就讓人抬了兩大桶熱水來，什麼玫瑰花瓣牛乳都不必放，直接跳進清水裡泡著就覺得很幸福了。

溫熱的水洗刷著肌膚的每一寸，舒服得青青都不想出來了。

另一邊，廂房裡剛剛洗過澡的兩個小胖子光溜溜地被紅布包起來，掛在秤桿上秤體重。兩小子除了吃了一個月青青的母乳，奶娘的奶也沒少吃，如今青青抱著都覺得有些壓手。

一秤之下，兩個胖小子果然都長了二斤多，又拿布條比了比身量，足足長了一寸半。

楊家的幾個舅母、沈夫人、徐家人見狀喜不自勝，也不用奶娘動手，這些奶奶輩的就親自幫孩子穿戴好了，還各自往脖子上掛了金光燦燦的長命鎖。

賀喜的賓客陸續到來，因朱子裕沒什麼本家的親戚，這些事都是靠著楊家幫著張羅。沈家是拐著彎的親戚，又能在眾誥命中說上話，沈夫人便也自告奮勇陪著賓客說話。

外面熱鬧著，屋裡的青青已經從頭到腳洗得乾乾淨淨。

出了月子的青青略施淡妝，頭上梳著流雲髻，配了一套魚鳥點綴寶石的首飾，身上穿了一件縷金百蝶穿花大紅洋緞窄袖衫，瞧著神采飛揚。幾個奶娘也換了新做的喜慶衣衫，抱著兩個穿紅戴金的小公子跟在青青後面，步入鎮國公府的花廳。

主角來了，花廳裡的氣氛越發熱烈，在座的夫人們紛紛誇郡主福氣旺，一次生下兩個胖小子。再瞧兩個胖小子，旁的不說，單瞧這飽滿的天庭就知是有福的孩子。

來做客的許多夫人都帶了自家的兒媳婦來，有的成親多年未誕下一子，有的則生了幾個女孩還沒見過一個帶把的，也有剛成親沒幾日的都來沾喜氣。有相熟的人家，直接開口跟青青要孩子穿過的小衣裳，準備放兒媳婦枕頭底下，據說這樣最靈驗了。

京城向來不缺八卦之人，青青自一生下雙胞胎，就有記性好的提起當年郡主還是個孩子的時候就被人傳說是送子的旺像，瞧瞧她自己一生就是兩個胖小子，可不就應驗了。

因此許多婦人看青青和兩個胖小子的眼神相當熾熱，雖不敢提出抱抱孩子，但趁機去摸一把孩子，或者和郡主拉把手倒是能做到。

青青一臉懵逼地出現在自己周圍一圈又一圈的婦人，個個滿臉熱切地伸手來拉自己。若不是身著古裝，又都是在京城宴席上常見的熟臉，青青還只當自己穿越回現代，成為萬眾矚目的大明星了。

就在她覺得手快被摸紅的時候，一個丫鬟面帶喜色地來報：「夫人，太子和太子妃來參加公子的滿月宴了，還帶了皇上賜名的旨意來，國公爺讓人帶兩個公子去前廳去。」

前廳坐的都是祝賀的文武官員，青青不方便親去，便讓兩位嬤嬤和幾個奶娘把孩子抱了過去，又帶著誥命們到二門口去迎太子妃。

一頂小轎過了二門才落下來，盛裝打扮的太子妃從轎中出來，眾夫人小小驚嘆了一回。她們不僅驚嘆太子一家如此給郡主做臉，也驚嘆太子妃對滿月席的慎重。

太子拉住青青的手，對跪拜的命婦們叫了起，笑著說道：「今日我也是來賀喜的，眾夫人只管說玩，不必拘謹，這樣的好日子就該熱熱鬧鬧的才是。」

太子妃的視線移到青青臉上，只見她生了孩子以後臉雖較以前豐腴了些，但皮膚紅潤白淨，黑髮烏亮，比以前更添了幾分嫵媚。

「妹妹的氣色瞧著極好。」太子妃笑盈盈地說：「太后娘娘這一陣子每日都要念叨妹妹幾回，生怕妹妹虧了身體，每日太醫從鎮國公府回宮後，娘娘都要把太醫叫到福壽宮親自過問一遍才放心。」

青青道：「我院子裡的小廚房一天十二個時辰都不熄火，太醫開了許多藥膳方子，各種補湯變著法兒地做，喝了一個月倒把我喝胖了不少。」

太子妃生了兩子一女，對坐月子的事可謂是經驗豐富，「女人生孩子宛如過鬼門關，若是月子裡養不好等年歲大了就知道苦了，因此這補湯極有必要的。再者說……」她看了看青青又養出來點的嬰兒肥小臉，捂嘴笑道：「妹妹胖這一點點，倒更好看了。」

兩人相攜進了花廳，等吃了兩盞茶，兩個小傢伙終於被送回來了。

奶娘們抱著兩個公子向太子妃跪拜請安，方才回道：「皇上給大公子賜名朱明恩，給二公子賜名朱明禮。」

青青聽了，往皇宮的方向行了大禮，算是拜謝皇恩。

太子妃叫奶娘把孩子抱過去，她摘下指套，用手指輕輕撫摸了朱明恩的小臉，「妹妹，這孩子長得好俊俏，眼睛與妳一模一樣。」隨即又伸手道：「讓我抱抱孩子。」

奶娘小心翼翼地將朱明恩放在太子妃的懷裡，太子妃抱著輕搖兩下，笑道：「這一個月長了不少吧？我抱著頗壓手呢！」

青青無奈道：「一天不知吃多少頓，做的小衣裳三五天就不合身，浪費了許多布。」

太子妃聞言輕點朱明恩的小鼻子，「你娘嫌棄你費布料，回頭舅母給你裁衣裳穿，咱們不穿你娘的。」

朱明恩伸出小手抓住太子妃的手，咿咿呀呀的似乎在附和。

太子妃誇了又誇，才將孩子交還給奶娘。

抱了朱明恩也得抱朱明禮，太子妃很好奇這哥倆的長相到底是不是真的一樣，仔細打量了朱明禮的鼻子眉眼，太子妃問青青：「我是瞧不出差別，妳這當娘的每天都看自己的兒子，妳發現什麼不一樣的地方嗎？」

青青道：「臉上看不出差別，身上倒是能瞧見，明禮的右手手腕上有一個胎記。」

太子妃聞言推開朱明禮的袖子細瞧，只見手背上方有個金元寶般的黃色胎記。

「喲，這孩子的胎記長得喜人！」太子妃一瞧見就樂了，「這可是抓財的手呀！」

話剛說完，朱明禮就把小手從太子妃手裡抽出來，抓住她脖子上戴著的赤金鑲嵌玉的項圈不肯撒手。

青青見狀連忙過去要扳開朱明禮的手，也不知朱明禮怎麼那麼大的力氣，一邊掙扎著不讓人動，一邊皺著眉頭咿咿呀呀地抗議。

太子妃笑得都快抱不動朱明禮了，忙讓丫鬟把項圈解下來放到朱明禮懷裡。朱明禮得了這麼個寶貝，頓時高興了，咧著嘴朝著太子妃叫喚著不知道在說什麼。

看著兒子剛滿月就見金子寶石不撒手，青青深深地懊惱，當初懷這個臭小子的時候，不應該說要一座金山的。現在金山沒看到，倒是生了一個財迷出來。

出了月子，青青更加自在了，每天早上起來送朱子裕去當值，然後帶兩個兒子去向老太太請安。老太太本來就是個疼孩子的，一看到重孫子更是喜歡得不得了。徐婆子更是一天三回往鎮國公府跑，若不是如今徐鴻翼和王氏夫婦在京城長住，徐婆子早就在鎮國公府住下。

有了重孫子的陪伴，老太太和徐婆子更有共同話題了，兩人聽話本的熱情都降低了，整日圍著孩子打轉。老太太讓人把暖閣收拾出來，白天青青忙的時候就把孩子放老太太屋裡，醒的時候兩個老太太就逗孩子玩一會兒，等孩子睏了，就叫奶娘帶著孩子到暖閣去睡覺。

眼瞅著孩子一天天長大，轉眼到了八月份，寶珠要出嫁了。

當年青青進府以後就安排了人專門為寶珠採購嫁妝，陪朱子裕去四川赴任的時候，青青也交代了寶珠和管家，看到中意的字畫古董要隨時採買填充嫁妝。

如今嫁妝裡的大件都得了，金銀首飾早就安排人打好了，衣裳料子也是現成的。當年青青從四川不知採買了多少蜀錦，更別提宮裡這些年御賜的料子和皮毛也夠一大家子每天換著樣地穿好幾年。

青青素來不是小氣之人，再者她和寶珠也交好，因此開了庫房揀好的時興的都給寶珠列到嫁妝單子裡。

倒是寶珠，原本很俐落的一個人，因嫁期臨近，居然開始靦腆起來，平時除了請安外，就在屋裡做給婆家人的衣裳鞋襪，等閒不出門。

青青忙不過來沒空去陪她說話，便叫寶瑜幾個沒事去陪陪寶珠。寶瑜幾人一直同寶珠關係交好，雖然高氏在世時，和小妾們鬥個烏眼青，又恨不得和朱子裕分個你死我活，但難得的是幾個孩子都沒有攪到這些恩怨裡面。她們雖對長輩的事或多或少知曉一些，但在她們心裡，日夜相伴的姊妹兄弟比那些上不得檯面的事更為重要。

青青剛成親沒幾年，對自己當初成親經歷的大事小情還是很有印象，只是那時候多半是寧氏操持，她只是搭把手。如今她自己要總攬全域，將事事都安排得妥妥當當，未免有些辛苦。好在青青無論做什麼事情都十分順遂，縱然事情瑣碎繁雜，可全都順利地安排妥當。

日子一天天熱了起來，廚房特地撥出一個人給夫人小姐們做酥山解暑。青青自孩子兩個來月就不再哺乳了，全由奶娘餵奶，因此她也能每天吃上一份。等天氣慢慢不再那麼熾熱，廚房開始做起蟹粉小籠包時，寶珠穿著大紅嫁衣，帶著嫁妝風風光光出嫁了。

雖名為姑嫂，但青青和寶珠情同姊妹，寶珠這一出嫁，青青難免悵然若失，連每年最盼望的螃蟹都似乎失去了吸引力。

好在青青沒失落太久，徐澤寧送來一個好消息，徐鴻達、沈雪峰在川南待了六年，兩人連續兩次考評皆得了上等，今年盛德皇帝召他們回京述職，還有半個來月就能抵達京城。

青青聽到這話，立刻開心起來，開始琢磨著辦席面請娘家人來鎮國公府吃酒的事，誰知這個時候宮裡忽然傳出盛德皇帝生病的消息。

青青聞言連忙進宮探病，並親自看了太醫的脈案。

太醫院有些資歷的太醫都診斷盛德皇帝感染了風寒，只是盛德皇帝這幾年身子骨一直不好，因此下了幾個方子都不見效。

青青仗著學過幾年醫，大著膽子求了盛德皇帝，想嘗試為其看病。

盛德皇帝年紀大了，十分珍惜和青青相處的時刻，便笑著准了她的請求。原以為她只是胡鬧，誰知還真拿出了一張對應病症的古方來。太醫們聯合把關後認為十分對症，便按照藥方抓藥熬藥，盛德皇帝吃了兩日便有些好轉。

太醫們喜出望外，除了每日例行的診脈外，每隔三日青青便進宮為皇上請脈調整藥方。看著盛德皇帝逐漸好轉起來，青青道：「已經沒什麼大礙了，但皇上年紀大了，難免有些傷了根本，需精心調養才是。」

這個當口，徐鴻達等回京述職的官員須進宮面聖的全部被推遲，因此徐鴻達回京後沒擺酒宴客，只是自家人圍著坐了兩桌，訴說離別之情。

寧氏想起青青剛離開川南的時候還有些孩子氣，可一別五年，不但渾身散發著當家主母的氣派，又生了兩個胖兒子，高興得不知怎麼是好。

青青看到父母和姊姊弟弟也很開心。徐鴻達當了幾年的知府，往那一坐不怒而威，十分有氣勢。寧氏眉目依舊，瞧著倒是比五年前雍容華貴許多。徐澤然在繪畫的造詣越來越深，青青看了他帶回來的畫軸，認為他已有獨特的個人特色，便允了他的畫放到畫坊裡售賣。

一家人親親熱熱地說了一天的話，晚上朱子裕來接青青，青青帶著兩個兒子回府的時候還有些戀戀不捨。晚上向老太太請安時，青青說起家人這些年的情況，老太太笑道：「妳祖母前陣子就歡喜不已，這幾天妳爹娘回來，她都沒空來瞧我了。」

青青道：「六七年沒瞧見了，我祖母看到我爹的時候都哭了。我娘說這些年多虧了老太太幫著照顧我家祖母，想著明日來咱們家向您請安。」

「叫他們都來。」老太太笑得瞇起了眼睛，「我就喜歡你們家的人說話實誠，人也實誠，要不然我也不會和妳祖母那麼好。」

翌日，徐婆子帶著徐鴻達、寧氏以及二房的孫子來了鎮國公府，青青也置辦了家宴。不為喝多少酒，單純是喜歡坐在一起說話。而這幾年兩家最大的共同喜事就是青青生下的這一對雙胞胎兒子，老太太和徐婆子講起雙胞胎的事，比青青這個當娘的還熱切。

吃罷了飯，老太太有些瞌睡，寧氏等人便起身告辭。

老太太勉強睜著眼睛對寧氏說：「妳們娘倆好幾年沒見了，叫青青帶孩子回家住兩日，好好親香親香。叫子裕也跟著，讓他岳父好好教導他。」

寧氏頓時喜出望外，連聲道謝。

朱子裕帶著媳婦回岳家，晚上少不得又聚在一起談笑，然而，這個時候宮裡上到太后下到太監宮女，一個個都惶恐不安。

原來盛德皇帝吃過晚飯後覺得自己身上很鬆快，想著已經在床上躺了半個多月，身子骨都有些僵硬了，便想到院子裡轉一圈。如今這個時候雖然不冷，但夜晚難免有風，安明達和輪值的太監死命攔著，就怕盛德皇帝見了風，把好不容易養好的病給折騰嚴重了。

盛德皇帝最近一直臥床，心情很不好，此時見人人都來勸阻，更是犯了強勁兒，令安明達、太醫等人在地上跪著，自己執意一個人往外走。

誰知盛德皇帝躺了太久，身上沒什麼勁兒，腿腳更是有些虛浮，剛走了兩步就感覺天旋地轉腿腳打顫，一個踉蹌，額頭狠狠地撞到柱子上，登時見了血。

安明達和太醫嚇得臉色煞白，安明達哆嗦著手指揮著宮人們將盛德皇帝抬到了龍床上。太醫趕緊將細棉布一圈圈將皇帝的額頭纏好，又趕緊施診止血。安明達則打發人去請太后、貴妃娘娘和太子前來坐鎮。

聽說盛德皇帝摔破了頭昏迷不醒，太后頓時一陣頭暈目眩，坐在轎輦上淚流不止。祁顯也一路慌張地從東宮跑到盛德皇帝的寢宮，只見貴妃、德妃等人坐在外殿掩面哭泣，祁顯顧不得請安，快步往內室走去，貴妃見狀悄聲提醒道：「太后娘娘在裡面。」

祁顯放緩了腳步，安明達看到，進去輕聲回道：「皇上，太子來了。」

盛德皇帝虛弱地點點頭，太后哽咽地吩咐道：「讓太子進來。」

祁顯撩開簾子進去，繞過屏風，一眼就瞧見躺在龍床上面色蒼白的盛德皇帝。

盛德皇帝一直是太子心目中只能高高仰望的帝王，他對太子的冷熱不定和喜怒無常導致太子在兄弟之間沒有地位。直到青青出現，盛德皇帝突然放下對太子的心結，開始像一個父親，真正關心起太子的起居、學業，開始試著信任太子，逐漸將部分政務向太子放權，讓太子參與朝中大事。

對祁顯而言，盛德皇帝宛如一座永遠不能逾越的高山，一直在俯瞰著自己。如今這座高山突然倒塌，祁顯有些惶恐不安。

看著盛德皇帝蒼白的臉龐，包著額頭的棉布滲出血跡，祁顯顧不得想太多，眼淚不由自主流了下來。他跪在地上，匍匐著向盛德皇帝爬去，喚道：「父皇！父皇！」

盛德皇帝露出欣慰的笑意，虛弱地摸摸太子的頭，斷斷續續地說道：「父皇不行了，你要好好照顧太后，撐起我朝的江山，不要讓祖宗失望。」

「父皇……」祁顯滿臉淚痕，他拽著盛德皇帝的手，拚命哭喊道：「兒臣還什麼都不會，懇請父皇再教導兒臣幾年，父皇，求求您了！」

盛德皇帝微微閉上眼睛，喘了口氣粗氣又睜眼看了看殿內。

太后見他似乎在尋人，含著淚問道：「我的兒，你想見誰，哀家替你找來。」

「嘉懿……」盛德皇帝輕聲說道：「朕想見嘉懿……」

太后哽咽一聲，叫來安明達，「立刻派人去鎮國公府請懿德郡主進宮。」

安明達應了一聲，心裡快速盤算去鎮國公府的人選。郡主的身世涉及皇室祕辛，等閒不能洩露，必須找個靠譜的人才行。

將自己的幾個徒弟在心中過了一遍，最後選了沉默寡言的成末和安旭領了這個差事。為了掩人耳目，安明達特意吩咐的是請國公爺和郡主進宮。安明達知道就是單獨請郡主，國公爺也不放心她一個人來，倒不如請了兩個人，也堵了旁人的口舌，省得胡亂猜測。

成末和安旭兩人騎馬一路趕到鎮國公府，在黑夜裡砰砰砰地砸著鎮國公府的大門。門房睡眼惺忪地揉著眼睛，語氣不善地隔著大門喝道：「誰啊？半夜三更的！」

「趕緊開門，我們是宮裡來的，太后叫國公爺和郡主趕緊進宮。」成末急得直冒汗。門房一聽，嚇沒了瞌睡，一邊手忙腳亂地卸門栓，一邊叫小廝去請朱管家。

朱管家披了件外衫匆匆趕來，成末剛從門房嘴裡聽說郡主不在府裡，一時不知所措，見朱管家出來，忙上前扯住他，「國公爺和郡主上哪裡去了？太后叫他們趕緊進宮！」

「國公爺和夫人今天回了娘家。」朱管家道：「我明兒一早就打發人去回稟國公爺。」

「哎喲，我的哥哥，明天早上就來不及了。」成末道：「要請國公爺和夫人進宮。」

「這個時候？」朱管家略微遲疑，「能叫開內城門嗎？」

京城有三道城門，外門、中門、內門，入夜每道城門都會關閉，非皇上旨意否則不許打開，違者殺無赦。

成末想起這件事，腿一軟跌坐在地上，安旭忙拽著他道：「這可不是腿軟的時候，咱們趕緊回宮請旨開內城門。」

兩人就要上馬，朱管家心裡直嘀咕，掏出銀票遞過去，輕聲問道：「還請兩位公公行個方便，讓我知道是什麼事，要不然老太太問起來，我心裡沒底。」

安旭在御前伺候多年，知道鎮國公府在皇上和太子心中的地位，也願意趁機做個好人，便將朱管家拽到一旁，輕聲說道：「皇上怕是不行了，想見國公爺和郡主最後一面。」

朱管家臉色大變，安旭搖了搖頭，「切記萬不能洩露出去，否則咱們都得掉腦袋。」成未和安旭不敢再耽擱，翻身上馬急奔回宮請旨。

安明達眼瞅著盛德皇帝的氣息越來越弱，急得不知如何是好，只能每隔一盞茶就出來瞧一眼，看看兩個小子將人請回來沒有。這會兒他剛出來，就見成未和安旭跌跌撞撞跑來，安明達大喜，「把國公爺和郡主請來了？」

成未二人跪地哭道：「師父，國公爺帶郡主去徐家了，小的得拿聖旨去開內城門！」

安明達忍不住罵了朱子裕一句：「這個時候往徐家跑什麼？」

安明達想來想去沒旁的法子，只得硬著頭皮在盛德皇帝一臉期待的神情中說道：「皇上，郡主回娘家了，需要聖旨開內城門。」

盛德皇帝臉上的光彩頓時消失殆盡，他兩眼無神地看著床幔，彷彿下一刻就要嚥氣。祁顯說道：「父皇，我們這就開城門，讓人把妹妹叫來！」

盛德皇帝閉上眼睛，失望地搖搖頭，眼角滑下淚水，聲音沙啞地說道：「當年朕一時糊塗犯下了大錯，對不起嘉懿和她娘。朕知道，朕這是和嘉懿沒有父女之緣啊……」

「父皇，兒臣這就讓人開內城門，您會沒事的！」祁顯哭喊著，快速寫了條子蓋了金印交給了安明達。

盛德皇帝閉上眼睛喘了幾口氣，「太子替父皇照顧好你妹妹。你記住，朕走後，嘉懿的身世不必再提，你要把這件事永遠埋在心裡，誰也不許說，包括嘉懿。」

太后和祁顯含著淚點點頭，安明達在門口也叩了個頭。

「徐鴻達是股肱之臣，朕不能讓他寒了心，更何況若不是當年他娶了嘉懿她娘，她們娘倆早不知道會怎樣了。」

此時太醫將熬好的藥端進來，餵盛德皇帝喝下，又在幾個止血的穴位上下針，延緩盛德皇帝的生命。許是藥起了作用，盛德皇帝居然小憩了片刻，正在這時，安明達狂喜的聲音在門口響起：「郡主來了！」

盛德皇帝猛然睜開眼睛，努力朝門口望去。

青青踉踉蹌蹌跑進來，撲倒在盛德皇帝的床邊，看著皇帝頭上的止血銀針，不禁慌張地哭道：「皇上，您怎麼了？」

朱子裕跟在青青後面進來，看著盛德皇帝，跪在一邊，忍不住落了淚。

「嘉懿來了……」盛德皇帝欣慰地笑了笑，「朕還以為看不到妳了。」

「怎麼會？」青青勉強擠出笑容，顫抖著手握住盛德皇帝伸出的手，「我這不是來了？皇上，您還沒看到我的兒子呢！是您賜的名，朱明恩和朱明禮，我帶他們來了！」

太后忙道：「快讓兩個小公子進來。」

安明達和錦瑟嬤嬤從奶娘手裡接過孩子，抱到盛德皇帝身前。

盛德皇帝努力抬起手摸摸朱明恩的小臉，「這孩子的眼睛長得像朕，一看就錯不了。朱子裕，你要好好教導朱明恩習武，讓他繼承鎮國公府的衣缽，做咱們大光朝的鎮國公。」

「是！」朱子裕重重地磕了個頭。

盛德皇帝閉上眼睛，「朕聽到哭聲了，是不是貴妃和皇子都來了？叫他們進來吧。」

安明達應了一聲，將眾妃嬪和皇子請了進來。

眾人見盛德皇帝躺在龍椅上有進氣沒出氣的模樣，頓時哭成了一片。

「朕還沒死呢！」盛德皇帝的聲音雖然虛弱無力，依然壓住了哭聲。

眾人用手捂住嘴，不敢再哭出聲。

盛德皇帝睜開眼睛看了看自己的嬪妃和兒子們，輕聲道：「朕走後，太子繼承皇位，其他皇子要好好輔佐太子，不得有二心，否則蜀王就是前車之鑒。」

眾皇子連忙磕頭道：「謹遵父皇旨意。」

盛德皇帝又看了看一個個哭得眼睛通紅的嬪妃們，嘆了口氣，「朕誤了妳們啊！朕沒喜歡過妳們，卻把妳們的一生都圈在了後宮。如今朕要走了，妳們有兒子的便隨兒子住吧，也痛快幾日，沒兒子的就在宮裡頤養天年。」

眾嬪妃登時又哭成一片。

天邊已有些發白，盛德皇帝臉上帶上一抹光亮，「天……亮了……」

盛德皇帝的目光落到嘉懿臉上，彷彿看到了年輕時的髮妻。他露出微笑道：「好孩子，照顧好妳皇祖母，好好孝敬妳爹娘。朱子裕，你要守好咱們大光朝的邊關。」

青青哭著點頭，盛德皇帝又看向太后，「母后……」盛德皇帝的聲音越來越虛弱，他朝太后伸出了手，太后連忙握住，「兒子……」

「母后，兒子不孝……」盛德皇帝眼神有些渙散，嘴角露出一抹淒涼的笑意，「兒子要去找望舒了，她等了朕那麼多年，朕該去陪她了……」

「兒子啊……」太后眼睜睜看著盛德皇帝嚥下最後一口氣，哭倒了在盛德皇帝身上。

青青跪在床前重重地磕了三個響頭。

京城戒嚴，喪鐘響起。

盛德皇帝駕崩了。

……

哭聲震天，青青和朱子裕換上了麻衣，抱著身著孝服的朱明恩和朱明禮，在盛德皇帝的靈前三跪九叩。

太后在靈前痛哭了一場，被錦瑟嬤嬤攙扶著回了福壽宮。太后神情懨懨地靠在榻上不吃不喝，兩眼無神地看著前方。錦瑟嬤嬤從來沒見過太后這般模樣，即便當年先皇駕崩，太后雖哭得傷心，但依然保持著母儀天下的風範。

「娘娘，您喝碗燕窩粥潤潤喉吧。」錦瑟嬤嬤小心翼翼地把燕窩粥放到太后手邊。

太后木然得沒有反應，原本保養極好看不出年紀的面容也在短短一夜間變得蒼老起來。正在錦瑟有些不知所措的時候，一個小女孩穿著孝服從外面進來，來到太后身邊，怯生生地喚了句：「太祖母。」

太后回過神來，面無表情的臉上終於多了些暖色，她伸手摸了摸小女孩的頭，「吉兒，給妳皇祖父磕過頭了？」

「嗯，吉兒磕過頭了，我在那裡還瞧見姑姑家的小弟弟了。」吉兒天真的眼神中透著一絲好奇，「小弟弟長得一模一樣呢！」

太后這才想起來青青還帶著朱明恩和朱明禮，連忙吩咐：「孩子還小，跟著鬧騰了這麼久小心折騰病了，讓人把孩子帶到哀家這裡來吧。」

過了兩刻鐘，兩個嬤嬤和四個奶娘帶著朱明恩和朱明禮進了福壽宮。李嬤嬤和王嬤嬤是從太后宮裡出去的，大大方方見了禮，倒是四個奶娘有些戰戰兢兢的，抱著朱明恩和朱明禮跪下以後不知道該如何是好。

雙胞胎不到半歲，還不到能出門的年紀，因此太后雖不知賞了多少東西給這兩個孩子，卻沒正兒八經瞧上一回。昨晚盛德皇帝臨終前看了這兩個孩子，說了一句眼睛同他極像，但當時太后哭得眼睛都睜不開，心裡都裝滿了盛德皇帝，壓根兒沒空瞧這兩個孩子一眼。

想起盛德皇帝的話，太后讓人把孩子抱近些，錦瑟嬤嬤親自接過朱明恩遞到太后面前。朱明恩睜著一雙丹鳳眼好奇地看著太后，一邊吃著自己的手指。

太后摸了摸朱明恩的小臉，吩咐道：「帶孩子到她娘的屋裡吃口奶睡一覺。」又道：「讓人帶吉兒去吃些點心就把她送回東宮，這幾日她該同她母親在一處。」

看著宮人帶著孩子們退出去，太后輕聲道：「青青旁的地方都隨她娘，單這雙眼睛特別像皇帝，明恩、明禮這兩個孩子眼睛又和她娘一模一樣。」失落地嘆了口氣，太后道：「哀家瞧著明恩這孩子倒想起皇帝的小時候，那會兒他但凡犯了錯，哀家略說他兩句，他就用那雙眼睛看著哀家，把哀家看到心軟了為止。剛才明恩瞧哀家的神情，就和當年的皇兒一樣。」

錦瑟嬤嬤看了看太后，忍不住勸道：「娘娘節哀。」

「青青用了古方好不容易將皇帝的病調養好了大半，他就不能消消停停地在床上躺到痊癒？好端端散什麼步，要不哪會出這種事。」太后長嘆一聲，又流下淚來，「都是命啊！」

錦瑟嬤嬤安慰道：「皇上一輩子勤勤懇懇，他就不是個能閒得住的人。」見太后悵然若失的樣子，她也落了淚，「好在昨日兒女都在跟前，想見的都見了，皇上也沒留什麼遺憾。娘娘若是為此哭傷了身子，皇上在地下也難安啊！」

太后拿帕子擦了擦眼淚，「走就走吧，皇帝這一輩子也不容易，當年望舒沒的時候就勾走了他一大半的魂，若不是哀家還在，太子還年幼，只怕他早就跟著去了。」

拿著溫熱的帕子敷在臉上，太后悶悶地說：「隔了這麼多年，他還是去陪望舒了。」

錦瑟嬤嬤不敢吭聲，只能在太后拿下帕子後及時再遞一塊溫熱的。

敷了一刻鐘的臉，太后氣色好看了許多，閉著眼睛卻睡不著覺，還惦記著盛德皇帝。

「皇帝的大事，貴妃是怎麼安排的？」太后低聲問道。

錦瑟嬤嬤忙道：「已經傳旨給京城內外的寺廟、道觀，鳴鐘三萬下。禮部定議，著京官明日到內府聽宣遺詔，後日起百官和命婦進宮哭喪。按照太祖時的規矩，年逾七十歲以上的命婦著自家哭喪，不必進宮。」

太后點了點頭，又道：「等明恩、明禮兩個醒了，就派人送回家吧。鎮國公府的老太太我記得已經過了七十大壽，她也不必進宮，索性哭喪期間就讓嘉懿在宮裡住下，省得早晚來回折騰。如今新舊交替，京城戒嚴，朱子裕和朱子昊兄弟兩個這些日子只怕都要待在京衛指揮使司了。鎮國公府妳著人時常盯著些，老太太年邁，她家大姑娘又嫁了，剩下幾個姑娘小的小弱的弱，都當不起家來，別讓人欺負了去。」

錦瑟嬤嬤一一記下，見太后不像之前那麼頹廢，趕緊把涼透的燕窩粥端下去，換了一碗熱的。太后想著之後還有很多事要做，不吃東西怕熬不住，便勉強吃了大半碗燕窩粥。

祁顯在靈前舉茶、上食、奠酒行禮後，同禮部官員商議頒詔儀禮，諸皇子、皇子妃和皇孫們跪在靈前哭喪。青青平日裡雖比這些皇子、皇子妃更得盛德皇帝青眼，但是按照身分尊卑，只能退於一射之地。

幾位皇子和皇子妃都對青青有著深深的敵意和不滿，一個他們眼中的外人卻備受盛寵，甚至還有讓很多皇子眼紅的封地，他們恨不得捏死青青好將封地占為己有。此時太子和太子妃不在靈前，許多皇子妃趁機陰陽怪氣地說些指桑罵槐的話，擠兌青青。

青青和這些人本就不相熟，沒心情搭理她們，她一個人跪在後面，輕聲誦念《太上洞玄靈寶救苦拔罪妙經》、《元始天尊說豐都滅罪經》等經文。皇子妃們見狀面面相覷，也不敢在靈前太過張揚，只得忍氣吞聲不去理她。

從天亮念到天黑，青青才從靈前起身，早有等候的宮人扶著她，輕聲回道：「太后娘娘請郡主到福壽宮休息，兩位小公子都已送回家去，郡主放心就是。」

福壽宮內已備好素齋，太后聽伺候的人說青青一直在靈前念道教的超渡經文，不禁流著淚感嘆道：「妳是個好孩子，皇帝沒白疼妳。」

青青見太后哭了，自己也忍不住落淚，「這些年來，皇祖母和皇上待我如親兒，我無以為報，只能念上七七四十九日經文，也盡一盡孝心。」

太后點了點頭，祖孫兩個沉默地用了飯，青青見太后神情倦怠，便起身告退。

太后說道：「妳今日跪了許久，回去用熱水敷膝蓋，塗上碧玉膏，便不會出現淤青。」

青青應了一聲，回到偏殿，宮女們打好熱水，一邊伺候青青泡腳，一邊將她的褲腿捲到膝蓋上。青青原想著自己跪了一日，只怕膝蓋早就青了，誰知絲毫的青痕都沒有。

青青怕跪久了落下膝蓋疼的病根，仍是用熱水敷了半個時辰，這才上床睡下。剛躺下沒一會兒，就聽正殿傳來嘈雜的聲音。青青只當太后出了什麼事，穿上鞋子連衣裳都顧不得披上，就衝到了正殿。

太后披散著頭髮，兩眼無神地坐在床上。錦瑟嬤嬤忙讓人去喊太醫，同時按著太后的人中。青青三兩步到了內室，見太后有失神之症，便叫人取金針來，從太后的食指、耳垂等部位各放了一滴血，太后這才回過神。

她看到青青驚慌地站在床邊，一把將她抱住，又哭又笑地說道：「哀家夢到皇帝了。」

青青摟住太后的後背，緩慢而用力地從頭到背揉按著太后的穴位。

太后慢慢放鬆下來，緩緩地舒了口氣，「哀家夢到皇帝了，他拉著望舒笑得很開懷。自打望舒沒了以後，哀家多少年沒見皇帝這麼笑過了。」

拿帕子擦了擦淚，太后拉住青青的手道：「皇帝給哀家託了話，說妳今日念的經文將他從渾渾噩噩之中救拔出來，特意囑咐妳在念經文的時候替聖文皇后也念上，好叫他們一起得到神仙的接引，共同登入東方青華極樂世。」

青青只當是太后日有所思夜有所夢，但見她一臉認真的模樣，便鄭重地答應了。

太后心裡的哀傷散去了幾分，這時宮女們匆匆來報：「太醫來給娘娘請脈。」

太后擺擺手，「有嘉懿在這裡，還要太醫來做什麼？打發回去，哀家要歇息了。」

宮女們只得將太醫又送了出去。

太后喝了兩口茶，這才注意到青青只穿了中衣，知道她惦記自己連衣裳都沒來得及穿，心裡一暖，嗔怪地說：「怎麼出來時不把衣裳披上？若是讓人瞧見怎麼好？」

青青道：「事出緊急，顧不了許多，再者這是在皇祖母宮裡，沒什麼好怕的。」

太后欣慰地道：「妳也別出去了，就跟哀家一個床睡。有妳陪著，哀家心裡踏實些。」

錦瑟嬤嬤聞言，讓人再拿來一床被子，青青挨著太后躺下。說來也怪，之前太后還輾轉反側許久才入睡，這回有青青陪著，幾乎眨眼間就發出了輕微的鼾聲。

皇帝大殮，百官、命婦前來哭靈，太后單獨給青青設了祭壇，讓青青專門為盛德皇帝和聖文皇后超渡。

祁顯早上來向太后請安時，知道了父皇給皇祖母託夢，他慎重其事地朝青青作揖道：「有勞妹妹了，等事成了，孤冊封妹妹為公主。」

青青搖頭，「我為皇上和聖文皇后念經文不是為了這個，太子哥哥這樣說就見外了。」

祁顯知道此時不是談冊封的時候，將諸事託付給太子妃，便去內府準備宣讀遺詔事宜。

青青連續做了七七四十九日法事，當晚太后夢到了盛德皇帝和聖文皇后兩人攜手，由太乙救苦天尊接引，乘九獅之仙馭，散百寶之祥光，接引其登天。

太乙救苦天尊來到太后面前，微笑道：「本尊原是玉皇上帝身旁的侍者，與青青是舊識，這回青青親自超渡，因此本尊才特意將盛德二人接引至長樂世界。勞煩太后在人世間多照看青青，等妳他日故去，本尊自會接妳同兒子團聚。」

太后連連應聲，眼看著兒子的身影隨著天尊消失在天邊，想伸手再去摸一摸，誰知腳下一踩空，猛地驚醒過來，這才發現原來是做了一個夢。

想起夢境中的事，太后露出了笑容，對未來有了新的期盼。

……

太子登基，國號為乾興，立太子妃為皇后，太后榮登太皇太后寶座。

大宮女聽到太皇太后翻身的聲音，看了眼時辰，估摸著太皇太后醒了，便輕輕撩起帷幔掛起來。太皇太后睜開眼睛，臉上帶著幾分笑意，「天亮了？給哀家煮一盅紅棗茶。」

貼身伺候太皇太后的八名宮女行了大禮，有的出去煮茶，有的伺候太皇太后更衣，有的準備好溫水預備著太皇太后洗漱用。等太皇太后洗漱完坐在梳妝檯前梳頭時，錦瑟嬤嬤進來先向太皇太后請安，見太皇太后氣色紅潤，臉上帶了許久未見的輕鬆和笑意，不由鬆了一口氣：太皇太后總算從喪子之痛走出來了。

接過宮女手中的梳子，錦瑟嬤嬤一遍一遍幫著太皇太后通頭髮。

太皇太后吩咐道：「郡主為先皇做了七七四十九日的法事，讓她多睡會兒，不必著急起來請安。」隨即又擺擺手，讓宮女們退下去。

錦瑟嬤嬤見屋裡沒有旁人，問道：「娘娘氣色很好，可是昨晚做了什麼好夢？」

這話可是說到太皇太后的心坎上了，她臉上的笑容更盛，「哀家夢到皇帝和皇后了。」

錦瑟嬤嬤知道這不是說新皇乾興皇帝，而是指的盛德皇帝。

「哀家夢到太乙救苦天尊將他夫妻兩個接引到青華長樂世界。」太皇太后仔細描述了太乙天尊九頭獅子的威風、祥瑞寶光的光彩奪目。末了，太皇太后帶著緬懷的神情道：「皇帝的氣色極好，和聖文皇后拉著手很是幸福。瞧見他過得好，哀家也放心了。好在隔不是很遠，就兩個世界而已，等哀家百年之後，還是能和皇兒在長樂世界再見。」

錦瑟嬤嬤不知怎麼接話，聽太皇太后這話，人死後好像登天成仙和喝水吃飯一樣容易。

太皇太后從鏡中看了錦瑟嬤嬤一眼，認真地說：「妳別不信，這是太乙天尊親口對哀家說的，他說他同嘉懿是舊識，這才接引皇帝，等哀家百年後，他也會接引哀家到長樂界。」

錦瑟嬤嬤見太皇太后把夢境當真，便配合地嘆道：「原來郡主是有大來歷的，怪不得這些年又是有人傳郡主能送子、郡主能祈福，還說郡主畫的符咒能夠保平安。聽說大理寺卿薛連路，還有沈家、楊家，每年過年前都會求青青的平安符。」

太皇太后笑著點點頭，「可不是？原本還以為是這孩子福氣好罷了。」接著又懊惱地皺了皺眉頭，「早知道嘉懿的來歷，就該破了祖宗的規矩，讓嘉懿把她畫的符咒送進宮來。有了平安符，皇兒也不會就這麼去了。」

眼看太皇太后好不容易好轉的心情又變得抑鬱，錦瑟嬤嬤忙道：「按理說，皇上是有龍氣護身的，不該出這樣的事。許是先皇實在是想念聖文皇后，老天見他們夫妻分離了數十載實在於心不忍，這才提前接他去團圓了。」

太皇太后沉思了片刻，這才說道：「妳說的也有理。唉，哀家這兒子哪裡都好，偏偏就這一樣讓人頭疼，身為皇帝居然是個癡情種子。」

錦瑟嬤嬤問了太后想要的頭髮樣式，便拿了假髮替她挽上髮髻。

太皇太后自盛德皇帝駕崩後一直沒什麼食慾，如今她心事沒了，胃口也開了，光早飯就用了半個素餡包子、一塊牛乳糖糕、一碗紅棗山藥粥，還吃了些許青菜。

錦瑟嬤嬤喜出望外，不管這夢境是真是假，幸好太皇太后當了真，解了心事。若是再像之前那樣傷心，只怕不出半年，太皇太后就得追隨盛德皇帝去了。

這邊太后剛用過早飯，前朝也散了。

新皇下朝以後，依然遵循盛德皇帝的習慣，到福壽宮請安。

一見到乾興皇帝，太皇太后就笑了，朝他招了招手，神祕地說：「你和哀家到裡頭，哀家告訴你一件大喜事。」

乾興皇帝扶著太皇太后到內室坐下，恭敬地問道：「皇祖母有什麼話要吩咐孫兒？」

太皇太后難掩興奮之情，把和錦瑟嬤嬤說的話又對祁顯說了一遍，祁顯先是一愣，隨即笑著道：「朕昨晚也做了類似的夢，只是不像皇祖母還在夢裡見到神仙，而是夢到父皇和母后在一仙樂之境泛舟湖上，看起來十分逍遙自在，如今說來倒是和祖母的夢對上了。」

太皇太后聞言一拍手，「哀家就說夢是真的，錦瑟還不信。皇帝趕緊吩咐人為太乙天尊建座道觀，再塑上金身，等建成以後哀家親去磕頭上香。」

祁顯本不特別信神佛之說，只認為是婦人們的精神寄託，昨日做的一場夢也認為是日有所思夜有所夢。今日和太皇太后說起話來，竟然如此巧合。不管是真是假，湊不湊巧，只要能哄皇祖母開心，蓋一間道觀對祁顯壓根兒不是事，他當即應道：「一會兒朕回去就給工部下旨建道觀。剛才皇祖母說父皇和母后也到長樂界了，那定然也是仙人了，朕叫人在道觀裡也為他們二人塑金身神像，以便父皇和母后得享人間香火。」

太皇太后見孫子給自己捧場，越發高興，「等哀家百年以後，你可別忘了給哀家也塑個金身，天尊說到時他會來接引哀家的。」

祁顯道：「孫兒一定記得。咱們祁家人就屬皇祖母最有福氣，一看就是長命百歲的面相不說，還有仙人和您預訂了成仙的名額，可叫孫兒羨慕壞了。」

太皇太后被逗得咯咯直笑，「要是祖母在仙界混得好就替你說情，讓你也沾光。」

兩人一板一眼說得和真的似的，太皇太后笑了一回，覺得身心都舒暢了，於是好心情地給乾興皇帝指一條明路，「天尊和青青相熟，等你駕崩的時候記得讓青青替你做法事，保准你和你父皇一樣能順利登入長樂界。」

祁顯覺得這天沒法聊了，再說下去估計皇祖母都得約他一起歸天成仙了。

喝了口茶，祁顯說起青青的事，「去年父皇叫人修建了公主府，準備找機會冊封妹妹為公主，將府邸賜給她。只是妹妹說無功不受祿給推了，如今這事落到朕頭上，皇祖母還得幫朕勸勸妹妹才好。」

太皇太后聞言把胸口拍得啪啪響，「都讓你父皇母后入了仙境了，這還不算功勞？哀家來同她說，這孩子就是太謹慎了。」

祁顯鬆了一口氣，「那孫兒就等皇祖母的好消息了。」

這邊前腳乾興皇帝走了，那邊青青也起來了。在宮裡待了一個半月，盛德皇帝在宮裡的法事已了，青青預備今天出宮。

將自己收拾妥當，青青沒顧得上用早飯就來向太皇太后請安。太皇太后原本就將青青寵到心尖上，這回又做了成仙的美夢，更是怎麼看怎麼愛，拉著她的手樂得合不攏嘴。

錦瑟嬤嬤問道：「郡主還沒用飯，不如先傳膳來？」

「很是！」太皇太后笑道：「哀家都糊塗了，快帶嘉懿去用飯。」

這時候已過了飯點，青青又睡了太久，不覺得餓，只用了半碗菌菇素麵。

太皇太后屏退旁人，只留錦瑟嬤嬤在身邊，語重心長地和青青道：「今兒皇帝來同哀家說了，哀家這才知道先皇特意為妳建了一座公主府。正好趁著妳為先皇做法事立了功，讓皇帝趁機封妳做公主吧！」

青青無奈地搖搖頭，「對我來說，是郡主還是公主沒什麼差別，我有皇祖母疼愛，有皇兄護著，已經很知足了，若是再封什麼公主，只怕會惹出不必要的是非。」

「妳太謹慎了。」太皇太后說道：「有哀家護著妳，妳怕什麼？」

青青笑道：「就是皇祖母護著我，我才不能總是讓皇祖母操心。」

太皇太后拉著青青的手，有些失落地說：「封妳做公主是先皇的遺願，去年他就讓皇帝把公主府給妳建好了，就等著合適的機會冊封。本來他沒能親自冊封妳已是遺憾了，若是連遺願都實現不了，哀家實在於心不忍。」

青青頓時沉默了，太皇太后張了張嘴，可是想起皇帝說的不許再提身世的話，終究沒敢把話挑明，只含含糊糊地說：「後宮這麼多嬪妃，誰也沒能為先皇生個女兒出來，在先皇心裡妳就如同她親生女兒一般。」

青青眼圈微紅，太皇太后繼續說道：「皇帝早上來說妳原先對先皇說無功不受祿，可昨晚先皇給哀家託夢說妳做了超渡法事，讓他和聖文皇后得到了太乙天尊的接引，如今在東方長樂世界逍遙自在呢！」

青青滿腹的傷感都被這句話給打散了。

太皇太后興致勃勃地告訴青青：「太乙天尊還說和妳是故人，妳認識他嗎？」

青青……

「不記得了嗎？」太皇太后遺憾地嘆了一口氣，「許是妳投胎就不記得前世的事了，哀家覺得妳前世是個神仙呢！」

青青原以為自己念了四十九天的經文真能超渡魂魄，可一聽太皇太后這話就知道自己想太多了。旁人不記得自己的前世，青青卻是帶著記憶投胎的。她前世就是一個孤兒，無父無母的，也沒見過什麼神仙，就是個普普通通的大學生。除了長得比別人好看一點，運氣比別人強一點，壓根兒沒什麼特別的。

太皇太后又絮叨起新皇的囑託，「皇帝說公主府的府邸輿圖是他親自設計的，裡頭的一草一木是他親自看著人種的，家具擺件是他親自挑選的，妳若不是不應，妳皇兄該多傷心？」

青青知道太皇太后是想給自己更多的依仗，兩代帝王也是真心實意對自己好，想盡可能地抬高自己的身分，不讓人欺負自己。

青青忍不住落了淚，站起來鄭重地行了大禮。

太皇太后讓錦瑟嬤嬤扶起青青，「好生生的，怎麼跪下了？」

青青說道：「嘉懿又讓皇祖母操心了。」

太皇太后聽這話音，便知道青青是同意這事了，當即笑道：「哀家就樂意為你們操心。這事可就說定了，我這就打發人去稟告皇上。」

說是冊封，可一切都得等盛德皇帝下葬以後再議，只是得了青青的準話，太皇太后和乾興皇帝便將這事放在心裡默默謀劃起來。

宮裡沒什麼要緊的事了，青青向太皇太后告辭，回了鎮國公府。

朱子裕當值不在家，雙胞胎暫時養在老太太房裡，青青換了衣裳去向老太太請安。一進屋就瞧見兩個胖小子在炕上一邊翻滾一邊咯咯直笑，瞧那身量，再看看那像嫩藕一樣的手臂，就知道這兩個小子這一個來月又長了不少。

老太太見青青回來了，連忙叫她到跟前問道：「聽說妳在宮裡為先皇做法事？怎麼是叫妳做？不是有和尚道士嗎？我問子裕，他也沒說清楚。」

青青道：「原是因為太皇太后的一個夢，夢到說由我念的超渡經文比旁人念的靈驗，所以才叫我額外做了一場。」

「那是因為妳心誠。」老太太煞有其事地說，又問道：「這些日子累壞了吧？妳祖母也惦記著妳。雖知道妳不在家裡，還是隔幾日就來問一回。這會兒妳回來了，趕緊叫人去給她送個信，好讓她知道妳出宮了。」

青青便打發珍珠回徐府一趟，又把宮裡賜下來的各種菌菇分兩簍給徐府送去。如今正值國孝，吃不得肉食，這菌菇做好了比肉吃著還香甜。

青青看到躺著的朱明恩翻身坐了起來，驚訝地道：「居然能坐起來了？好寶寶，過來讓娘抱一抱啊！」

一個半個月沒瞧見青青，朱明恩對她已經有些生疏，他雖不哭不鬧乖乖地坐在青青的懷裡，卻有些好奇地打量她。青青掂了掂，問道：「是不是不記得娘了？」

朱明恩歪頭看了看，依然沒有想起來的樣子，轉身朝老太太伸出小手啊啊叫著。兩個孩子小一點的時候，老太太還能抱一會兒，如今兩個小子越來越重還不老實，老太太早就不敢抱他們了，就怕他們一不小心摔地上去。

李嬤嬤把朱明恩接過去放到炕上，朱明禮則好奇地連翻帶滾蹭到了青青旁邊，主動拽著她的衣裳討抱。

青青驚喜地把朱明禮抱起來，在他臉上親一下，「還是明禮記性好，是不是想娘了？」

朱明禮咧嘴一笑，一手抓住青青的珍珠手鏈，一手抓住青青的和田玉鐲子。

看著兒子落在自己衣襟上的口水，青青沉默了。

她就不該對財迷兒子抱有不切實際的幻想。

晚上朱子裕回來看到青青，喜出望外，「什麼時候回來的？妳應該打發人跟我說一聲，我去宮門口接妳。」

青青道：「光天化日的，又不是多遠的地方，有什麼好接的，難道我會丟了不成？」一邊說一邊幫他把斗篷解下，看著朱子裕明顯黑瘦的臉龐，十分心疼，「怎麼瘦成了這樣？」

朱子裕覆住青青的手，解釋道：「先皇駕崩，新皇登基，京師戒嚴，我連著黑夜白天的撈不著歇息，這才看著瘦了些。如今先皇的棺木已移至殯宮，我們能輪換著歇幾日了。」

青青摸了摸朱子裕的臉龐，突然將頭埋在他的懷裡，手臂摟住他的腰，沉默了半晌，悶悶地說：「等你哪日歇息，陪我回娘家看看我爹娘吧，我好想他們。」

朱子裕輕撫著青青的後背，臉上滿是心疼，「若是想哭便哭出來吧。」

一聽這話，青青的眼圈立刻紅了，她搖了搖頭道：「我只是想我爹娘了。」

朱子裕沒再說話，愛憐地吻了吻青青的髮絲。

原本青青在宮裡備受太皇太后寵愛，朱子裕並未多想，他總覺得自己的媳婦美貌聰慧又可愛，人見人愛是理所應當的。後來青青加封了郡主，他也一根筋地以為真的是自己拿軍功換的，甚至太皇太后認了青青當孫女，新皇認了青青當乾妹妹，他也沒放在心上，以為新皇只不過是為了哄太皇太后高興，當不得真。

直到先皇駕崩那日，盛德皇帝放著嬪妃、諸皇子在外殿不理，單單叫人把青青叫進宮，又說青青的兒子眼睛像他，朱子裕這才後知後覺地發現，原來青青的眼睛和盛德皇帝的眼睛如此相像。青青是女子，那雙眼睛在青青的臉上顯得十分嫵媚。同樣的眼睛在盛德皇帝的臉上，因為他的積威，就有著不怒而威的氣勢。

把這些年的事串在一起，朱子裕終於明悟，青青的身世恐怕是另有隱情。先帝知道，太皇太后知道，新皇知道，青青也知道，但誰都沒敢戳破這層窗紙，都揣著明白裝糊塗。涉及岳母和先皇的密辛，朱子裕不敢多問，只能裝作不明白的樣子，緊緊地把青青摟在懷裡，「明日我就帶妳回去看望岳父和岳母。」

翌日一早，朱子裕去司裡交代了一番，便回家接上青青直奔徐府。

因新舊交替，回京述職這批官員還沒安排差事，暫時在家歇著。徐鴻達自考上狀元進翰林院以來，還是第一次有這麼長的假期，他倒不像有些官員那麼焦急，反而悠閒地教導小兒子讀書，順便每日一次罵一罵不務正業的二兒子徐澤然。

青青下了馬車，徐婆子和寧氏聽了信還沒等從屋裡出來，徐澤然就不知道從哪個旮旯角鑽了出來，朝著青青撲了過去。朱子裕眼疾手快地一把揪住他的領子，把他拎到半空中。

懸空蹬了蹬腿，徐澤然哭喪著臉道：「二姊快救救我，爹每天罵我，比吃飯還準時。」

徐鴻達虎著臉從正房出來，冷喝道：「等你啥時候考上舉人，我啥時候不罵你。到時也不用你做官，隨便你四處作畫去。」

青青拽了拽朱子裕，示意他把徐澤然放下來，又勸徐鴻達：「爹，您知道二弟的心思不在讀書上頭。」

看在女兒的面子上，徐鴻達的臉色才好了些，只不過依然恨鐵不成剛地道：「白瞎了他那過目不忘的好記性，若是他肯努力些，絕對比他哥還強。」

青青打趣徐鴻達：「爹這是恨不得所有狀元都出在咱們家。」

徐鴻達老臉微紅，握著拳頭在唇邊咳嗽了一聲，不自然地說道：「我也沒這麼不謙虛，但是多幾個狀元總是好的。」

青青噗哧一笑，在徐澤然頭上敲了一記，「知道你不愛讀書，也不為難你，明年皇上一定會開恩科，到時你去考個舉人回來，省得老惹爹生氣。」

徐澤然剛要為自己辯白兩句，青青一句話就把他堵了回去：「若是考不上舉人，以後甭想在我的書畫坊裡賣畫。」

徐澤然見連最疼愛她的姊姊也這樣說，只好嘆了口氣，「我這就回去溫書。」

徐鴻達聞言面露喜色，又趕緊繃住，故作嚴肅地說：「你的底子很好，只是這一兩年懈怠了。若是這一年你肯拿出頭懸樑錐刺股的勁頭來，明年定能考上舉人。」

徐澤然無奈地說：「我就怕我考上了舉人，爹又要我考進士，到時候姊肯定又幫你說話。萬一我真的不小心考中了狀元，又不想當官，多浪費名額啊！」

徐鴻達氣得臉漲紅，剛想用腳踹他，就見寧氏扶著徐婆子從屋裡出來。

徐婆子沒注意到那邊爺倆的官司，只盯著青青瞧，「青青快跟祖母進去，看這小臉凍得，妳爹真是的，這大雪寒天，在外頭有什麼好說的。」

眾人進了屋，圍坐在炕上說話，徐婆子少不得拉著青青問：「妳什麼時候出宮的？前幾天去妳家還說沒回來呢！」

「昨天回來的，我想祖母了，就回來瞧瞧。」青青回到家頓時放鬆了，一會兒拉著徐婆子要果子吃，一會兒摟著寧氏的手臂，在她肩膀上枕著。

寧氏摸了摸她的臉蛋，寵溺地說：「都是當娘的人了，還撒嬌呢！」

青青嗔道：「在娘身邊，我永遠都是孩子。」

徐婆子聞言笑道：「正是這話。」

徐鴻達看著青青撒嬌的模樣，撫鬚一笑，「青青小時候就喜歡纏人，那時候白天她到道觀去讀書，晚上回家就一個勁兒拉著她娘膩歪。」

青青道：「我爹這是醋了？嫌我沒同他撒嬌？」

話音一落，徐鴻達連連擺手，「都多大的姑娘了，可不能和小時候似的了。」

眾人笑了一回，寧氏問起朱明恩和朱明禮來，青青道：「看著天冷就沒帶他倆出來，之前我在宮裡，子裕忙著京城防護的事，老太太就把明恩和明禮挪到她房裡的暖閣去。如今天氣冷，就叫他們在那暫住，等開春暖和了再將他倆挪回來。」

想起自己的小兒子，青青又好氣又好笑地把昨日的事說了，「一回來就往我身上撲，我還以為是想我了，合著是想我手上的鐲子了，那財迷樣兒也不知道隨誰？」

「當然是隨妳！」徐婆子立刻懟了過去，「打小咱們家就數妳最財迷，過年收的壓歲錢自己還找個小箱子裝著，沒事就數一數。不過妳雖財迷倒也有財運，咱們村子近百年就沒聽說有過啥寶貝，偏妳胡亂撿的石頭都能開出寶石來。」

青青捂嘴笑道：「如今我鑲嵌了紅寶石的首飾，多半是那塊石頭開的，外頭買的都不如我的顏色純正。」

徐婆子認同地點頭，還認真地說：「明禮這孩子隨妳，我估摸著以後也是個有財運的。妳沒瞧他連胎記都像金元寶嗎？我瞧不如就給他起個小名叫招財。」

青青哈哈大笑，「這麼說，我還得生個閨女叫進寶。」

徐婆子樂了，「這名字好。招財進寶，聽著像財神爺座下的金童玉女。」

朱子裕聽說生閨女，立刻想到了青青小時候的模樣，當下拉著青青央求道：「一定要生個和妳一模一樣的閨女，到時我給她買首飾買胭脂。」

徐鴻達看著朱子裕說起未來女兒的幸福模樣，想起了自己心酸的經歷，「然後捧到手心裡精心養大，等到及笄了，就不知道要嫁到誰家當媳婦去了。」

朱子裕的笑容瞬間僵在臉上，女兒還沒生，未來的女婿不知是何方人士，朱子裕卻已經有想把他咬死的衝動了。想起成親前徐鴻達對自己的防範和敵意，朱子裕如今很能體會，他恨不得抱住岳父痛哭一場，然後探討一下如何防止外面的臭小子拐帶自己的女兒。

天氣一天比一天冷，轉眼到了臘月，旁的衙門都進入半放假狀態，朱子裕所在的京衛指揮使司倒是更加忙碌了，越是到了大年底下，京城越不能出亂子。好在朱子裕是正兒八經的國公爺，又掛了正三品的職位，手下有的是人可用，不用他整日守在那裡，只要每日過去點個卯就成了。

朱明恩和朱明禮兩個已經能扶著榻桌站起來，還能偶爾冒出一兩個字來。像朱明恩最喜歡叫的是爹，最愛看的是他叔叔朱子昊舞劍，喜得朱子昊覺得自己的大侄子慧眼識英雄，以後可以繼承自己的劍客衣缽。

朱明禮最喜歡叫娘，最愛的東西理所當然的是金子、銀子以及各種寶石、珍珠。如今正值國孝，青青不戴鑲嵌寶石的金簪子，但架不住偶爾無聊的時候拿出來把玩，正巧有一回她坐在榻桌邊擺弄匣子裡的簪子，坐在一旁啃果子的朱明禮瞧見了，登時把果子扔了，奮力爬到榻桌旁，朝著匣子撲了過去。

他小小的人兒自然抱不起沉甸甸的匣子，乾脆趴在上頭，誰叫也不起來，一抱他就哭，最後愁得青青沒法，只得從庫房裡找出一個百天時別人送的碩大長命金鎖，趁著朱明禮眼睛直勾勾盯著長命鎖的時候，把匣子給抱走。

這樣的事情越來越多，大年初一起床，朱明禮發現他枕頭旁邊放了一些小小的金元寶，便挨個拿起來放到衣服上兜著，樂個不停。

全家人忍俊不禁，朱子裕更是不忍直視，「你上輩子是窮死的嗎？這麼見錢眼開！」

青青想得比較長遠，她憂心忡忡地道：「再有兩個月就要抓周了，到時候有不少親戚朋友來觀禮，你說明禮到時候會抓什麼？」

「金元寶？」朱子裕不確定地說：「到時不管什麼金元寶銀錠子都不放不就得了？」

青青遲疑地點了點頭。

到了雙胞胎的周歲生日那天，鎮國公府正廳擺了一個斗大的木案，上面擺了印章和儒釋道三教的經書，以及筆、墨、紙、硯、刀、劍、鎧甲等物。

將打扮得像觀音座下童子般的兩個胖小子同時放到桌案上，青青笑道：「去，喜歡哪個就拿哪個，拿到就是你們的。」

朱明恩目標明確，直奔刀、劍、鎧甲而去，只是那些都是老鎮國公用的真傢伙，他拿不起來，便一屁股坐在中間，摸摸這個摸摸那個，滿意地露出六顆小牙，咯咯直笑。

朱明禮卻有些不知所措，看著上面擺的東西沒一個自己愛的，便往周圍人身上瞧。因還在國孝內，眾人打扮得很素淡。

見哪裡都沒有自己喜歡的亮晶晶物件，朱明禮失落地咧開嘴就哭。

離得最近的徐鴻飛忍不住走了幾步上前想哄他，朱明禮忽然看到旁邊閃過一抹金光，轉頭看去，頓時樂了，翻身朝著徐鴻飛迅速爬去。

徐鴻飛很高興，「小招財，還認得外叔祖父嗎？」

朱明禮露出六顆小牙，一把抓住徐鴻飛腰上掛著的金算盤。

青青跺了跺腳：三叔！

徐鴻飛一臉尷尬。

朱明禮抓著金算盤，一個勁兒說：「要……要……要……」

徐鴻飛摸了摸鼻子，到底將金算盤摘下來放到朱明禮手上。

朱明禮滿意地笑了。

柒之章◆往事歷歷憶故人

似乎一夜之間，天氣就熱了起來。此時離盛德皇帝駕崩還不到一年，但京城裡的悲傷氣氛已漸漸散去，官員們等著任職，學子們等著恩科，百姓們也恢復了往常的生活。

徐鴻達和新皇曾一起治理水患，又是先皇點名的股肱之臣，更是青青的父親，鑒於這三點，祁顯並沒有讓徐鴻達繼續外放，而是調到戶部任右侍郎。一起回京的沈雪峰在外面歷練了六年，念在沈太傅年事已高，祁顯將沈雪峰留在京城，任命他到翰林院做翰林學士。

沈雪峰升遷的經歷算不得特殊，也沒人議論，倒是徐鴻達升官的速度讓人眼紅。當年他治理完水患就連升兩級，到了川南又撞破了蜀王謀反的陰謀，直接把頂頭上司抓進牢裡，順理成章升了一級成了知府。這次回京述職，眾人都以為他或是平調回京城，或是升半品放外任，誰也沒想到他居然能直接成為三品大員。

徐鴻達考出狀元到現在滿打滿算將將十年，這升官的運道讓人嘆服。戶部有個員外郎幹了十來年也沒升上半品，便私下裡酸裡酸氣地說徐鴻達是靠女兒在宮裡的臉面才升官的。

眾官員雖眼紅徐鴻達升官的速度，但這扎心的話誰也不敢說，畢竟徐鴻達這些年的政績和功勳都實打實擺在那裡。單憑蜀王這件事，皇上就算直接提他入閣都說得過去。不過明眼人都知道，徐鴻達這次雖沒能入閣，但不出十年必定會成為本朝最年輕的閣老，但凡聰明點的誰也不願意得罪他。

回京述職的官員們，或留京任職，或外放，各自有了去路，眼看著乾興皇帝的壽誕即將到來，雖還在孝期，但作為新皇第一年的聖壽，還是不能太簡辦。

眾官員卯足了心思準備壽禮，青青則拿出一個黃花梨的匣子，在聖壽之前提前把賀禮送進了宮裡。

太皇太后和新皇一左一右坐在榻桌兩側，皇后則坐在下方的椅子上，青青鄭重地取出一個四四方方看起來平淡無奇的匣子放到榻桌上。

「這裡面的東西我準備了三年，原本是想獻給先皇的，誰知……」青青的臉上閃過一絲傷感，略微頓了頓又道：「上個月我才將最後一點雕完，正好將它獻給皇上作為壽禮。」

若說祁顯聽到先皇還有些傷感的話，太皇太后早就堅定地相信自己的兒子在仙界逍遙快活，完全沒有一點難受的感覺。她好奇地打量著盒子，問道：「這裡面裝的是什麼？」

青青打開匣子，太皇太后、皇上和皇后都忍不住探頭去看，只見裡面有一塊方圓四寸、翠色精雕的玉石，上紐交五龍，極為細緻。

皇后打量了片刻，遲疑地說：「本宮沒見過這樣的玉石，不知這是什麼玉？」

青青垂下眼簾，輕聲回道：「藍田玉。」

祁顯精神一振，露出不敢置信的狂喜，他顫抖著手將那塊玉石拿起來，只見正面刻有「受命於天，既壽永昌」八個篆字。

「妹妹，這是傳說中天命所歸的傳國玉璽？」祁顯激動得幾乎忘了青青剛才說的自己雕刻的話，滿腦子都是失傳了千年的傳國玉璽到了自己手中這件事。

青青搖了搖頭，「這是我自己刻的。」

見祁顯略微冷靜了些，青青才繼續說道：「我小時候在老家村子的山裡河邊撿到三塊斑駁的石頭，其中一塊石頭裡面紅彤彤的，我三叔從鎮上請來開石的師傅把三塊石頭切開。」

太皇太后等人聞言睜大了眼睛，似乎想不到隨手撿的石頭能撿出寶來。

「這三塊石頭，一塊開出了紅寶石，一塊開出了羊脂白玉……」青青指指那塊玉璽，「還有一塊開出了藍田玉。」

「起初沒人認得這是什麼玉，還是開玉的師傅說看這玉的品相和成色，像是失傳了千年的藍田玉。」青青繼續說道：「當時我爹不過是個小小的舉人，家人怕懷璧其罪也不敢聲張，便悄悄把三個寶貝壓箱底存起來，想著等我出嫁的時候給我當嫁妝。」

太皇太后恍然大悟，「哀家瞧著妳有時進宮戴的頭面紅寶石成色極好，顏色一模一樣，是不是就是那塊開出來的石頭打的？」

「皇祖母好眼力。」青青恭維了一句，又道：「後來我爹在京城站穩了腳跟，便請京城的玉石大師傅幫著鑒定了一次，大師傅說像是藍田玉，可畢竟失傳千年，留下的只有文字的描述，是不是也說不準。」

「這肯定是藍田美玉。」祁顯篤定地說：「從顏色、質地和紋路上來看，都與傳說中的一模一樣，定然錯不了。」

「皇上說的是，嘉懿也是這麼想的。」青青點了點頭，「當時我們就想著，這樣的東西不敢留在我們手裡，該送到宮裡獻給皇上。只是我爹那人性子耿直，他認為這個東西是我找到的，就是進上也是由我來進，他不能把進寶的功勞據為己有。」

「後來我進宮為皇祖母作畫，當時我想著把那塊沒有打磨的藍田玉獻給皇上。正在這時候，我無意中翻到了文道長留給我的一本古籍，上面不僅有傳國玉璽的詳細記載，更有栩栩如生的玉璽圖像。恰好我跟著畫道長學過雕刻，便有自己動手雕刻一塊玉璽進上的想法。」

青青不好意思地請罪道：「未拿到旨意就暗自雕刻玉璽，還請皇兄恕罪。」

「妹妹是我朝的功臣，何罪之有？」祁顯笑道：「正是因為妹妹的超然的運氣和精湛的手藝，才讓傳國玉璽重現世間。」

祁顯忽然提議道。

「皇祖母，朕想不如就以進獻玉璽為由，封妹妹做公主，我想百官也說不出不是來。」

太皇太后連連點頭，兩人商議定了，祁顯親自捧著玉璽走了，太皇太后則拉著青青的手喜孜孜地說：「哀家說妳是神仙託生的妳還不信，誰人撿石頭能撿到失傳千年的藍田玉？哀家覺得以妳上輩子的身分和妳這輩子的福運，肯定想啥就能撿到啥。」

青青哭笑不得地說：「除了這塊藍田玉，我也沒再撿到什麼稀奇的東西了。」面對太皇太后懷疑的眼神，青青沉默了片刻，認真回憶了一下，「也就小時候採藥的運氣比較好而已。」

「多好？」太皇太后興致勃勃地問道，旁邊的皇后也是一臉好奇。

「就是想採人參的時候走幾步就能發現千年人參……」

話剛說一半，皇后捂著胸口打斷她：「妳那是採人參嗎？那應該叫拔蘿蔔。」

青青不好意思地低下頭，「拔蘿蔔倒是沒拔到過那麼大的。」

皇后頓時無言以對，合著在郡主眼裡，挖千年人參比拔蘿蔔還容易些？

皇后嘆了口氣，怪不得都說人比人氣死人，原本她覺得自己的福氣已經很好了，祖父和父親都官居一品，自己才貌雙全，及笄後便選為太子妃，成親後誕下嫡子，現在又順利成為皇后。這樣看似世間女子最羨慕的生活，可皇后怎麼想怎麼覺得自己和懿德郡主簡直沒法比，畢竟皇后幾十年就有一個，甚至好幾個，可隨便就能撿到藍田玉，人參靈芝主動送上門的，這種人幾千年也不一定有一個。

皇后羨慕地看著青青，開始贊同太皇太后的話了，「妹妹一定是神仙託生的！」

轉眼到了乾興皇帝壽誕這日，祁顯身著龍袍坐在奉天殿上，文武百官上朝為皇上祝壽，全國各地貢上的珍奇異寶像流水一樣被送到皇宮，堆滿了兩間庫房。

若是以往，祁顯或許還會有興致問一問有什麼寶物，選幾樣珍稀難得的拿出來同百官一起欣賞，可如今他得了藍田玉璽這樣的寶物，眾官員獻上的賀禮就沒有能入他眼的了。

待眾官員獻完壽禮，祁顯說道：「近日懿德郡主獻上了一件歷代君王都渴望得到的曠世奇寶當作壽禮，朕甚喜之，特拿來與眾愛卿共賞。」

大太監宋和小心翼翼地用托盤端上來一個匣子，祁顯親自打開蓋子將玉璽捧了出來。玉璽在祁顯手裡半個多月，已經同青青進獻的那塊有些不同，玉璽下方鑲了金邊不說，還似乎經歷了歲月的洗禮，頗有古樸韻味。這一切顯示著，祁顯不想讓人知道這塊玉璽是新刻的，他要把這塊玉璽變為史上那塊傳說中的傳國玉璽。

「受命於天，既壽永昌！」祁顯一字一句地念出來，又威嚴地說道：「先皇駕崩，懿德郡主為先皇做了七七四十九天超渡法事，當夜太皇太后、朕和懿德郡主三人皆夢到先皇同聖文皇后得到太乙救苦天尊接引登天成仙。在先皇飛升之際，祕密告知懿德郡主傳國玉璽藏匿之處。懿德郡主不畏艱辛，取來傳國玉璽。」

眾官員起身跪在地上，齊聲喝道：「受命於天，既壽永昌，皇上天命所歸！」

躲在殿外旁聽的青青聽得目瞪口呆，皇兄也太能編了，當初我不是這麼說的……

祁顯面露滿意之色，宋和適時站了出來，展開明黃色的聖旨，「懿德郡主接旨！」

懿德郡主身著公主冠服，緩緩進入大殿，跪在御前，「奉天承運，皇帝詔曰，懿德郡主聰慧敏捷……今冊封為長公主，賜公主府一座……」

眾官員見狀羨慕不已，都說徐鴻達官運旺，她閨女比他強多了，居然以臣子之女的身分得封長公主，從古至今也沒幾個有這樣殊榮的吧？

眾人帶著欽佩的目光目送剛出爐的長公主出了大殿，祁顯大擺宴席，與眾官員同樂。酒過三巡，眾官員離座互相敬酒，徐鴻達身旁圍滿了人。

「徐大人，長公主這超渡法事在哪家道觀學的？」
「徐大人，那家道觀還收徒嗎？」
「徐大人，您瞧我閨女十歲了學超渡還來得及嗎？」
「徐大人，您同我們說說怎麼能生出這麼一個閨女唄……」
徐鴻達：……

此時在鎮國公府裡，招財在正院裡撅著小屁股翻了一個又一個的箱子，心裡十分委屈和不解，之前娘雕刻的那個看起來很值錢的石頭怎麼不見了呢？

……

青青被封為長公主的消息從京城傳到了全國各地，徐鴻達老家的縣官更是讓人在澧水村立了一座公主牌坊，還大手筆在鎮上擺了半個月的流水席。徐家人都在京城，於是幫著徐家打理玫瑰田和胭脂鋪子的遠房堂兄徐鴻文一家、徐鴻達的親舅舅傅老舅一家，都成了流水席的座上賓，也成了人人攀附交好的對象。

傅舅母比徐婆子大兩三歲，若說徐婆子一笑滿臉菊花開，那傅舅母不笑都是老樹皮，她塗了不知多少層粉也沒能填平一臉的溝壑，還一道黑一道白整得像鬼畫符似的。若是往常，縣裡鎮上的人都會打趣她幾句，這回卻都是羨慕地圍著她團團轉。

青青在村裡住到三歲就跟隨父親去平陽，雖在縣裡生活了六年，但青青基本是在道觀後的小院裡長大的，除了每日跟著四位道長學習以外，壓根兒沒和旁人接觸過，因此老家這些人和青青算是熟悉的也就是傅舅母了。

坐在上席的傅舅母，夾起一塊油汪汪的肘子肉塞進嘴裡，得意洋洋地說：「咱們長公主天生帶著富貴命，小時候才多大點的孩子啊，她祖母帶她去我家拜年，哪個孩子都磕頭，就她不對任何人跪。當時我還說我那小姑子慣孩子，現在才知道我小姑子那叫，叫啥來著……對了，叫慧眼……慧眼識珠……她那時候指定就看出她孫女是公主命來著。」

來吃流水席的人聽得眼睛都直了，有一個膽大的問：「那年郡主回鄉接徐家誥命老夫人，您是不是去瞧了？」

「可不是？」傅舅母顯擺地道：「長公主長得那個俊喲，比我年輕時還好看！」

旁邊那桌喝酒的男人們沒忍住互相噴了一臉，原本聽得興高采烈的鄉親們表情也瞬間凝固，傅舅母絲毫不覺得有什麼不對，反而自信地說道：「我年輕的時候真長得不孬，當時我幾個閨女還和徐家議親來著，可惜總是差了一步。」

傅舅母嚥下雞腿肉，頗為遺憾，「當年親事若是成了，如今我就成公主的外祖母了。」

鄉親們看了看傅舅母，又轉頭看了看傅舅母的幾個閨女和外孫女，紛紛四散離開，「還好徐家沒娶傅家的姑娘，要不然咱們縣裡就出不了公主了。」

「可不是，怕不得把太皇太后娘娘給嚇死……」

傅舅母看著圍著自己的老爺婆娘們一個個跑沒了影，忍不住強調：「我說的是真的，不信你們問我小姑子去。前幾日她叫人捎信來還說，在公主府住了好些日子呢……」

跑遠了的鄉親們又糾結地跑回來，「公主府啥樣啊？她祖母真在裡頭住了？」

……

話說青青得了公主府後糾結了兩日，她和朱子裕夫妻恩愛，分開住自然是不可能的，但鎮國公府男丁單薄，朱子裕襲了爵位還得奉養老太太，自然也沒法陪青青長住公主府，可這座乾興皇帝親自設計以及建造的公主府不能空置。

青青想了兩日，索性將徐家人、鎮國公府的人都請來，一同去公主府遊玩一番再說。

兩家人浩浩蕩蕩坐了好幾輛馬車，下了馬車又換了轎子，在正殿裡歇了一陣便都往園子裡來了。寶瑜姊妹三個、藍藍、丹丹都相熟了，幾個女孩手拉著手，不一會兒就跑得沒影。朱明恩和朱明禮兩個胖小子如今腿腳十分利索，兩個嬤嬤和四個奶娘都跑不過他們，朱子裕專門找了八個七八歲，品性讀書都極好的小子跟著他倆，此時一群小子早就不知道到哪片草地上翻滾去了。

青青則跟著王氏、寧氏、吳氏妯娌三個伺候著徐婆子和老太太慢慢溜達。

青青大體看過公主府的輿圖，有大概的印象，便一路為眾人介紹，若是哪裡說不上來，旁邊也有宮女補充介紹。

老太太扶著丫鬟的手，拄著拐杖，難得有興致地走了兩處就有些累了，宮女們便引著眾人到了一處離得近的亭子歇腳，又麻利地端上香茶鮮果和點心。

徐婆子拿起玫瑰杏仁餅咬了一口，感受著微風撲面，愜意地道：「累了大半輩子，沒想到跟著孫女享了天大的福氣。」

幾口吃了甜餅，徐婆子捧著茶喝了兩口，半躺在竹椅上，歪頭和旁邊的老太太說道：「早二十年，若是有人跟我說有朝一日我能進公主府，那我定會認為她發了癔症。那時候我們家雖然在村裡算是個小地主，肉也吃得書也讀得，可那點家底也就村裡人羨慕，到鎮上就不顯眼了。那時候我最大的夢想就是去縣城耍上幾日，後來兒子考上秀才，我跟著去了縣城，我就琢磨著啥時候到府城瞧瞧。可妳看，如今府城算什麼，京城我都來了，還進了公主府，哎呀呀，妳說我這命咋這麼好呢？」

老太太贊同地點頭，「妳就是福氣好，命好！」

青青忍不住笑道：「這裡的風景正是好的時候，花多水多，比旁的地方也涼快，兩位祖母不如在這裡住上些時日，算是給我這公主府溫居了。」

徐婆子道：「我還能住在公主府裡？那可做夢都得笑出聲來，反正我是樂意的。」說著她還轉頭問老太太：「妳樂意不樂意住這裡？」

老太太連連點頭，「我喜歡熱鬧，咱們都聽青青的，在這裡住個幾日。晚上咱們還在一個屋，睡不著覺的時候還能說說話。」

青青道：「這裡有花香又清涼，保證兩位祖母一夜無眠到天亮，越住越舒坦。」

王氏和吳氏見兩位老太太就這麼商議定了，有些興奮又有些糾結，她們自然也願意在公主府裡開開眼界，又顧忌著自己是外人的身分，怕留下來讓青青不自在。

兩人都是簡單的婦人，青青一眼就瞧明白了她們的顧忌，當下笑道：「大伯母和三嬸娘誰也不許走，妳們都是看我長大的，如今我有了自己的宅子，還不讓我孝敬妳們了？」

王氏聞言放下了心事，「行，大伯母就不和妳見外，咱們也享受一下公主住的宅子。」

幾人準備到下一處賞玩，可老太太坐著就懶怠著動了，青青便讓人抬來兩頂軟轎。

徐婆子這些年雖不幹農活，卻也不是閒著的主，每天都能圍著自家園子走上好幾圈。這公主府雖然大，徐婆子走上大半圈還是沒問題的。見老太太上了軟轎，徐婆子依然執意要自己走，「剛走了幾步路還沒舒展開腿腳呢！」

青青見狀只得讓人抬著轎子跟在後面，徐婆子走了一會兒，越瞧著前頭半歪在軟轎上的鎮國公府老太太越覺得羨慕，她忍不住側頭看了看青青，有些不自在地問道：「妳瞧瞧妳太婆婆都快睡著了似的，那轎子就那麼舒服？」

青青連忙招手讓人把轎子抬過來，扶著徐婆子上轎，「您坐在上頭，看得遠又不用累著，可不是格外舒坦嗎？」

徐婆子早就心癢癢了，半推半就坐在了轎子上。

四個粗壯的婆子將轎子抬起來，徐婆子覺得既穩當又舒服，臉上露出愉悅的笑容，她回頭和王氏、寧氏說道：「不如叫人多抬幾頂轎子來，妳們坐坐這個，跟著享受享受。」

妯娌三個聽了連連擺手道：「娘坐著就是，我們一邊走一邊說話更自在些。」

徐婆子不再強求，一邊看著四處的風景，一邊道：「咱們家四進的宅子我就說很好了，後來到了鎮國公府，單那花園子就有咱們四進宅子那麼大。前幾日我還說也見過國公府的富貴了，怎麼也應該算是有見識的誥命老太太，可這來了公主府啊，又覺得眼睛不夠用了，看哪裡都好，看哪裡都精緻，簡直再沒有比這裡好的地方了。」

青青忙說：「祖母喜歡，咱們就在這裡住到中秋，讓妳成為京城最有見識的老太太。」

大人們忙著欣賞著公主府的美景沒空搭理雙胞胎，這兩個皮小子便像撒了歡一樣。朱明恩一會兒爬到假山上四處張望，一會兒抱著亭子的柱子往上爬，沒個消停的時候，幸虧旁邊有侍衛護著，又有小廝們盯著。

和朱明恩的淘氣不同，朱明禮就乖巧多了，他既不爬山也不玩水，反而不知在哪裡找了根棍子到處撥土。

朱子裕忙完手頭的事過來找青青，一眼瞧見小兒子蹲在小山坡上拿根棍子在挖坑，不禁好奇地走了過去，「招財，你在這玩啥呢？」

「挖寶貝！」招財頭都不抬一下，「太祖母的話本裡就是這麼講的，話本上的人隨便挖一挖，什麼都能挖出來。」

朱子裕很無語，他努力維持著可親的微笑，試圖跟財迷兒子講道理，「話本上的內容都是哄人玩的，若是隨便都能從土裡挖出寶貝，那這世上就沒有窮人了。」

話音剛落，就見招財扔了棍子，伸出白胖胖的小手在土裡刨了幾下，然後從裡面拽出一個羊脂白的玉佩。

朱子裕：臉好疼！

招財很興奮，完全沒在意親爹扭曲的表情，還喜孜孜地掏出帕子將玉佩擦乾淨。伺候他的小廝木然地打開抱著的匣子，讓招財將玉佩放到裡頭。

朱子裕忍不住伸頭去瞧，只見裡頭裝著許多髒兮兮的金錁子銀錠子金銀簪子等物，瞬間有種不妙的感覺，「這些東西從哪兒來的？」

小廝又是木然道：「都是二爺挖的！」

同情地拍了拍小廝的肩膀，朱子裕越看匣子裡的玉佩越眼熟，他知道跟兒子要是要不來的，索性趁著兒子不注意，順手將那塊玉佩拿出來放進袖子裡，轉身就走。

正在低頭刨土的招財猛然回過頭，撕心裂肺地喊道：「爹，你是不是拿我的寶貝了？」

剛走出幾步的朱子裕立刻加快腳步，轉眼消失在拐角處。

招財「哇」一聲哭了起來，「爹搶我的寶貝！」

朱子裕騎馬進宮後直奔御書房，在祁顯一臉不解的目光中掏出玉佩放到桌案上，「聽說皇上一直在找這塊先皇賜的玉佩，正好今日我家明禮在公主府玩，從土裡把玉佩刨了出來。」

祁顯喜出望外，「當初幫妹妹督建公主府的時候，不知道掉在哪裡，派人去找的時候下了一場大雨，後來尋了十來日都沒找到。嘖嘖嘖，這麼些個人居然不如一個小娃子厲害，被土埋上了都能找出來。」

想起小兒子越來越財迷的舉動，朱子裕忍不住嘆氣。

兒子太不省心了，啥時候能有個漂亮的女兒就好了。

在朱子裕盼星星盼月亮的時候，國孝期滿，他滿心歡喜地抱著媳婦努力耕耘了一個月，有送子觀音稱號的青青，在眾人意料之中診出了喜脈。

九個月過後，青青生下了一對可愛的龍鳳胎。

朱子裕直接無視大嗓門哭喊的兒子，溫柔地了抱起盼望許久的閨女。

白皙的皮膚、長長的睫毛，像櫻桃一樣小巧紅潤的嘴唇，閨女簡直像是青青的翻版，又精緻又漂亮。

朱子裕咧著嘴笑得正開心，視線忽然定格在女兒白胖的手腕上……

「怎麼了？」青青擔心地問。

朱子裕看了看青青，又低頭看了看女兒的手腕，欲哭無淚地說：「咱們家寶貝閨女的手腕上有一個圓形方孔錢的胎記……」

青青：……

◆ ◆ ◆

若說本朝人人稱羨的夫妻是誰，非鎮國公朱子裕和懿德長公主莫屬。據說兩人青梅竹馬一起長大，又是先皇親自賜婚，夫妻兩人成親這麼多年依然恩愛如初。

若說京城最受歡迎的孩子，當屬鎮國公府的招財進寶。兩個孩子生得十分俊俏，就像財神座下的金童玉女，誰見了都想去摸兩把。他倆雖然相隔五歲，但整日形影不離，那默契宛如孿生兄妹一樣，連招財的同胞哥哥朱明恩都被擠了下去。

京城的商戶們也很喜歡這對兄妹，見他倆出來逛街，各家掌櫃都會爭相請他們進去挑選合心意的物件，哪怕白送都行。這幾年來，但凡他們兄妹待過的鋪子，就沒有不發達的，人人都說這兩個孩子天生帶財。

就拿鎮國公府來說，二少爺招財出生以後，鎮國公府和公主府名下的田莊、商鋪的收益每年都能較頭一年翻一倍，等進寶出生，就不止翻一倍，這銀子賺得青青都要懷疑人生了。

看完帳本，青青抬頭瞧見兄妹兩個又湊在一起不知嘀咕什麼，只能隱隱聽見些銀子、寶石等字眼。青青在有些心塞的同時又有些慶幸，好在女兒的品味比招財好很多，像招財不管金的銀子寶石，只要是值錢的東西都喜歡。進寶就挑剔多了，寶石喜歡純淨的，玉石喜歡透亮的，甚至金元寶放在她面前，她都得先看一眼成色好不好。

除了這兩個深得青青財迷精髓並青出於藍而勝於藍的兄妹倆，青青的另外兩個兒子就正常多了。長子朱明恩打四歲起就跟著父親習武，年方十歲便已能挽弓三百斤、弩八石，最妙的是左右開弓皆能百發百中。

朱子裕見長子是練武的好苗子，悉心傳授他刀槍技藝和技擊武藝，平時有空更是讓他研讀兵法。已經成親的朱子昊也不甘落於人後，總是趁著朱子裕沒防備，就將侄子拐走去跟他學劍法，希望有朝一日侄子能繼承自己的衣缽。

好在青青和朱子裕相貌都很出眾，四個孩子也盡得父母精髓。儘管朱明恩每天習武三個時辰，卻沒變成孔武有力的糙漢子，而是長成了一個俊俏的少年郎。

五歲的朱明義雖然和進寶是雙胞胎，但進寶總和二哥招財混一起，朱明義屢次爭妹都敗於二哥手下。在妹妹第一百零一次又被招財拐走時，朱明義決定奮發圖強，改文鬥為武鬥，主動找父親要和哥哥一樣習武，爭取早日把二哥打趴。

朱子裕連一個書呆子弟弟都能訓練成本朝第一劍客，何況主動送上門的小兒子？於是傻愣愣的朱明義就開始了習武的艱苦生涯。

招財還不知道朱明義的遠大理想，此時他正在和進寶把這些年攢的金子銀子歸攏到一起盤點家底。青青本來就很受長輩喜歡，幾個小的更是深得眾人喜愛，一個個嘴甜得像抹了蜜似的，哄得幾家老太太看到他們就眉開眼笑，一個個特意準備了不少好看樣式的金錁子使勁兒往他倆懷裡塞。

招財自學成才地撥著算盤，進寶一個個地數，若是遇到零碎的金子銀子，還會像模像樣拿戥子秤一秤，看得青青捂嘴直樂。

兩個孩子算了一上午，居然有一千多兩的家當，招財湊到青青跟前，搖著她的手臂，撒嬌道：「娘，借給我一間鋪子唄，我想做生意。」

青青把進寶抱在懷裡，在她粉嫩的小臉上親了一下，抱著進寶轉身去洗手。招財亦步亦趨地跟在青青後面，一邊扯著小襖的衣襟，一邊諂媚地說：「我付給娘租金，等年底賺了錢給娘打大金鐲子戴。」

青青忍不住抖了一下，實在有些鬧不明白這招財打小也是見過不少好東西的，皇上的私庫他都逛過兩回，這品味咋就和她祖母徐老太太一樣呢？

看著青青不忍直視的表情，招財以為娘親覺得簡薄，咬了咬牙，狠心伸出兩根指頭，「再給娘鑲兩顆大寶石。」

青青懷疑地瞥了兒子一眼，「就你這品味，能掙到錢？」

「怎麼會不賺錢？」招財覺得受到了侮辱，「要是不賺錢，豈不是對不起我的名字？」

看著哥哥的臉頰氣得鼓了起來，進寶連忙摟住青青的脖子，在她臉上親了好幾下，用又甜又軟的聲音哀求道：「娘，您就答應嘛，求求您了！」

青青甜得心都要化了，剛要開口，就聽見外面傳來朱子裕的聲音：「答應答應，我的好閨女，妳想要什麼？」

朱子裕大步流星走進來，在青青額上親了親，順手把閨女抱了起來。

「爹，我想要一個鋪子。」招財見狀連忙跳了起來，圍著朱子裕轉來轉去。

朱子裕的心思都在閨女身上，瞧也沒瞧兒子一眼，兀自抱著閨女傻樂。

「爹！」進寶摟住朱子裕，「進寶都一個半時辰沒見到爹了，想得心都疼了！」

朱子裕咧嘴道：「爹的小進寶真是個好乖乖，妳剛才跟妳娘要什麼？爹買給妳！」

「要鋪子！」進寶縱然年紀小，也知道鋪子不是隨便給孩子玩的物件，有些擔心地對了對手指，「爹爹會給進寶鋪子嗎？」

「給給給！我還當是什麼，咱們家的鋪面隨進寶挑！」朱子裕掂了掂進寶，「正好爹現在有空，不如咱們現在去瞧瞧內城的鋪面？」

青青笑道：「內城有一個鋪面剛剛到期，我正琢磨著想收回來，那便先去那裡瞧瞧。」

夫妻倆一邊說著話，一邊抱著進寶往外走。

招財目瞪口呆地看著自己的爹娘就這麼遺忘了自己，忍不住捂著胸口哀嚎，「娘，您到底還記不記得有個兒子叫招財啊？」

看著兒子快要哭了，青青強忍著笑意，對他招了招手，「誰讓你弄鬼糊弄你妹妹，還把她的私房都給騙走了。」

「那不叫騙，我和妹妹是合夥，賺了錢要分紅的。」招財為自己正名。

雖是這樣說，不過進寶想到離自己遠去的私房錢，有些心疼地癟了癟嘴。

朱子裕連忙心疼地問道：「哎喲，我們家小進寶貼了多少銀子給妳那財迷哥哥啊？」

進寶伸出胖乎乎的小手，可憐兮兮地看著朱子裕，「五百兩。」

朱子裕摸了摸閨女的小手，哄著她說：「爹剛叫人打了一千個花、果、各色小動物的金錁子，本來想給你們兄妹幾人分了的，這回都給我們進寶，不給哥哥們了。」

進寶剛才還掉了幾滴淚，這會兒立刻破涕為笑，「給進寶五百個就好，其他的都給娘！」

青青美得湊過去親了進寶一下，「還是好閨女疼娘。」

招財絕望地看著妹妹，「妳忘了妳還有一個親二哥嗎？」

不管怎麼說，招財還是在進寶的幫助下，順利拿到一家位於內城的好鋪面。反正鋪面是自家的，本錢是兩個孩子攢的，朱子裕和青青也不管他們兩個怎麼折騰，只要不耽誤功課就行。招財雖然心思都在賺錢上，但父母交代的功課倒也都能完成。

在和兒子定了十條規定八大注意事項後，青青決定親自督導兒子的功課。招財無所畏懼地拿出先生指定的書本，認認真真誦讀了一遍，接著流利地背了出來。

看著兒子洋洋得意的樣子，青青有些理解父親徐鴻達當年看著聰穎的徐澤然明明有學習的天賦，卻把心思都放在繪畫上的惆悵。

可人家徐澤然好歹考上了舉人，還奉了皇命到全國雲遊，把看到的大好河山、民生百態一一描繪到紙上，每隔一兩年還能回京一次。只是因為他這差事，寧氏原以為像兒子這樣不著家的估計得打一輩子光棍了，好人家的女兒哪裡會願意嫁進來守活寡？

偏生京城有一大戶人家的女兒的也是個愛畫的癡人，她自打在書畫坊看見了徐澤然的畫作，心裡就存了些癡念，整日看著那幅畫茶不思飯不想。她爹娘怕她害了相思病，厚著臉皮託人去徐家撮合。徐澤然一個人走遍大江南北早就自在慣了，不願意成家受拘束，便存了想私下裡去和女孩說清楚的念頭。

哪知兩個愛畫之人說來說去竟說到一塊去了，這婚事自然一拍即合。兩口子成親以後，不過在家待了兩個月，就收拾行囊不知去哪裡雲遊作畫去了。

想起自己的弟弟，又瞅瞅同樣偏了心思的兒子，青青不禁嘆了口氣，「同樣是愛好，怎麼差距這麼大呢？難道這財迷真的是遺傳？」

將鋪子交給兒子以後，青青便不再過問，她除了每日打理府中的中饋外，還要去陪一陪老太太。老太太這幾年聽書的品味又升級了，她在聽了幾年話本後，便不滿足一個丫鬟坐在那裡又說又唱的，改叫兩三個丫鬟玩角色扮演，將話本演出來。

只是幾個丫鬟沒有這方面的才華，縱然一人念一段聽著也沒什麼有趣，青青撞見一回，便把幾個說書的丫鬟集中培訓了一個月，方才送回老太太的院子。

老太太不知道孫媳婦又琢磨出什麼新鮮的玩意兒，連忙問丫鬟道：「妳們最近練了什麼？演出來給我瞧瞧。」

丫鬟們連忙叫背景牆擺上，各色道具都放好，這才換了衣裳，正兒八經演了起來。這些說書的丫鬟們平時就能說會道的，青青略微一點撥，她們就摸到了竅門，一串串風趣的話和誇張的表演逗得老太太哈哈大笑。

徐婆子正巧來串門，剛坐軟轎進院子就聽見老太太的笑聲，她對來迎接她的青青說：「就妳家老太太天天高興的樣兒，活個一百歲都沒問題。」

青青把徐婆子扶了下來，「您也天天樂一樂，保准也能活到一百歲。」

徐婆子連連點頭，「如今我都是二品誥命了，怎麼也得等妳爹給我再掙個一品誥命。」

青青摟住徐婆子的手臂，「祖母肯定能穿上一品誥命冠服的，到時我給您畫一幅畫像，叫人送到咱們村裡，讓村裡人開開眼。」

徐婆子一聽就笑了，「就這麼說定了！」

……

時光荏苒，轉眼間幾個孩子都長大了，歲月並沒有在青青臉上留下過多的痕跡，她依舊膚白似雪，一頭烏黑的頭髮看不見半絲銀霜，眼角也不見細紋。

趁著日頭好，青青沐浴洗頭，丫鬟們替青青擦乾了頭髮就退出去，將內室留給膩歪了二十餘年依然恩愛的夫妻。

朱子裕幫著青青通頭髮，末了又幫她綁了一條粗粗的麻花辮。看著鏡子裡青青仍舊年輕貌美的容顏，朱子裕將下巴抵在青青的頭頂上，抱著她的肩膀，酸溜溜地說道：「若是不知道的，還以為妳是我閨女呢！」

其實朱子裕長年練武，身材高大健壯，容貌俊朗如昔，只是眼角有些細紋，皮膚也較以前粗糙了些，但和同齡人站一起，仍算是年輕俊俏。

青青轉身靠到朱子裕懷裡，「那你是希望我變老嗎？」

「怎麼會呢？」朱子裕捏了捏青青的鼻子，「我希望妳永遠這麼年輕漂亮才好。」

兩人含情脈脈地看著彼此，眼看著嘴唇即將碰上，忽然聽到外面傳來丫鬟刻意放大的聲音：「夫人，三位少爺和姑娘來了。」

曖昧的氣氛瞬間消失，青青和朱子裕無奈地對看一眼，這才手拉著手出去。

兄妹四人正在外間喝茶，看到爹娘出來連忙站了起來。已經成親知曉人事的朱明恩，眼尖地瞧見娘親臉頰微紅，而父親則黑著臉，便知道自己兄妹幾個撞破了父母的好事，忍不住心虛地往後躲了兩步，避開了父親怒視的範圍。

朱子裕和青青在正位坐下，十歲出頭的進寶蹭到了青青身邊，撒嬌地將頭靠在她的肩膀上，嬌聲說道：「娘，我可喜歡您了。」

青青攬著她的肩膀，問道：「又有什麼事要求娘？」

進寶氣鼓鼓地噘起小嘴，「若是沒什麼事就不能和娘撒嬌了？」

「那倒不是。」青青道：「只是多半都是有事的時候多。」

進寶心虛得沒法反駁，一個勁兒對朱明恩使眼色。家裡就這一個女孩，又機靈古怪，眾人都偏疼她。眼看著妹妹努力擠眼睛，朱明恩摸摸鼻子，認命地開口道：「娘，這幾日妹妹去外祖家做客，聽太外祖母講了好多平陽鎮老家的事，便想著去瞧一瞧娘的出生地。」

進寶拚命點頭，一臉期待地看著青青，「太外祖母也想回去瞧一瞧。」

青青嚇了一跳，徐婆子都八十來歲的人了，哪裡經得起這樣的勞累？

朱子裕有些擔心，「妳太外祖母怎麼說的？是真的要回去，還是隨口一說？」

「應該是真的想回去吧？」朱明禮插嘴道：「我聽太外祖母和外祖父說了好幾次了，語氣很是堅決，就是想趁著能動再回老家看看，也親自再給太外祖父燒一回紙。」

青青坐不住了，叫人趕緊備車，準備去徐家問問到底是怎麼回事。

青青和朱子裕到來的時候，徐婆子正和三個兒子據理力爭。徐鴻翼六十多歲的人了，因年輕時一直幹農活，腰背有些佝僂，他看著老娘插著腰，一副「我說了算」的模樣，忍不住唉聲嘆氣，「娘，每年我都回家給我爹上墳，哪還用勞動您？這麼遠的路，您再累出個好歹，讓我們兄弟三個怎麼活？」

「有什麼累的？」徐婆子臉上的皺紋雖然更多了，但是氣勢依然和年輕的時候一樣足，她指了指三個兒子，喝斥道：「我就是想老家了，就想回去看看咱們村裡的山山水水，想看看老家還有幾個我認識的人！這回誰攔我都沒用，我是鐵了心要回去的！」

「娘……」徐鴻飛剛要開口，就被徐婆子堵了回去，「你給我閉嘴，你們不帶我回去，是不是嫌我老了？」

「沒有……」

「行了，我這麼大的年紀了，也就回去這一遭，等再下次就是我死的時候，你們扶著我的靈柩回鄉了。」徐婆子話音一落，屋裡忽然安靜下來，站在門口的青青不禁落淚。

「回去！」徐鴻達拍了一下桌子，咬牙做了決定，「我們陪娘回去！」

徐老娘一聽，當即就笑了，拍了拍徐鴻達的肩膀，連聲讚道：「不愧是咱們大光朝的首輔大人，就是俐落痛快，比你哥和你弟都強多了。」

徐鴻達剛過了六十大壽，他為國家大事操勞了三十年，頭髮都已花白，即便這樣，他往那一坐，滿身的氣勢也不容人小覷。

青青紅著眼圈進去，徐婆子見青青和朱子裕來了，眉開眼笑地說道：「正要打發人和你們說呢，祖母要和妳爹他們回老家待一陣子，估摸怎麼也得大半年才能回來，到時候祖母給妳帶老家的特產。」

「祖母，我也想回家瞧瞧。」青青開口說道：「我也陪祖母回去，看一看咱們平陽鎮的山水，看一看四位道長的小院。」

徐婆子樂了，「祖母這些年沒白疼妳，還是妳最懂祖母。」

雖說是定了下來，但這麼多人出行，必須做好行前準備。徐祖母年紀大了，確實經不起奔波，因此馬車不僅要講究舒適，這一路的食宿都要安排妥當。青青身為長公主，出行也不是個簡單的事，好在青青不是講究排場的人，除了車駕和侍衛以外，其他一律從簡。徐鴻達還特意和乾興皇帝告了假，祁顯考慮徐鴻達幾十年來的勞苦功高，特意給了他一年的假期，讓他好好盡孝。

一個月後，浩浩蕩蕩的隊伍出發了。徐家人除了徐鴻翼的兒子徐澤浩、徐鴻達的三個兒子在朝為官，實在是走不開，其餘的都跟著徐婆子一道回鄉。

這邊鎮國公府也安排妥當，老太太已經不在了，朱子昊鎮守西南邊疆數年，不僅保衛了本朝的邊境安全，也立下了赫赫戰功。去年乾興皇帝賜了朱子昊輔國將軍的爵位，如今一家人還在駐守邊疆。

朱明恩的媳婦剛剛懷了身孕，經不得折騰，再加上鎮國公府得有人打理，青青便讓朱明恩和她媳婦留下來。青青和朱子裕帶著朱明禮、朱明義和進寶三人一同陪著徐婆子回家。

剛過盛夏，微風徐徐，趕起路來分外舒爽。舒適寬闊的馬車走得緩慢，每到一處風景秀麗之處，都要停下來休息幾日。不得不說徐婆子雖然八十來歲的高齡，但身子骨依然健壯，有時候沒吃過苦的進寶都嫌坐久了難受，徐婆子卻腰不痠腿不疼，下了馬車還能走不少路。

一行人行路緩慢，招財騎著高頭大馬先到各個府城、縣、鎮查看自己名下的鋪子。論賺錢能力，這全京城就沒有不佩服招財的，當年他一個十歲的孩子，揣著一千兩的家底就敢開鋪子，京城的人都不以為然，富貴人家的孩子自然不怕虧錢，人家樂意拿鋪子哄著孩子玩誰也管不著。誰知短短一年後，朱明禮的鋪子開得紅紅火火不說，還在中城和外城又開了三家分店。如今才過了七年，招財已經成為本朝有名的富商。

眼看著朱明禮在賺錢的路上越跑越歡，雙胞胎哥哥朱明恩都快當爹了，朱明禮連成親的想法還沒有，朱子裕和青青問了他幾次索性不管他了，反正他們夫妻兩個要權有權，要勢有勢，旁的或許不行，可讓孩子們過他們喜歡的生活還是可以保證的。

等回到玫城縣的時候，已經是深秋了。徐家在縣裡有兩座四進相鄰的大宅子，早已叫人收拾好了，徐鴻達決定在縣城停留三日，歇歇腳再往家趕。

縣城的宅子離縣學不遠，翌日一早，徐鴻達、朱子裕和青青早早起來，準備去道長們的小院瞧瞧，朱明禮、朱明義和進寶都嚷著要跟爹娘一起去拜一拜。

依舊是熟悉的小路，依舊是熟悉的聚仙觀，繞過聚仙觀，一座破舊的小院呈現在眾人面前。吱呀一聲推開柴扉，乾淨的小院只飄著幾片落葉，看著常有人打掃一樣。

青青推開文道長的房門，忽然發現曾經空無一物的房間不知何時擺上了書架和書案。幾人對視一眼，懷著激動又擔心的心情進去，來不及看上頭擺的什麼書，只恨不得把每一個角落都看一看，希望能再次見到幾位道長。

讓青青失落的是，他們找遍了每一個屋子，依然是空無一人。

朱子裕打發朱明禮去道觀問問道長，青青則走到書案前，拿起上面擺著的書。潔白的封面空無一字，翻開封面，裡面夾著一封信，信封上龍飛鳳舞地寫了三個字：青青收。一瞧就是出自文道長的手筆。

青青頓時淚如雨下。

書架上一本本書被裝在旁邊的空箱子裡，青青鄭重地把信件揣在懷裡，這時朱明禮一頭霧水地回來，道：「聚仙觀負責打理這個小院的道長說，早上還來收拾了一番，並沒有見到什麼書架和書案。」

眾人面面相覷，都去瞧青青。

青青搖搖頭說：「道長說，有緣他日自會再見，這些書都是送給朱明恩和朱明義的。」

徐鴻達摸摸鼻子，感嘆了句：「道長還是那麼偏心啊！」

朱明禮和進寶對視一眼，異口同聲問道：「那我倆的呢？」

話音剛落，忽然有一幅畫卷不知從何處被風吹進了窗子，正好落在了案上。徐鴻達撿起來展開一看，只見四位道長立於紙上。最前面的文道長一手拿著書卷，一手背在身後，頭微微揚起，一臉的孤傲和不屑。

即便當了多年的內閣首輔，徐鴻達仍然嚇得哆嗦了一下，連忙將畫軸捲起放在朱明禮手裡，「這個肯定是給你的，記得回去掛在書房裡，一天燒三次香。」

「我從來不去書房的啊！」朱明禮一邊嘟囔著一邊打開畫卷，剛往紙上掃了一眼，他便手腳麻利地把畫捲起來，誠懇地說道：「道長們給了大哥這麼多書，這幅畫該叫大哥供起來，我不能據為己有。」

這樣義正辭嚴，簡直不像財迷的風格。

下山的路上，進寶趁著沒人注意，悄悄拽了拽招財的衣袖，「那幅畫畫了什麼？」

朱明禮顫了一下，「就是道長的畫像。不知為什麼，我一瞧文道長的模樣，就打心眼裡害怕，總覺得他能從畫上跳下來揍我一頓似的。」

進寶嗤笑一聲，「你每天給財神爺神像上香時也這麼說，這麼多年，我咋沒看財神爺跳下來揍你一頓呢？」

朱明禮滿臉糾結，他不知道怎麼和進寶表達那種發自骨子裡的恐懼，若是他和外祖父徐鴻達交流一番，定能得到徐鴻達的贊同和理解。

一輛輛馬車駛進了澧水村，村人早就備好了一萬掛鞭炮，幾十人同時點上炮仗，鞭炮聲響徹雲霄。徐鴻翼這些年每年都會回來一次，徐家的老宅不知擴建了多少次，雖不如京城的宅子闊氣，但徐婆子往炕上一坐，那感覺忒舒坦。

徐婆子八十多歲了，可村裡人這麼大年紀的只剩下一個還癱在床上，剩下的六十來歲就算高壽的了，但她們在徐婆子跟前，多半都得叫一聲嬸子。

村裡人圍滿了徐家的屋裡和院子，急得跟過來的知府和縣官出了一身的汗，想喝斥他們沒規矩又怕驚擾了貴人，著實不知該怎麼辦。其實徐婆子回到村裡，就沒想規矩不規矩的，她就想和家鄉的人說說話，再感受一次鄉音，再看一回家鄉的山水。

「大嫂子啊，您老可太厲害了，聽說二郎都成了咱們大光朝最大的官啦！」有一個和徐婆子同輩的婆子湊了過來，得意地說道：「現在外頭都說咱們灃水村風水好，那些考舉人考進士的考試之前都來村裡拜首輔牌坊呢！對了，徐二郎，你瞧見你的牌坊沒？就在村門口，長公主牌坊後頭那塊就是。」

徐鴻達一臉尷尬，「科舉還是得多讀書，拜牌坊沒用的。」

那婆子一臉的不贊同，「去年鎮上來了十幾個小子拜牌坊，可是都中舉人了。」

縣官好不容易擠了進來，忙道：「咱們縣近十年來一直鼓勵學子進學，每年都拿出不少銀子獎勵優等學生……」

徐鴻達聞言頗有興趣地說道：「你同我到那屋好生說說。」

縣官喜出望外，連知府也厚著臉皮去了，不僅是為了在徐鴻達面前刷一刷存在感，也是為了長公主的「教育基金」，希望能在平陽鎮多建一所學堂。

青青自冊封郡主時得了魯省為封地，每年光封地的稅收就是一筆不少的銀子。青青本也不缺錢，光鎮國公府一年的收益就能養活一家子十餘年，壓根兒用不著這稅銀。

青青思來想去，覺得這銀子取之於民也應當用之於民，便把這筆錢拿出來分成三塊，一塊用來置辦棉襖、糧草等物，發放給駐守關邊的士兵。第二塊在全國各處建立育嬰堂，救活了不少棄嬰。若是有地方遇到了災害，用來賑災的銀兩也從這裡頭出。第三塊則是大力發展教育，建立學堂，只要有天賦，肯用功，品性端正的讀書人，全都可以進來讀書。

此外，青青還大肆興建女學堂，依舊是針對窮人家或者普通人家的孩子。這裡可不教什麼女德之類的，除了和男子們一樣讀四書五經外，還有不少技能課，希望通過學習讓本朝的女子未來多一些出路。

屋裡屋外都是熱熱鬧鬧的說話聲和歡笑聲，青青和朱子裕趁著人多嘴雜的時候，手拉著手悄悄從屋裡溜了出來，漫步在鄉間小路上。

「在京城待久了，還是覺得這樣的鄉村更自在些。」青青看著田間的野花，忍不住摘下一朵簪在鬢上。

朱子裕看著青青道：「明恩已經長大了，也在戰場歷練過，我也該撒手了。」見青青有些不解，朱子裕寵溺地道：「等回到京城，我就上摺子把爵位傳給明恩，再給明禮訂一門親事，咱們倆就搬到公主府去住，也逍遙自在幾天。等妳不想待公主府了，我就陪妳到各處走走，去江南，去塞上，去看看妳建的學堂，看看妳收養的孩童。」

青青笑了起來，「真的？」

「真的！」朱子裕的吻落到青青的髮間，「往後的日子，我只陪著妳一個人。」

青青將頭埋在朱子裕懷裡，同樣許諾：「往後的日子，你我相伴。」

朱子裕臉上的笑容剛扯開一半，就見從麥垛後面鑽出一個小腦袋，唬得朱子裕拉著青青退了一步。頭上還沾著稻草的朱明義生氣地道：「我還沒娶媳婦呢，你們就不管我了？」

還沒等兩人反應過來，進寶從另一邊鑽了出來，委屈得直掉淚，「進寶也想跟著爹娘去江南去塞外！」

朱子裕很崩潰：生孩子到底有什麼好啊？

◆ ◆ ◆

鎮國公朱明恩從軍營回家，妻子宮氏滿臉笑意地迎了出來，一邊為朱明恩寬衣，一邊喜氣盈盈地說道：「娘叫人捎了信回來。」

朱明恩聞言連臉都顧不得洗，連聲催道：「快拿來我瞧瞧。」

不怪朱明恩心急，主要是老鎮國公朱子裕打三年前帶著媳婦和龍鳳胎出去遊山玩水至今都沒回家，朱明恩算著妹妹馬上要及笄了，怎麼也得回京辦個及笄禮然後好相看親事。再一個，說起來有點不好意思，朱明恩臉紅地表示，他十分想念他娘。

自三年前朱明恩有了長子後，朱子裕便上了摺子打算讓兒子繼承爵位，然後帶著妻子出去遊山玩水，可那時朱子裕還不到四十歲，正是年輕力壯的時候，乾興皇帝自然不許，朱子裕連上了三次摺子都被打了回來。

朱子裕見狀便到皇上面前去耍賴，說要以陪伴長公主為己任，好好當他的駙馬爺。碰到這樣的國公爺，祁顯也是沒轍，只裝作看不見他。見皇上不搭理自己，朱子裕隔三差五就來御書房耍賴一次，祁顯無奈地說：「你只管陪長公主出去玩就是，何必連爵位都不要了？」

「要那勞什子在身上做什麼？」朱子裕很是灑脫，「生了兒子好不容易養大，若不能幫我分擔瑣事，還養他做什麼？」

祁顯無語地看著他，天下這麼嫌棄爵位的，也就朱子裕了。

好在如今河清海晏，偶爾邊疆有些小動亂也都在控制範圍內，更何況朱子昊一家還在鎮守邊關，朱子裕的長子朱明恩在十五歲的時候也上了沙場，連勝幾場戰役，頗有乃父風範。眼看著朱子裕一副你不准走我就不走的架勢，祁顯只好准了他的摺子，讓朱明恩承爵。

原本到了朱明恩這代要降一等爵位的，但朱子裕當年戰績烜赫，朱明恩雖然年紀輕輕但也是一員猛將，再加上朱明恩是長公主嘉懿的長子，祁顯便沒有給鎮國公府降爵。

朱子裕看著祁顯寫好聖旨，也不用太監去宣讀聖旨，自己就把聖旨拿走了。

祁顯又好氣又好笑，「若是朝廷真有什麼大事需要你出馬，你可不許推脫！」

朱子裕笑嘻嘻地行了個禮，「臣遵旨！」

看著一臉喜色的朱子裕，祁顯不禁想到當年和他一起在山東抗洪、在雲南征戰的情形。當時意氣風發、有理想有抱負的少年，如今居然滿腦子都是玩。

祁顯滿心抑鬱，目送著朱子裕出了御書房，抱怨了一句：「朕都沒撈著出去玩呢！」

旁邊的大太監抹了把汗，沒敢吱聲，好在皇帝只是抱怨兩句便將這事拋在腦後。若是旁的皇帝，在年景大好的情況下出巡一番也無可厚非，可是祁顯完全不敢，他就怕自己哪天駕崩升天見到父皇，會被斥責沒打理好江山。

前幾年太皇太后仙去後，依然是長公主青青親自超渡，祁顯終於在夢中見到了一回傳說中的太乙天尊和故去多年的父皇和母后。當時太皇太后站在太乙天尊旁邊十分得意，和祁顯擺說：「哀家就說當初天尊答應我來接引我了，你瞧瞧哀家沒騙你吧？」

祁顯一邊應付祖母，一邊含著熱淚看著多年未見的母后，她依然像記憶中那樣溫柔。

「母后……」祁顯剛想撲到母后懷裡再次感受娘親的疼惜，盛德皇帝就一臉防備地把聖文皇后拽到自己身後，擺出了皇帝的威嚴，「好好治理江山，若是讓朕知道你懶怠朝政，等你死後了以後，看朕怎麼收拾你！」
祁顯很無言，老子都死了還能管著自己，真是讓人絕望的一件事。
太皇太后倒是樂呵呵地直拍他的肩膀囑咐他：「別忘了給哀家塑金身，你父皇說凡間的香火對仙人修為的提升大有用處，記得每逢初一、十五多給哀家燒香。」
祁顯連忙應道：「我叫各地的道觀都供奉皇祖母和父皇、母后的金身神像。」
太乙天尊輕咳兩聲，祁顯立刻又道：「朕拿私房錢把天尊的所有神像都塑成金身。」
太乙天尊十分滿意乾興皇帝的識時務，捋了捋鬍鬚笑道：「你還算機靈，等他日你駕崩以後，本尊也破格接引你一次。」
祁顯高興得恨不得明天就趕緊死了算了，好在他看見旁邊板著臉的父皇，這才腦子清醒過來，自己若不打造出一個太平盛世，再擇一明君繼承皇位，只怕他日升天也不得消停，他老爹估計能一天揍他三回。
太乙天尊看著一家四口人湊到一起話別了，忍不住又強調道：「你們家你是最後一個了，若是你家子子孫孫都進來，我這青華長樂世界該裝不下了。青青那邊還有她祖母、她爹和她娘我都得留好位置，要不然等她神魂歸體，我怕她找我打架。」
祁顯聽得萬分激動，「我妹太厲害了！」
一覺到天亮，祁顯夢醒後渾渾噩噩好幾日，眾大臣只當他是因太皇太后殯天太過傷心，所以紛紛上奏摺寬慰皇上，讓他節哀的同時勸慰他保重龍體。
祁顯想起父皇的威脅，不敢再渾水摸魚，一邊下旨讓人趕緊塑太皇太后和太乙天尊的金身神像，一邊兢兢業業打理朝政，就怕幹不好以後升天不消停。
朱子裕不知道祁顯的怨念，他回到鎮國公府，將聖旨丟給一臉懵逼的朱明恩後，連跑帶顛地回了正院，「媳婦，咱們可以出去玩了，妳想上哪兒啊？」

「江南！」期待已久的青青投入自己懷抱的情景並沒有沒出現，反而是龍鳳胎歡呼著從裡面跑了出來，一左一右抱住朱子裕的手臂，「爹，咱們先去江南？」

一盆冷水從天而降，朱子裕心裡哇涼哇涼的，他嫌棄地看著兒子，立刻做出了決定，「先去看你四叔！」

管他去什麼地方，總比待在家裡好，龍鳳胎無視了父親的黑臉，早早收拾好了箱籠，等朱子裕想趁著天還沒亮帶著媳婦偷跑時，一進馬車就看到龍鳳胎在車裡興奮地看著他倆，於是原本的夫妻甜蜜出遊，變成了一家四口的家庭旅遊。

朱子裕是那麼容易放棄的人嗎？

自然不是。

若是帶著漂亮可愛的閨女也就罷了，一個臭小子湊什麼熱鬧？

朱明義還不知道自己已經被他爹在心裡萬般嫌棄了，還樂呵呵地騎馬瘋玩，體驗了在深山裡捕獸釣魚，學會了夜間看星星辨別方向，感受了點燃篝火翻烤野鹿了樂趣。

就在他以為自己能耐得已經成為出行隊伍裡不可或缺的一員時，朱子裕一行人到了朱子昊鎮守的邊陲小城。

一家人相見分外親熱，朱子昊娶的媳婦也是武將之後，雖劍法不如朱子昊，但一柄大長刀耍得是虎虎生威。朱子昊一家人離開京城的時候，朱明義還小，雖聽過叔叔嬸娘的威名，但已經沒有印象了。

朱子昊和朱子裕兩人推杯換盞，喝了個酩酊大醉，居然晃晃悠悠站起來舞了一套劍法，那眼花繚亂的劍招看得朱明義佩服得五體投地，當即就要拜叔父為師。

朱子昊這人沒別的毛病，就是好為人師。當初朱明恩才三四歲的時候，朱子昊就扔給他一柄木劍，教他領悟劍法。如今朱明義自己主動送上門來，朱子昊自然樂呵，也不顧已經二更天了，非要帶著朱明義對月練劍，還是朱子昊的媳婦看不下去，一腳把他踹回屋才消停。

朱明義跟著親爹練了快十年的武功，每天被操練得生不如死，如今跟著叔父才算找到了練武的樂趣，抱著一把破劍屁顛地跟在朱子昊後頭。

朱子裕看在眼裡，露出了得逞的笑容。

於是，在小城裡待了一個來月後，某一天，朱明義早上起床後，絕望地發現他爹帶著他娘和他妹走了，把他留在了這裡。

朱明義懵逼了，「我爹娘走了，我咋整啊？」

朱子昊笑著安慰他：「他們走了正好，叔父教你的劍法你還沒學會呢！走走走，去武場再餵你幾招，等哪天天氣好，叔父帶你去打韃子，叫你看看什麼才是真刀真槍的廝殺。」

朱明義一句話都聽不進去，他啪嗒啪嗒掉著眼淚，「可我還沒娶媳婦呢！」

朱子昊無語地把朱明義拍了下來，「才十二歲就想娶媳婦？太早了，等過三五年你爹就來接你回京城娶媳婦了。」

「居然要三……五……年……」朱明義更傷心了，「我不想像四叔似的那麼晚娶媳婦……我長得又不醜……」

朱子昊道：「老子也不醜好不好？你知不知道什麼叫英俊瀟灑玉樹臨風？說的就是你四叔我！怪不得你爹不願意帶著你，簡直太討人嫌了！」

朱明義：嗚嗚嗚……

成功把兒子甩給弟弟，朱子裕頓時覺得天也藍了花也香了，雖然還有個小跟屁蟲進寶，但好歹進寶是自己唯一的女兒，長得和她娘一樣漂亮可愛，平時又貼心軟萌，帶這樣一個跟屁蟲也是挺開心的。

離開邊境又往北走了兩個多月，天氣越發冷了，朱子裕索性在當地租了一個二進的小宅子，帶著青青和進寶住了下來。京城雖也算北方，但和這種極北之地還是有差別的。

住了半個月後，進寶忽然發現外面已變成了美麗至極的純白色冰雪天地，山川、河流，甚至樹上都是一片雪白。

片片雪花密集地遮擋住了視線，青青和進寶穿著毛皮斗篷，戴著雪帽，抱著銅手爐站在廊下看著鵝毛大雪席捲世界，只片刻功夫，紅色的屋頂就不見蹤跡，只剩下一層厚厚的白雪覆在上頭，青磚鋪的小道更是被雪覆蓋，世界變得一片蒼茫。

進寶也不嫌冷，往前走了兩步，試探著伸出一隻腳去踩雪，鬆鬆軟軟的積雪頓時將進寶的鹿皮靴子吞沒。似乎覺得十分有趣，進寶一手抱著手爐，一手打著傘，笑著跳進雪地裡，踩出了一串串的腳印。

青青看著女兒率性的身影和銅鈴般的笑聲，不禁也童心大發，連傘都不打，拿了一雙鹿皮手套戴上，就這麼衝進了雪裡。

進寶一回頭，見青青只戴著兜帽就出來，連忙問道：「娘，您冷不冷？」

話音剛落，迎接進寶的不是娘親的回答，而是一個實誠的雪球。

看著女兒被自己扔的雪球砸中而懵逼的臉，青青笑得直不起腰來，指著閨女說了一句大實話：「太傻了！」

進寶只覺得臉上又冷又涼，正不知道如何是好，又聽見娘親說自己傻，頓時惱羞成怒，登時將傘和手爐都扔了，團起幾個雪球就朝娘親扔去。

青青靈巧地閃開，快速捧起一堆雪團起鬆鬆垮垮的雪球砸了回去……

朱子裕坐在暖呼呼的屋子裡，一邊喝茶一邊看書，正覺得愜意，忽然聽到外面傳來一陣陣歡快的笑聲。

朱子裕笑著搖了搖頭，「都多大的人了，還像孩子一樣。」

被笑聲所吸引，朱子裕放下手中的書，想出來一瞧究竟。

走到外間卻沒瞧見人影，找了一圈這才發現聲音是從窗外傳來的，他連忙拿斗篷披上，快步走了出來，就見青青和進寶兩個人一身一臉的雪。

「快進來！凍著可怎麼得了？」朱子裕頓時急了，連忙想一手拽一個，誰知剛出來幾步就腳底打滑，青青和進寶兩人俐落地躲開，又默契地摸起雪球朝朱子裕砸去。

在沙場上英勇無敵的前任鎮國公，幾個回合就被打趴在雪地裡，剛抬起頭要爬起來，幾個雪球又朝著他的腦袋砸過來，朱子裕臉上身上頓時都是雪，只能連聲求饒。

看著朱子裕狼狽的模樣，手裡托著大雪球的青青笑得前仰後合，「手下敗將！」

一個堂堂的國公爺，沙場上所向無敵的將軍，哪裡經得了這挑釁，朱子裕猛然站起來，抱著一堆雪就扔了回去。

站在廊下的丫鬟們目瞪口呆地看著高高在上的老爺夫人和小姐一個個變成了雪人，也不知誰先反應過來，急急忙忙說了一句：「趕緊燒水熬薑湯！」

一群人這才反應過來，各自準備東西。

足足鬧了小半個時辰，瘋夠了的一家人頂著滿頭的雪花終於回了屋，在灌了兩碗薑湯後都鑽進了熱水桶裡。

朱子裕以身上冷為藉口，厚著臉皮和青青一起擠進了浴桶裡，接著就把青青抱在懷裡呵她的癢，「妳說，到底誰是手下敗將？」

青青一邊笑，一邊躲，「誰叫你一出去就摔倒的？又被我打得起不來，難道還不算是我的手下敗將嗎？」

朱子裕也不爭辯，反而對青青拋了個媚眼，捏著嗓子說：「既然我是手下敗將，那請公主快來享用妳的戰利品吧！」

青青一臉無辜地說：「可我現在更想享受一頓熱氣騰騰又麻又辣的火鍋。」

朱子裕不甘心地挺起健碩的胸膛，「妳瞧瞧我這身上的皮肉，滋味可不比火鍋差。」

青青縮在水裡，只露出腦袋，「雖然看著不錯，但是真的不如火鍋吸引人。」

朱子裕當下癱在了青青雪白的肩膀上，「請尊重手下敗將的尊嚴好嗎？」

青青笑軟在浴桶裡，想著進寶不知什麼時候會進來，朱子裕就是渾身發熱也不敢此時對她怎樣，只能飽飽眼福摸兩下親兩口就趕緊起來穿衣服。

果然這邊擦著頭髮，剛剛擺上火鍋，裹得嚴嚴實實的進寶就從廂房過來了。

「娘，我聞到火鍋的味道了。」

青青把醃漬好的麻辣嫩牛肉放進鍋裡，說道：「去喝上一碗薑湯。」

「沐浴的時候就喝了。」進寶提起熱好的酒壺為父母斟酒，然後也給自己倒一杯，坐下來一飲而盡，「這時候不如吃一盅酒更管事。」

青青看她一眼，搖了搖頭也沒說她。左右不過是些果酒，沒多少度數，甜絲絲的也不醉人，讓女兒喝兩盅也無妨。

一家三口盤腿而坐，青青親自調好了油碟，朱子裕伸出筷子一撈，拽出幾片嫩牛肉，放到青青的碟子裡，「快嘗嘗滋味足不足。」

進寶辣得直哈氣，又不住地往碟子裡撈煮好的肉吃，時不時喝一口果酒壓壓辣味。

朱子裕看著女兒鼻尖上都冒汗了，拿帕子幫她擦掉，「就這麼好吃？」

「好吃！」進寶笑嘻嘻的，「尤其聽著外面風和雪的聲音，便覺得這火鍋滋味更足，這極北之地簡直太有趣了！」

青青又下了一盤凍好的豆腐，笑著道：「這才到哪兒？等雪停了，叫他們備好雪橇，咱們在冰上雪上走一圈，那才好玩呢！」

進寶聽了眼睛一亮，晚上睡覺時因惦記著玩雪橇的事，翻來覆去直到二更天才睡著，早上還是丫鬟把她叫起來的。進寶一邊穿熏好的衣裳，一邊問道：「外面雪停了嗎？」

「停了。」丫鬟知道小姐惦記的事情，「雪橇準備好了，夫人讓姑娘用完飯再過去。」

進寶連忙讓人擺飯，就著果仁粥吃了兩個香得流油的灌湯包，便把自己裹得像熊一樣，趕緊去正房請安。

那邊青青和朱子裕也收拾好了，朱子裕租住的這二進小院不遠處有一條河，因此時冰雪寒天，溫度已經降到很低，河面早就凍上了厚厚的一層冰。

朱子裕自認為男子漢大丈夫看著妻女玩也就罷了，自己坐在上頭不像樣，故而青青叫他兩回他也沒好意思下去，可等著四條雪橇犬拉著雪橇飛快跑遠，只留下一串尖叫和笑聲，傻愣愣站在冰上的朱子裕頓時有些後悔了。

無聊地踢了踢腳底下的雪，朱子裕想找天莫和玄莫說說話，回頭卻發現誰也沒瞧見，侍衛朱山笑道：「他倆帶著媳婦坐著雪橇早就跑遠了。」

朱子裕看了看雪橇遠去的方向，踮起腳尖飛快從冰上掠過，不到半刻鐘就追上了雪橇。只見朱子裕騰空躍起，在冰上借了兩次力，便穩穩地坐在了青青旁邊。

進寶笑得正歡，見狀嚇了一跳，「爹，您從哪裡冒出來的？」

緊緊摟著青青的肩膀，朱子裕滿足地露出一口白牙，「也不知妳娘帶了什麼勾魂利器，這雪橇剛跑出一里地，就把我給拽來了。」

青青啐他一口，「胡說八道！」

進寶的心思都在奔跑的雪橇上，顧不得追問，一個勁兒地道：「娘，我要寫信跟哥說說這極北之地，羨慕死他們！」

青青說：「我作一幅畫給他們瞧。」

朱子裕忙道：「等我們多玩些地方快回京的時候再讓人捎回去，省得侍衛來回折騰。」

進寶一臉「我看穿了你」的表情，「我覺得我爹是怕我二哥得了信追過來，二哥可不像三哥那麼好糊弄。」

青青贊同地點點頭，「像妳三哥那麼傻的人不多了。」

被拋棄在邊境的朱明義嚶嚶哭泣，「娘，快來接我回家，我還沒娶媳婦呢！」

◆◆◆

遠在京城的朱明恩和朱明禮兄弟倆還不知道，他爹為了隱藏行蹤，直接把他娘和妹妹的信件就這麼扣下了。朱明恩承了他爹的爵位，又統領京城的護衛軍，每日忙得不可開交，自然不可能追著父母出京，而朱明禮這些年已經把他的商鋪開遍了大江南北，涉及了古董、錢莊、布匹、糧食、茶行、酒樓等多個行業，在各地的府城州縣不知開了多少間鋪子，賺得腰包鼓鼓，已成為本朝第一大富商。

朱子裕防的就是這個喜歡到處亂竄的財迷兒子，為此出了京城以後便讓侍衛換上了普通的布衣，用的幾輛馬車也是內部豪華舒適而外面瞧著除了大些，其他看起來平淡無奇。

在極北之地，朱子裕帶著妻女玩雪的時候，身在京城的朱明禮正半跪在財神爺的神像前用一堆金銀珠寶在搭假山。朱明禮的媳婦安氏撥著算盤，看了眼丈夫沉迷在其中的模樣，無奈地搖了搖頭，吩咐丫鬟道：「昨日李掌櫃送來的那幾塊紅寶石拿去給二爺。」

朱明禮的假山搭了一大半，怎麼看怎麼覺得不好看，正在這時，幾個丫鬟抱了幾塊打磨好的紅寶石來。朱明禮眼睛一亮，拿過來壘了上去，這才退後幾步，欣賞著自己的作品。

算完最後一筆帳，安氏這才不解地問他：「旁人供財神都供在鋪子裡，你供在家裡也就算了，怎麼不上香，反而在神像前壘寶石？難道這樣財神爺就會特別保佑你不成？」

「那是！」朱明禮得意洋洋地說：「小時候我做夢時常夢到財神爺一個人落寞地蹲在花園裡用各色寶石搭假山，他那假山足足有兩丈高，堆滿了各色晶瑩剔透的寶石，饞得我恨不得抓兩塊塞懷裡。」

朱明禮津津有味地回憶著自己的夢境。

安氏哭笑不得地道：「不怪你小名叫招財，實在是太配你了。」

朱明禮翹著二郎腿，順手抓起一把松子，一邊剝開一邊往嘴裡扔果仁，「妳懂什麼？招財說明爺命好。妳瞅瞅世上這麼多人，有幾個天生帶財運？也就我和我妹兩個罷了。」

安氏聞言湊了過來，「你叫招財就罷了，為何妹妹叫進寶呢？我瞧她可不像你似的。」

說起打小像跟屁蟲似的妹妹，朱明禮話匣子收不住，「我跟妳說，我妹和我一樣財迷，只是她事多，寶石不亮不要，羊脂白玉有瑕疵不要，偏爹和娘寵她不說，皇上和皇后也疼她，這些年賞給她的各色珍寶足足裝了一個小庫房。她十歲生日那年，皇上賜給她一座山做避暑之地，誰知她和我娘上山轉了一圈，也不知怎麼發現了一座金礦，皇上後悔得捶胸頓足。」

看著媳婦捂著嘴直笑，朱明禮又道：「妳別看她不開鋪子，那是她不愛操那心，反正我開的鋪子裡都有她的分紅，就她那家底，比我還豐厚呢！」

安氏道：「你倆不會是財神爺座下的金童玉女托生的吧？」

朱明禮聞言大笑，「若我是財神爺座下的金童，那我下凡的時候怎麼也得把財神爺的金庫搬下來啊……」

話音剛落，壘在財神爺神像前的寶石假山嘩啦啦倒了一地，心疼的朱明禮跳了起來，一邊把散落在各處的寶石歸攏到一處，一邊挨個放到眼前仔細檢查，「哎喲，這塊紅寶石磕破了一點角……哎呀，這塊金磚砸了個坑……」

安氏暗笑。她三下兩下收拾好帳本，說道：「我去找大嫂說話。」一邊快步跑了出來，就怕略慢一點會笑出聲來。

宮氏在正院預備著過年的東西，見安氏跑進來，問道：「妳家二爺又鬧出什麼花樣？」

安氏笑說：「別提了，我家二爺把金子銀子寶石堆在財神爺神像前，也不知沒放穩還是怎麼的，金子和寶石都掉下來，把我們二家爺心疼壞了，抱著那堆玩意兒快哭了。我怕我笑得太開心他不樂意，便趕緊跑出來了。」

宮氏想起和自家國公爺長得一模一樣的二爺趴在地上撿金子的情景，拿起帕子掩著嘴笑個不停。以前伺候雙胞胎的李嬤嬤和王嬤嬤正好也過來說話，李嬤嬤笑呵呵地說道：「這哥倆小時候別看是雙生子，性格真是天差地別。」

王嬤嬤也點頭道：「雖說相貌一樣，可這兩人一瞧便能夠分出哪個是哪個。國公爺身材偉岸，面上透著股威嚴，二爺則更加瀟灑俊秀，一看就是沒吃過苦的公子哥。」

宮氏笑笑，和安氏道：「昨兒大爺還說，皇上好像想給二爺安排差事。」

安氏笑道：「我家二爺知道了肯定會哭。」

這朱明禮打小也算有靈性的孩子，讀書和練武都很有天分，但是他哪個也不用心，反而一門心思琢磨怎麼掙錢，因此朱明禮到現在依然文不成武不就，又不愛受拘束，安氏實在想不通皇上能給他安排什麼差事。

很快答案就在兩天後揭曉了，剛起床的朱明禮還沒來得及用早飯，就被宮裡的太監請走了，中午回來樂得嘴都快咧到耳朵去，安氏好奇地問：「皇上叫你去做什麼？」

朱明禮笑道：「皇上讓我幫他收國庫的欠銀。」

「國庫的欠銀？」安氏仔細回想了片刻，方才想起曾聽自家老太太念叨過一回。還是在先太上皇的時候，那時江山穩固，又遇十來年的豐年，國庫的銀子塞得滿當當的。而很多打江山的功勳大臣雖得了宅子，但因戰火的洗禮，多少有些破舊，他們也沒銀錢修葺。先太上皇為拉攏人心，便拿國庫的銀子借給大臣去修宅院建花園，後來朝廷科舉，很多進士家境貧寒，先太上皇也借他們銀子買宅置地的。

俗話說，借銀子容易要銀子難，這句話古今通用。

先太上皇借出去的銀子自己知道，那麼大的數量，這些大臣們沒三五十年是還不上的。到了盛德皇帝的時候，國庫豐盈，他也沒同老臣算那筆舊帳。

現在的年景雖不比盛德皇帝在位時差，卻比那時多了一筆不菲的開支，便是在全國的道觀裡為太乙天尊和太皇太后、先皇及先皇后修建金身神像。

乾興皇帝當太子的時候是吃過苦的，魯省抗洪和雲南征戰的生涯養成了乾興皇帝摳門的習慣。這銀子進國庫好說，再往外拿他就心疼了，但總得有個地方支這筆銀子才是，於是乾興皇帝想起了這歷經三代皇帝的舊帳。

然而，乾興皇帝也知道，這筆銀子過了這麼久，當初借錢的大臣們基本上都死了，其子孫就是知道這事，怕也早都默認朝廷不要這筆錢了。如今突然讓他們吐出這麼一大筆銀錢，怕是個個都得哭天搶地，縱使他是皇上也難辦成這事，總得在前面有個出頭的才行。

祁顯想了一圈，終於讓他想到了合適的人選，那便是朱明禮。

先說身分，老鎮國公朱子裕和懿德長公主嫡子，身分夠尊貴，誰也不敢拿他怎樣。再者說，朱明禮是天生死要錢的個性，讓他做這件事最好不過了。

祁顯把一臉懵逼的朱明禮叫進宮裡，給他安了個戶部的官職便讓他追繳欠銀。朱明禮一聽就知這不是好差事，直接拒絕不太敢，正琢磨著想什麼法子把這燙手的山芋丟出去，就見乾興皇帝陰沉沉地看著他，「若是辦不好，朕就將你丟到邊境讓你守城，十年不許回京。」

朱明禮一聽腿就軟了，連忙抱住乾興皇帝的大腿道：「皇上舅舅，咱們可不能拿大光朝的江山開玩笑啊！我這功夫您知道，上個樹跳個牆還行，這行軍打仗我可不在行！」

祁顯捋著鬍鬚笑了笑，「既然不想去守城，就趕緊給朕要銀子去。」見朱明禮唉聲嘆氣的模樣，他琢磨著得給他一點甜頭或是什麼威脅，好叫他好好幹活。

於是，在朱明禮驚恐的表情中，祁顯微微一笑，「若是銀子一兩不少地要回來，朕就給你一成銀子的獎勵。若是要回來的銀子不到七成，少多少你給朕補上。」

朱明禮頓時就給跪下了，「皇上舅舅，您老人家太黑了！」

拿著長長的欠款清單和厚厚一疊欠條出了宮，朱明禮在經過短暫的頹廢後算了算總帳，立刻又精神抖擻起來。這筆欠銀涉及上百名官員，欠銀居然達四五百萬兩銀子，粗粗看了眼名單，有的是老牌的勳貴家族，有的子孫仍在朝當官，僅有幾家有些敗落的，但平日出門也撐得起門面。

一成銀子少說有四十多萬兩，朱明禮看著欠條彷彿在看白花花的銀子，樂得合不攏嘴。

朱明禮吃了午飯就匆匆忙忙跑到書房去，安氏的陪嫁丫鬟說道：「二爺倒像上了套似的，也不知皇上許了他什麼好處？」

安氏笑道：「升官加爵咱們家二爺未必稀罕，若是有賺錢的好事，他一準跑在前頭。」

丫鬟聞言附和：「還是奶奶最了解二爺。」

安氏搖頭道：「我估摸我上輩子和他肯定是冤家，打認識他起，他的眼珠一轉我就知道他腦子裡打的什麼主意。」

書房裡的朱明禮還不知道媳婦在編排自己，此時他正指揮著幾個小廝在數個大箱子裡翻找匣子，「奉國將軍府張家、昭勇將軍府李家、定遠將軍府孟家、太子太傅府孫家……」

匣子按照順序擺在桌案上，朱明禮將名單遞給小廝金子，「按上頭的名字都找出來。」

金子答應了一聲去找名冊，小廝銀子則磨墨鋪紙，準備隨時記錄。

朱明禮取出最上面的匣子，匣子上貼著奉國將軍府張家的字樣。打開匣子，裡面裝著幾本冊子，第一頁記錄了張家的基本狀況，例如當家人的名姓，還張家嫡支、旁支的子孫，後面則詳細羅列了擁有多少莊子、土地和鋪子，其後一頁是各個鋪子的詳細情況，往外出租的一年租金幾何。若是自家做生意的，幹的是什麼買賣，每個月利潤如何，最後還細細分析統計了每一年的收益。

朱明禮打十歲做生意起，就把京城各家的家底摸了個清清楚楚，京城各家鋪子裡都有朱明禮收買的夥計，平時也不需要他們做什麼，只默默記下當天的交易金額，賣了什麼東西就可以。費點腦子，又不容易讓東家和掌櫃知道，每個月便能白拿一兩銀子，被收買的這些夥計都盡心盡力，生怕丟了這個美差，因此京城每個鋪子朱明禮都掌握著詳細的帳目，主人家看的帳目恐怕都不如朱明禮這個清楚明白。

在紙上寫上府名，下面記下某年什麼鋪子收益多少，什麼莊子收益多少，一直到了點燈的時候，安氏打發人催了兩回，朱明禮才揉揉眼睛，將下午整理出來的十家資訊收拾到一個匣子裡，又吩咐道：「金子，明日把城裡各處巡視的抽回來二十個人，叫他們把這些人家每年賺的銀子羅列出來，這上頭的數目多半都是他們收集的，他們心裡有數。」

金子應下，點了燈籠準備送朱明禮回後院，又問道：「明日爺帶誰出門？」

朱明禮道：「叫銀子和算盤跟我走一遭，你在家把東西理出來。」

安氏打發朱明禮洗臉洗手，「瞧瞧你身上這墨點子，不知道的還以為你要考狀元呢！」

朱明禮不以為意地換了一身衣裳，洗乾淨手臉，趁著安氏不備，在她臉上親了一下，「妳不知道，皇上交給我一筆大生意，做好了，爺能掙四五十萬兩銀子呢！」

見丫鬟們都低頭抿嘴偷笑，安氏紅了臉，瞪他一眼，「沒臉沒皮！」

朱明禮笑咪咪地盤腿坐在榻上，催促道：「趕緊吃飯睡覺，明天一早爺就要去要帳了。」

終之章 ◆ 時光晴好樂逍遙

辰時二刻，朱明禮乘坐馬車出了家門。

這個點，當值的都到了衙門，可若是有的人家好睡個懶覺，可能還沒起床。

冬天天亮得晚，奉國將軍府的老夫人昨晚走了睏，早上多迷瞪了一會兒，這才剛洗漱完正準備用飯，就見丫鬟臘梅進來說了一嘴：「奇了怪了，咱們府上和鎮國公府不熟呀，怎麼剛才恍惚聽說鎮國公府的二爺來了？」

張老夫人也迷糊，「早些年有過來往，但是不算熟悉，怎麼這會兒無緣無故上門了？去，叫人到前面打聽打聽，看看是不是有什麼事。」

吃了兩口粥，張老夫人還在琢磨這事，「妳說他上門能做什麼？」

「是不是要和咱們家大老爺合夥做生意？」臘梅笑說：「雖然我不常出門，但也聽說過這位鎮國公府二爺的名頭，據說是有名的富商，宮裡的生意基本都快被他包圓了。」

「那就是個不幹正事的主兒。」張老夫人不屑地道：「正兒八經的勳貴子弟，不去做官，非得做什麼商人，豈不是自甘墮落？雖說打先皇時起，朝廷就抬舉商人，不限制科考了，也不限制穿著了，但那是對平民百姓說的，他可是長公主的嫡子，就是不喜歡習武，做個文官也好呀，我瞧著他可比咱們家寧哥兒差遠了。」

想起那個以讀書為藉口，日夜在書房與幾個書僮鬼混的少爺，臘梅決定閉上嘴。

張老夫人說了一回還不放心，又吩咐道：「偷偷和大老爺說，甭管他想合作什麼生意，好言好語送走就得了，別得罪了他，但也別和他來往，省得把咱們家的幾個哥兒帶壞了。」

臘梅應了一聲便往外走，她想著這事打發人去說，若是讓人聽了傳出去，只怕會同鎮國公府交惡，便決定自己走一遭。

到了前院，臘梅問了門口的小廝，知道裡頭的茶吃了兩回了，便去泡了壺新茶要進去替換。剛倒上茶，就聽張老爺苦澀地道：「祖上這筆欠款我並不知曉，要不然早就還了。」

只見傳說中鎮國公府死要錢的朱明禮說道：「現在知道也不晚，正好還完了好過年。」

張老爺就沒見過說話這麼直的，差點噎死人，但人家是奉皇命來的，張老爺只得強擠出笑臉，低聲下氣地說：「我們家的情況二爺也是知道的，我雖繼承了爵位，但身上沒實缺，家裡的子弟大多都沒出仕，只有兩個讀了些書的掛了五品的差事，家裡實在困難。」

朱明禮不以為意地道：「誰家指望俸祿吃飯呢？這不是有莊子和鋪子嗎？更何況老將軍不知留給你多少家業呢！」

「哪有多少家業？」張老爺苦笑著搖搖頭，「家裡人多開銷大，早就入不敷出。」

「這話可不對。」朱明禮伸出手，旁邊的一個小廝立刻遞過去幾張紙。朱明禮輕輕咳嗽了一聲，念道：「就今年來說，您府上十七間在京城的鋪子盈利就有六萬兩銀子，五個莊子光一年的糧食、野味、山珍，怎麼也有一兩萬兩銀子。這些可都是當年您祖父借國庫的銀子置辦的，這一年就有這麼多收益，這幾十年下來，您家可是發了大財。」

張老爺目瞪口呆，連盤算好的說辭都忘了。

朱明禮一瞧樂了，「您這是不信？銀子，拿我抄的清單給張大老爺瞧瞧。」

張老爺腦子都不會轉了，下意識接過銀子遞來的紙張，只見上面清清楚楚寫著：米糧鋪子，一年淨賺八千兩銀子；東升酒樓，一年淨賺五千兩銀子……

「這……」張老爺頭上的汗都冒出來了，「哪有賺這麼多，二爺太會開玩笑了。」

「我這個帳再不會錯的。」朱明禮自信滿滿地說：「若是和你鋪子的帳本對不起來，肯定是你家下人糊弄你了。」

張老爺忍不住問道：「不知二爺為何盯著我家的鋪子？您這帳算得比我自家還明白。」

「倒也不是針對你。」朱明禮端起茶來抿了一口，實誠地說：「京城各家鋪子每天的人流和成交金額我都派了人統計，若是連這都不知道，怎麼能做好生意？」

抹了把臉上的汗，張老爺無言以對，沒見過誰做生意還盯著旁人家鋪子的。

如今自家的帳都讓人算明白了，這錢拖欠著不還還得找個好說辭才是。說實話，這筆銀子不是拿不出來，可若是都還了，確實也傷筋動骨，怕要艱難幾年。

看著張老爺眼珠不停地轉，朱明禮笑了笑，「不瞞您說，這筆銀子皇上是打定主意要收回來的，今日我來要不算您利息，只管把本金還了就成。若是今天還不了，我下回來可就得要加一成的利息了。」

張老爺頓時急了，「怎麼還有利息呢？」

「怎麼沒利息？」朱明禮笑了，「您今年不是放了貸？您那利息收的比旁人家多了。」

張老爺腿瞬間就軟了，他實在沒想到連這樣私密的事朱明禮都知道，違例取利、重利盤剝可是朝廷嚴查的，若是這位小爺把事給捅上去，這爵位也就到頭了。

咬了咬牙，張老爺起身道：「二爺辦的事，我不能不支持，我這就給您籌銀子去。」

「這銀錢不少，我給你半天時間，下午我再過來拿。」朱明禮笑得眼睛都瞇起來了。

「不勞您走一遭，我給您送去。」張老爺心疼得直滴血，就恨自己被銀錢蒙了眼，落這麼大的把柄在人家手裡，如今只能花錢買平安了。

輕輕鬆鬆搞定第一家，朱明禮這討債生涯可謂是開了一個好頭。接著第二家、第三家，每家聽了就沒有不抵賴的，可一份份帳目送上去，明擺著有還債的能力，略微應得遲一些，朱明禮就威脅說要告一個欺君罔上的罪名，甚至有一些人家在外頭包了外宅、養了粉頭的，都被朱明禮知道得一清二楚。

一時間，京城各府人人自危，有不差錢的不等朱明禮上門就趕緊打發人把銀兩送去，好收回欠條。也有的還想負隅頑抗，朱明禮要了一次以後，不但要本金，還追著人家要利錢。若是不給錢……哼哼，誰家沒有一兩件黑歷史呢……

祁顯翻閱著一封封告狀的摺子，笑得十分開心，「朕就說這差事交給朱明禮差不了，這小子損招特別多，也就他能治得了這些人。」

正說著，朱明禮叫人抬著箱子來了御書房，一進門就得意洋洋地顯擺，「皇上舅舅，臣把欠款都收回來了，一兩銀子也不少，咱們那一成的份子什麼時候兌現呀？」

祁顯示意大太監打開箱子，看見裡面一疊疊銀票，滿意地點點頭，「你的抽成朕早就讓人準備好了。」說著拿起手邊的匣子，從裡面取出一張紙遞給朱明禮，「這就是你的傭金。」

「還有幾十萬兩的銀票呢？臣還沒見過呢！」朱明禮有點懵地上前接過來，打開一看，只見上面寫著「借據：鎮國公朱某某從國庫借白銀四十萬兩」。

朱明禮欲哭無淚，「您太坑人了，當初咱們不是這麼說的！」

祁顯大笑。

朱明禮道：「嗚嗚嗚，皇上舅舅欺負我，我要寫信告訴我娘去……」

祁顯笑得打嗝，「等等，大外甥……大外甥，你回來……」

朱明禮屁顛屁顛地跑回來，「沒走遠呢！您到底給不給銀子？」

祁顯道：「給給給！朕給還不行嗎？」

祁顯看著朱明禮破涕為笑的樣子，忍不住長吁短嘆，「你說你為了區區四十多萬兩銀子就哭成這樣，丟不丟人？你一年賺的銀子也不比這少吧？」搖了搖頭，指了指箱子，吩咐道：「還不趕緊把銀票給他數出來，小心他再哭了。」

抹了把眼淚，朱明禮一眼不錯地盯著太監給自己數銀票，「誰還嫌錢多呢？皇上舅舅，你不知道，為了要這個錢，我可把各府都得罪遍了，幸好我娘出去玩之前就給我娶上媳婦了，要不然經過這一遭，我看沒人願意把姑娘嫁給我。」

祁顯沒好氣地哼了一聲，「這麼說，都是朕的錯，平白讓你得罪了這麼多人家。」

「哪能呢？」朱明禮看著桌案上越來越多的銀票，眼睛都亮了，連忙諂媚地笑道：「欠債還錢天經地義，他們不在理，我才不怕得罪他們，倒是他們不敢得罪我是真的。皇上舅舅，要不要您再找找看還有沒有遺漏的借據，這離過年還有半個月呢！」

祁顯丟下一張借據，「就剩你們鎮國公府了，本來朕想給你們免了，聽你這話，你是準備跟你哥要帳去？」

朱明禮認真思索了片刻，果斷地將借據放回桌案，抱起裝好銀票的匣子就往外退，「天色不早了，臣還得回府給我娘親寫信，臣告退。」

祁顯氣笑了，把借據團起來往他頭上丟去，「說得好像你知道你娘在哪兒似的。」

朱明禮見露了餡兒，掉頭就跑。

回到家裡，正巧在前院遇到了朱明恩，朱明禮剛想縮著脖子往後跑，朱明恩就把他叫住了。早出生一刻鐘也是哥，朱明禮只能抱著裝滿銀票的匣子，乖乖跟著朱明恩去書房。

一模一樣的臉，偏偏一個天生威嚴，一個風流紈袴，好在哥倆從小一起長大，彼此的脾氣秉性都了解，因此見朱明禮穿的掛的快閃瞎了自己的眼，朱明恩也強忍著沒吭聲。

到了書房，兄弟兩個一左一右坐在榻上，小廝們上了茶和點心，朱明恩笑道：「皇上交代你的差事辦得怎麼樣了？」

朱明禮眉開眼笑地說：「都完事了，就是皇帝舅舅太小氣，還想賴帳，直到我說要跟娘告狀，皇帝舅舅才慫了的。」

朱明恩無奈地搖搖頭，「光長個子不長腦，那是皇上和你鬧著玩呢！」

朱明禮嘿嘿一笑，「我可不敢和他鬧著玩，萬一我一鬆口他真不給我咋辦？那可是足足四十萬兩銀子呢！」

朱明恩喝了口茶，道：「我正想問你這事，咱們府上有沒有欠國庫銀子。皇上一直很照顧咱們家，咱們不能讓皇上為難。」

朱明禮道：「咱們家也欠了四十萬兩銀子，不過皇帝舅舅說不要了。」

朱明恩搖了搖頭，「家裡不缺這兩個銀子，皇上也不差這筆錢，主要是這次收回的欠款是為了太皇太后和先皇、先皇后塑金身用的，論理咱們也該盡盡孝心才是。行了，這事我知道就好，等我回頭進宮給皇上還銀子去，你該幹嘛幹嘛去吧。」

摸了摸鼻子，朱明禮訕訕地道：「我倒忘了這事了。」將懷裡的匣子往朱明恩那一推，朱明禮道：「這算我給太皇太后孝敬的香火銀子。」

朱明恩看著他直笑，「你自己還給皇上去。」

「我不去！」朱明禮起身就要跑，「白幫他幹了一個多月的活兒，再進宮，指不定就得被他找什麼差事使喚我呢！」

朱明恩無奈搖頭，第二天帶著滿滿兩匣子的銀票去了御書房。

祁顯笑道：「又不是外人，難道舅舅還能要你們的銀子？」

朱明恩道：「若是旁的用處就罷了，可這塑金身的事，我們一家人也想盡盡孝心。這些年母親常念叨太皇太后怎麼疼她寵她，就我們兄妹四個小時候也沒少拿太皇祖母的好東西。」

祁顯聞言想起了舊事，露出懷念的神情，「我第一次在皇祖母的福壽宮見到你母親時，她還是個小姑娘，估摸著也就十歲，已顯露出絕色姿容。你爹小小年紀就瞧上你娘，成天往你外祖父家跑不說，還特意不顧辛苦主動去山東幫著抗災。父皇當時還誇他長進了，後來才知道那是討好岳父去了。」

祁顯說著，忍不住笑了起來，半晌才惆悵地嘆氣，「那些事感覺沒過去多久，可一瞧你們都這麼大了，唉，歲月不饒人，我們都老了。」

祁顯感嘆歲月的無情，而他嘴裡已經老了的兩口子此時在冰天雪地裡玩得像孩子一樣，一家三口每天不是找條小河打三個洞比賽釣魚，就是到被厚雪覆蓋的林子裡打野味。

每天都淪為倒數第一的朱子裕悲傷地發現，他這個征戰無數的將軍，釣魚比不過媳婦和閨女就算了，打獵依然比不過媳婦和閨女，他費半天勁兒釣上來一條凍得半死不活的魚，媳婦閨女的冰洞裡，魚自己撲騰撲騰往外跳。

至於打獵，朱子裕更不想發表什麼意見了。

按理說，這麼冷的天氣，山上的動物們都該躲起來，可每回青青和進寶總是能遇到迷路的小鹿和不知從哪裡蹦出來的野兔，甚至隨便踢開一節枯木都能發現樹洞裡躲著正冬眠的狗熊，輸得朱子裕都有些懷疑人生了。

在極北之地度過了一個快樂的冬天，春暖花開的時候，一家人向南行去。他們夏季在魯省海邊吃了一個多月的海鮮，又在繁花似錦的江南欣賞了秋季的綿綿細雨，等冬天到來時，他們便到了被世人稱為不毛之地的嶺南。

朱子裕不太明白為何青青非要到這個偏僻、濕熱多瘴氣的嶺南，可到這裡以後方才明白過來，這裡的美食很多。嶺南的鮮果，朱子裕只吃過一樣，便是每年從嶺南千里迢迢派快馬送回京城的荔枝，旁的見都沒見過。

除了鮮果，各類海鮮也比魯省更豐富。剛剛出海打上來的海鮮，簡單清洗一下，上鍋一蒸就是最原汁原味的美味。娘倆最喜歡做的事就是一早等在海邊，遇到出海回來的漁船，直接把人家打上來的海鮮包圓。

進寶蹲在船邊，拎起一個或蹦或跳的海蝦，去了皮，直接往嘴裡一扔，吃得津津有味。

朱子裕看著女兒的豪爽有些發愁，戳戳妻子的後腰，「妳說進寶這樣能嫁出去嗎？」

「怎麼嫁不出去？」青青鳳眼一挑，公主的氣勢就出來了，「我的女兒還會愁嫁？你且放心，等著以後回京來求娶的人排到城外去，到時候我肯定挑個最好的給她。」

進寶完全不愁自己的終身大事，她連吃了幾尾活蝦後大呼過癮，又不解地問道：「這麼好的地方，怎麼會是流放犯人的荒涼之地？我聽說被貶的官員也有很多往這來的？一定是皇上舅舅沒來過這裡，不知道這裡有這麼多好吃的東西。」

朱子裕很無語，不知道怎麼解釋。

嶺南這個地方天氣潮濕，瘴氣多，從中原過來的人多半受不了這裡的氣候，基本都會大病幾回，就連朱子裕這樣多年不生病的人，剛來到的時候也有些頭昏眼花，還是喝了青青開的幾副藥才緩過來。就是帶來的侍衛、小廝和丫鬟也都是連著喝了半個月的藥汁，才算適應了嶺南的天氣。

青青天生身體就好，家裡四個孩子，也就招財和進寶兩個隨了青青的體質，到哪裡都能適應，冬天穿個單衣出去跑一圈回來都不流鼻涕的。

這樣天賦秉異的進寶，自然感受不到常人來嶺南的痛苦。

而此時在邊關，不但沒有海鮮，反而每天喝著北風，還要被叔父訓練得要死要活的朱明義，默默流著淚：娘親啊，趕緊來接您兒子回家吧！再不來，小美男要變成醜漢子啦！

可惜在嶺南的青青並沒有聽到兒子的呼喚，她帶著女兒啃著香蕉，撬開行商從海南帶回來的椰子，品嘗著甘甜的椰汁。直到一家三口把嶺南的美食吃了個遍，在荔枝成熟的季節，母女兩個坐在荔枝樹下吃著多汁的荔枝後，這才戀戀不捨地決定離開嶺南。

坐在舒適的馬車裡，進寶長吁短嘆，「在哪裡及笄不一樣，找個好吃的地方就行了，何苦大老遠跑回京城？」

見女兒玩成野丫頭了，朱子裕摸摸她的頭，「該給妳找個好郎君了，不回京不成。」

「成親沒意思。」進寶托著下巴直言不諱，「若是像娘一樣還好，在家裡說一不二，想出去玩隨時都可以出門，可大多數的女人成了親只能待在家裡，頂多各府裡串個門，出門上個香，沒意思極了。」

青青笑道：「那妳是不想成親了？」

「成親也行。」進寶想了想，說道：「最好找一個像我二舅那樣的，帶著媳婦孩子大江南北四處作畫，活得自由自在比什麼都強。」

青青點點頭，「成，回頭就給妳找個能各州府遍地跑的相公。」

一路往西北方向行進，在離邊疆還有一個多月路程的時候，朱子裕一行人遇到了準備去邊境傳旨的太監。朱子裕問了問京城的近況，太監又主動道了喜，原來乾興皇帝賜朱子昊一座府邸，並準備將他調回京城。

知道弟弟即將回京，朱子裕心大地道：「那我們就不用去接明義了，讓他跟著他叔叔一起回京好了。」

青青有些想兒子，進寶也想念哥哥，正在猶豫之際，朱子裕一句話就打消了兩個人的念頭，「又多出來三四個月的時間，還可以往陝西走一遭，據說那裡的麵食做得一絕。」

進寶當即附和：「那得去嘗一嘗。」

至於哥哥什麼的，反正回京後早晚會見到。

青青想起上輩子知道的西安美食，頓時口水直流，「那趕緊改道吧，別耽誤了回京。」

於是，朱明義又被爹娘和妹妹拋棄了，而朱子裕一行人這一逛又走了好幾個地方，直到朱明義回京都兩個月了，朱子裕才攜著妻女姍姍歸來。

在這兩個月，剛回京的朱明義四處告狀，去徐府和外公外婆哭訴了無情爹娘把他扔在邊關的事，進宮和乾興皇帝絮叨他叔父野蠻訓練法和打仗的驚心動魄，無數次表示自己水嫩嫩白瑩瑩的小臉都吹黑了。

乾興皇帝欣慰地道：「黑了更好，終於像個爺們兒了。啥時候把愛哭的毛病給改了，那樣就更好了。」

……

與大光朝相鄰的尼波羅國王存了染指西藏領土的野心，部署了大量人馬駐紮在離邊境一百里外的地方。朱子昊早已察覺，但他也不大規模進攻，只是每天帶著朱明義和幾百名親兵四處去撩尼軍，把人家小股軍隊引出來，然後帶進自己早已準備好的伏擊圈一網打盡。

尼波羅軍隊被朱子昊天天撩天天打的戰術，打得昏頭轉向，疲憊不堪，尼波羅國王眼見軍心渙散，咬牙決定趁其不備，入侵大光朝領土。

朱子昊早就防著他們了，不待他們大軍壓境，就帶著八千名將士殺了過去。八戰八捷，殺敵一萬，並乘勝追擊，兵臨尼波羅京都城門之下。

尼波羅國王想起幾十年前緬甸被朱子裕滅國的事情，頓時慫了，連忙跪地求和，願成為大光朝的藩屬國，每年朝貢，永不進犯。

朱子昊立了大功，連朱明義也因這一戰收割了不少人頭，記上了軍功。

乾興皇帝被朱明義每日絮叨得頭疼，直到朱子裕一行人回京這才算解救了他。

朱明義義憤填膺地找到他爹，淚汪汪地泣訴道：「您怎麼能把我扔在邊境呢？您出發的時候是不是把我給忘了？」

朱子裕看他一眼，輕飄飄地回道：「是啊！」

朱明義：「……」

完了，想好的詞都給氣沒了！

看著兩年沒見，轉眼已經比自己還高的兒子，青青很是欣慰，剛想去安慰心靈受創的兒子，就見朱明義哇一聲哭了，朝她撲了過來，努力把大頭往她懷裡拱。

拍了拍傻兒子的腦袋，青青頓時覺得，其實把他扔在邊關也挺好的。

◆ ◆ ◆

進寶及笄後，來鎮國公府的人家果然快從城內排到城外了，青青深知女兒的性格，天真爛漫又不受拘束，若是嫁到規矩大的人家，只怕會受委屈。若是嫁給家世普通的，又覺得委屈了自家姑娘。再者，青青也想挑個合進寶眼緣的，畢竟夫妻過得幸福比家世更重要。

進寶難得害羞了一回，捂著臉說相中了沈家的二表哥沈都亮。進寶覺得二表哥長得真好看，功夫也不錯，最關鍵的是，兩人性子合拍，看見他，還有些臉紅心跳的羞澀感。

青青知道自己和朱朱並無血緣關係，兩個孩子在一起倒也無礙。

朱朱得知兒子心意，滿心喜悅地上門提親，風風光光地把外甥女娶回家。

姨媽是婆婆，家裡還有打小就疼愛自己的沈太公和沈太婆，進寶在沈家過得像在自己家一樣自在。沈都亮遺傳了父親的好文采，又喜歡看各種雜書，尤其是母親嫁妝裡的一套介紹地質風貌的書籍，不知被他翻閱了多少遍。

在考中進士後，沈都亮沒有去翰林院，而是主動上摺子願意為大光朝探勘河山，去尋找金、銀、鐵、銅、錫、鉛等珍稀礦藏。

祁顯拿到摺子後，擔心外甥女跟著吃苦，本想駁了摺子，不料進寶反而拉了青青進宮說項。在御前，進寶表示她並不覺得出去尋找礦藏是苦事，她認為大好的年華不應該拘束在院子裡，應該走遍每一寸土地，領略各地的風土人情，品嘗天下的美食，這是她一生的夢想。

祁顯聽她慷慨激昂地說了小半個時辰，總算到最後一句才聽到了重點，合著這外甥女就是想四處玩玩，吃吃吃。

批了摺子，祁顯囑咐道：「若是外面跑累了，記得寫信回來說一聲，舅舅立刻把沈都亮調回京城。妳一個嬌嫩嫩的女孩子在家裡享福就好，可不能總在外面奔波。」

進寶不以為意地點點頭，在告別了雙方父母後，新婚的小倆口就踏上了地質勘查的旅途中。在之後的幾十年裡，夫妻兩人不知為朝廷發現了多少礦藏，讓大光朝的冶金業進入了一個快速發展的時期。

世人都認為這是沈都亮的功勞，可沈都亮在遞給皇上的摺子裡表示，他家媳婦就是找寶小能手，每到一處地方，還沒等沈都亮拿出工具，進寶已經找準出礦的位置。

對此，進寶表示：「這是直覺啊，我一看這地方就知道這裡有金子！皇帝舅舅，咱們可說好了，我是要分成的！我要的也不多，一成份子就行！」

朱明義在妹妹成親後，終於也娶到了一個夢寐以求的美人，只是娶進門以後朱明義才發現，原來美人不一定是溫溫柔柔的，也可能舉起一米長的大刀耍得虎虎生威。

日子一天天過去，過了十幾年，乾興皇帝駕崩，太子繼承了皇位。又過了幾十年，已經五世同堂的朱子裕和青青都數不清自己有多少孫子孫女重孫子重孫女了。

在過百歲壽宴的那天，看著滿屋子的兒孫，青青忍不住握住了朱子裕的手，「有你陪著，還有兒孫們的孝順，我這一輩子真的知足了。」

和青青的面容相比，朱子裕蒼老許多，此時他已是滿頭銀髮，也有些駝背了。

「下輩子我還陪著妳，咱倆不是說好了嗎？永生永世！」朱子裕反手將青青的手握在手心裡，含笑看著她，眼神裡依然像幾十年前那樣，滿滿的都是愛意。

「好，永生永世！」青青摸了摸朱子裕的臉，戀戀不捨地把四個孩子叫到跟前。

「明恩、明義、招財、進寶……」摸摸這個孩子的手，摸摸那個孩子的臉。

覺得母親的神情有些哀傷，招財努力活絡氣氛，「娘，我都多大了，您還叫我招財？」

青青忍不住笑了起來，眉宇間依然能看出年輕時的豔色，「不管什麼時候，你們都是娘的孩子，娘即使走了，也不會忘了你們。」

「娘！」進寶不知為何忽然想掉淚，已白髮蒼蒼的她，依然像年幼時那樣把頭埋在娘親的懷裡，「娘，我捨不得您！」

「會再見的！」摸了摸進寶的頭髮，青青拉著朱子裕站了起來，「我有些累了，先回去休息，你們只管玩只管鬧去。」

已八十來歲的兄妹四人，將百歲的父母送回臥室。許是血緣的牽絆，四人總覺得心裡不踏實，他們誰也沒走，都在廂房裡湊合了一夜。

直至天明，兄妹四人像幼時那樣到父母房中請安，這才發現父母兩人手挽著手，臉上皆帶著幸福微笑，一起仙去了。

◆ ◆ ◆

做為死過一次的人，青青認為死沒什麼可怕的，像上輩子就是腦袋一痛，眼前一黑，再睜眼就穿越了。而這次，當青青拉著朱子裕的手，魂魄離體的時候，看著眼前蹲著的一排神仙，卻比上次還發懵。

「這是又要準備送我去穿越了？」青青緊緊握住朱子裕的手，有些忐忑不安。

朱子裕迷茫地看了看眼前的神仙們，又看了看青青，一臉迷糊地問：「什麼叫穿越？」

「就是帶著記憶投胎。」青青認真地解答，又有些歉疚地道：「一直沒告訴你，我這輩子出生的時候，就是帶著前世記憶的。」

朱子裕恍然大悟，與有榮焉地說：「怪不得妳那麼聰明。」

小倆口說得熱火朝天，幾個神仙一臉發愁，「青青怎麼沒恢復仙界的記憶呢？」

太白金星摸了摸鬍鬚，不確定地說：「許是神魂受損太嚴重，如今魂魄能養回到這個程度已經很好了，其他的回了仙界再說。」

太白金星和顏悅色地看著青青，「青青姑娘，如今妳塵緣已了，和我們回仙界吧。」

青青防備地後退一步，拉著朱子裕的手不放開，「我要和子裕在一起。」

正在此時，一道金光閃過，又有四位神仙出現在屋裡。

九十年未見，文道人、醫道人、畫道人和食道人風采依舊，笑吟吟地看著青青。

青青捂著嘴，不敢置信地看著四人，眼淚嘩一下流了下來。

「師父！」青青又哭又笑的，滿臉都是淚水。

文道長上前一步，笑著搖搖頭，「怎麼哭了？妳可不是個愛哭的人。」

抹了淚水，青青笑道：「我不知道師父也是神仙，這些年還一直在找您。師父，您是不是文昌帝君？我瞧著京城郊外文昌帝君廟裡的神像同您一般無二。」

文昌帝君笑道：「我以為妳早猜到了。」他又指了指其他三位道長，「這是神醫華佗、畫聖吳道子，還有食神。」

青青和朱子裕上前拜見，又說起離別之後的種種。

太上老君見狀，連忙打斷幾人敘舊，笑咪咪地說：「時辰不早了，咱們先回天庭再說，玉帝還等著呢！」說著拂塵一甩，一群仙鶴飛來，引頸長鳴。

朱子裕和青青互看一眼，又轉頭看了看跪在床前哭泣的四位兒女，眼神裡滿是眷戀。

文昌帝君探頭瞧了一眼，笑著道：「我說這麼些年沒見到招財進寶，原來這兩個童子跑這來了，要不要一起帶回去給財神？」

太上老君露出壞笑，「要是把他們帶回去，財神爺不開門，讓他們住你府上嗎？」

文昌帝君立刻掉頭就走，「那還是等財神自己來接吧。」

眾神仙全都避之唯恐不及地簇擁著朱子裕和青青往外走，朱子裕和青青最後回頭看了一眼聞信趕來的眾多兒孫，相視一笑，挽著手踏上祥雲，坐在仙鶴背上，直奔雲霄。

穿過雲層，一道道金輝籠罩在二人身上，青青頓時覺得身體輕盈，神清氣爽。等金輝散去，青青和朱子裕已經恢復到十七八歲的模樣。

來到凌霄寶殿，玉帝和王母娘娘已坐在寶座上，見著一臉懵逼的青青被簇擁著進來，都忍不住紅了眼圈。

王母娘娘拿帕子拭了拭眼淚，站起身朝青青走去，「我的女兒，妳終於活過來了……」

「等等！」青青退了一步，「我記得上輩子我是個孤兒來著。」

太白金星捋了捋鬍鬚，輕嘆道：「事情要從幾十萬年前的量劫說起……」

幾十萬年前，玄門經過了一個大量劫後還沒等休養生息，已有大興之勢的佛教為了將玄門打壓下去，掀起了一個又一個蓄謀已久的陰謀，試圖將玄門拖進更多的小劫難中。

玉帝之女青青聰穎慧黠，在察覺佛教的陰謀後，以燃燒神魂為代價感應天道，驅使天象變化，為玄門換取了萬年的休養生息的時間，也為玄門的再次崛起爭取了更多的生機。

燃燒神魂的痛苦，連聖人都無法忍受，而青青就這麼咬著牙硬挺著直到魂飛魄散，連仙軀都化為灰燼。

正在眾仙都忍不住落下淚水的時候，星星點點的光芒突然出現在天地間，太上老君見狀連忙將其收到養魂瓶內，細細探究才發現裡面是青青殘餘的一點魂魄。

青青燃燒神魂留下的點點魂魄，以眾仙信念為依託，化為言靈，得到天道認可。

可惜神魂燃燒的力量太強，言靈的力量不足以讓青青甦醒，眾神便將其魂魄投入人世，希望其通過一次次轉世歷練來修補殘破不堪的神魂。就這麼過了幾十萬年，終於在青青前一世的時候，神魂修補好了八成，因此才得以保全記憶再次投胎。而這一世，青青以凡人身軀運轉天地福運，眾仙便知道青青可以回歸仙界了。

看著凌霄寶殿的眾仙人，青青有些不好意思地笑笑，「真的不記得了。」

「無妨。」玉帝道：「妳的魂魄能支撐妳再鑄仙軀已經很好，其他的忘了就忘了吧。」

青青眨了眨鳳眼，看看旁邊有些無措的朱子裕，笑道：「我只要沒忘了他就好。」

看著一起飛升的朱子裕，玉帝忍不住嘆其運氣逆天，但青青已在凡間許下生生世世，就是他想棒打鴛鴦也沒用。更何況玉帝和王母也不想做那惡人。在看到失而復得的女兒後，除了滿滿的心疼，更是希望她能在經過這麼多的苦難後，能自由自在做個快樂的神仙。

夫妻兩個攜手回到玉帝、王母為其蓋好的公主府，便心有靈犀地將侍女們打發下去。兩人顧不得體驗當仙人的種種神奇，便摟抱著滾到一起。在大戰三百回合後，朱子裕滿足地喘著粗氣，一邊在青青的嘴角親了親，一邊笑道：「打我七十歲以後，真的是有心無力了。我那時還以為這輩子就這麼著了，沒想到還有今天這番奇遇。」

青青用腳趾頭勾了勾朱子裕的小腿，媚眼如絲，「那還不好好感謝我？」

朱子裕吻住了她的紅唇，「遵旨，我的公主。」

……

公主府外，金童玉女蹲在外面數螞蟻，脖頸間戴著金圈的進寶噘起小嘴，「招財，你說爹娘啥時候能出來啊？我們都回來半個多月了，還沒見到他們呢！」

招財嘆了口氣，一邊用珍珠玩著打彈珠的遊戲，一邊嘆道：「想也知道，咱爹咱娘這也算久別勝新婚。原本是凡人的時候，好歹體力有限，如今一下子成了大羅金仙，我覺得沒十年八年，他們可能不會出來了。」

進寶用小手托起胖胖的小臉，惆悵地嘆氣，「不過，下凡幾十年，感覺什麼都不一樣了，咱家老爺以前見了嫦娥仙子恨不得把自己塞到老鼠洞裡。現在倒好，咱們財神殿的大門都掛蜘蛛網了，要不是聽見裡面有動靜，我還以為老爺搬家了。」

招財拍了一下進寶的後腦杓，「妳是個小姑娘，怎麼能說這樣的話？羞不羞？」

進寶鄙視地看了眼招財，「謝謝，我孩子都生了仨。」

「那是凡間的事，妳現在在天庭還是童子呢！」招財把珍珠裝到荷包裡，拉起進寶，「咱們去青華長樂界看看外祖父和外祖母吧，聽說咱們家的親戚都被太乙天尊接引成仙了。」

此時的青華界，隨著青青的歸位，被接引到此的凡人也都聽說了青青的故事。徐婆子和徐鴻達、寧氏、老鎮國公以及老太太、朱子裕的雙胞胎哥哥、太皇太后、盛德皇帝、聖文皇后、乾興皇帝圍坐在一個巨大的火鍋旁說著青青的事。

徐婆子一臉自得地說：「打青青小時候我就說這孩子生得不一般，帶著福氣來的，那時我還以為她是觀音菩薩紫竹林的螞蟻托生的，誰知道有這麼大的來歷。」

老太太拍了拍徐婆子的手道：「咱們和他們不是一派的，以後別提他們。」

「對對對！」徐婆子連連點頭，「好在咱們家青青福大命大，才又活過來。要不是青青，咱們早都到地府投胎去了，哪有今天的自在悠閒？」

老鎮國公道：「你們是沒去過地府，那裡的日子可不好過，天地一片灰暗不說，投胎的鬼魂實在是太多了，我和誠哥兒、信哥兒兩個足足排了二十餘年才快輪到我們。不過話又說回來，幸好排的時間長，要不然這成仙的好事也輪不到我們。」

朱子誠點點頭，一塊肥嫩的麻辣牛肉入嘴，燙得他直咧嘴，「也不知什麼時候子裕和青青會過來，該好好謝謝他們才是。」

話音剛落，就見一仙娥盈盈笑道：「來客人了。」

眾仙只當是青青和朱子裕來了，都放下筷子要出去迎，正在這時，兩個粉雕玉琢的童子從外面蹦跳著進來，大家都笑了，「招財、進寶，你們也來了！咦，怎麼變小啦？」

招財摸了摸頭上的小髮髻笑道：「我們本就是財神爺座下的金童玉女。」

徐鴻達起身將招財抱了過來，太皇太后則把進寶抱到膝蓋上，摸摸她的小臉，「還是小時候的模樣可愛，怪不得妳在人間的時候能找出那麼多金礦銀礦來，把妳皇帝舅舅美得一成仙以後就和他老子顯擺他在人間的政績。」

招財說道：「太皇祖母，我也有功勞的，我後來賺的銀子不知道交了多少稅銀給國庫，就這麼著，皇帝舅舅還總隔三差五讓我白給他幹活。」

祁顯哈哈大笑，順手在招財臉上掐了一把，「誰讓你們兄弟三個就你整天不務正業。」

摸了摸自己的臉蛋，招財怨念滿滿地看了祁顯一眼，「說我不務正業，那每年你看到交稅的銀兩總數時，怎麼笑得只見牙齒不見眼睛呢？」

祁顯摸摸鼻子，訕笑著拍了他的腦袋一下，轉頭諂媚地給聖文皇后剝螃蟹吃，「母后，聽說天河那邊星空很好看，兒子陪您去轉轉？」

盛德皇帝隔空扔過來一個螃蟹殼，正好扣在祁顯的腦袋上，「滾一邊去！」

正當這裡熱熱鬧鬧的時候，朱子裕和青青終於姍姍來遲，徐婆子笑著朝兩人招手，「快過來，咱們今天吃的火鍋，都是妳祖父和兩個哥哥出去打的仙獸，滋味很不錯。」

青青看著久違的親人，又哭又笑地說道：「我就知道你們都在！」

寧氏瞥了她一眼，調侃地道：「那還不趕緊過來見我們，在家和子裕幹啥呢？」

「娘，您又笑我！」青青嬌嗔地跺了跺腳，剛想假裝生氣，又忍不住笑出聲來，朝著寧氏撲過去，在她臉上親了兩下，「娘，我想死您了！」

一轉頭看到徐婆子有些醋意的神情，青青也在她臉上補了兩下，「我也想祖母！」

徐婆子抓著她的手說：「如今我們想見就見，再也不會天人永隔了，這日子可真好！」

朱子裕也被他祖母拽到了從未見過的祖父和雙胞胎哥哥面前，朱子裕鄭重地向祖父行了個大禮，又一手一個拉住了與自己面容相似的雙胞胎，叫出藏在心中多年的稱呼：「哥！」

招財和進寶趁機湊到青青跟前，一人抱住一條大腿道：「娘，我們進不去財神殿的門，您收留我們唄！」

看著又變成孩童的一雙兒女，青青心情很好地道：「你們在天庭到底惹了多少事，怎麼那些神仙一聽到你們就避如蛇蠍？」

招財和進寶吐吐舌頭，「不就扔了點他們的仙丹、陳釀、人參果啥的嗎？要不然，娘哪能在花園裡撿到那麼多好東西，我爹也不能那麼順利適應仙體呀！」

青青點了點二人的頭，無奈地道：「你們啊……」

招財和進寶看著青青心軟了，立刻撒嬌道：「娘，求求您了！」

「倒也不是不行。」青青說：「但得和財神爺說一聲。」

此時財神殿裡，財神爺揉了揉痠痛的老腰，看著貌美如花的嫦娥，忍不住紅了老臉，「外面好像有敲門聲。」

嫦娥慵懶地披上衣裳，嬌滴滴地說：「不如我們去廣寒宮住一段日子，我已經把吳剛、玉兔和金蟬子踹下凡間了，我們就在廣寒宮安安靜靜的，不會有人打擾我們。」

財神爺看著嫦娥，眼珠都不會轉了，「聽娘子的！」

吃完火鍋，帶著爹娘回來串門的招財和進寶跑得飛快，他們嫌朱子裕和青青的馬車飛太慢，先行飛到財神殿。兩人剛落地，財神殿的大門便轟然倒下，將兩人狠狠拍在地上。

嫦娥驚愕地看著自己伸出的白嫩手指，歉疚地對財神爺笑笑，「不好意思，又把你的大門給推倒了。」

「無妨，回頭換新的就是。自打招財和進寶不在的這些年，我又攢了不少家當。」財神爺拉住嫦娥的手，一步步往外走去，「娘子慢些，這裡不太平整。」

「沒事，踩一踩就平了。」嫦娥露出甜蜜的笑容。

來晚一步的朱子裕和青青，顧不追絕塵而去的財神爺和嫦娥仙子，兩人使出渾身力氣，終於將大門抬了起來，安回門框上。

招財和進寶從門下兩個人形的大坑裡爬出來，灰頭土腦地哭道：「娘啊，趕緊把我們帶回家吧，嫦娥仙子太嚇人了！」

青青回頭看了看嫦娥仙子踩出來的一個又一個的深坑，忍不住問道：「嫦娥仙子練的是什麼仙法？我好想去學一學！」

朱子裕膝蓋一軟，立刻給跪了，「媳婦，我可是半路成仙的，不如財神爺命硬。我看咱們還是不學那個了，趕緊帶孩子回家吧。」

「對對對！」招財和進寶嚇得臉都白了，忙不迭附和朱子裕的提議，一邊一個拉住青青的手往公主府走去。進寶感受著母親手心的溫暖，認真地建議：「娘，您光有我們兩個童子實在是少了點，不如把大哥和三哥也點化成您的童子吧，這樣我們一家人又在一起了。」

「好呀！」青青笑道。

「娘，您能不能把大哥變得比我小一點，讓我也過一回哥哥的癮？」招財滿懷期待。

「等大哥來了，我要告訴大哥……」

「妳敢……」

朱子裕走在青青身後，看著前面的一大兩小，露出幸福的笑容。

（全文完）

後記

後記

台灣的讀者朋友大家好，我是作者信用卡，出版過的作品有《宛在水中央》（原名：穿越後的悠閒生活）和《正妻難下堂》。

二〇一一年底，我寫完《正妻難下堂》以後，因為戀愛的關係，所以一直擱筆沒有再進行小說創作。之後結婚生子，生活按部就班，小說似乎離我越來越遠，好多當年寫小說的朋友也因為同樣的經歷，幾年沒有創作了。直到有一天，我喜歡的小說完結，又找不到心儀的小說看，我就在想，為什麼我不自己再寫一篇呢？於是，我就開始動筆了。

其實重新寫文對我來說是一個新的挑戰，也面臨了很多困難，編輯告訴我：「妳已經六年沒有寫了，現在的讀者都換了好幾批，妳等於是從頭再來，一定要保持好心態，能寫完就是勝利。」對此我深以為然，而且知道自己面臨的困難肯定不止這一個。

果然，從準備開始寫的時候，我就有點懵，要寫一個什麼樣的故事呢？

我不是擅長寫大綱的人，總覺得大綱會磨掉我對這個故事的興趣和熱愛，更主要的原因是，我一直覺得情節是隨著故事推進自然而然產出來的，太刻意去設計會讓我無從下筆。於是我關上電腦，閉上眼睛，開始暢想我心目中的故事。

我想寫一個天生帶福運的女孩子，她有特別好的繪畫天賦，她可以做自己喜歡的事，能夠在封建守舊的古代活得恣意瀟灑。想好了主線，人物也隨著故事開展慢慢豐滿起來。

和編輯預想的一樣，因為失去了讀者基礎，等到正式上架那天，大概只有九百多個讀者收藏了我的文章。不過內地的晉江文學城有一個很好的機制，它會在文章上架的第三天有

VIP、新文千字、我的最愛，按照千字收益進行排序推薦給讀者，時間是二十四小時。

我記得那天晚上我一直坐立不安，數著時間，終於到了半夜十二點的時候，立刻打開了我的最愛，看到自己排在第六名。對於一個新人來說，已經是很好的位置了，所以我心滿意足地去睡覺。等到早上睡醒，發現自己已經到了第四名，到晚上已經上升至第二名了。當天我增加了四千多個收藏，在心情激動的同時，我也有了繼續寫下去的動力和信心。

隨著收藏收益的提升，榜單相應也多了起來，我遇到的困難不再是缺少讀者，而是我自己。就像我說的，我已經結婚，也有一個很可愛的小女兒，她才五歲，喜歡撒嬌，喜歡和媽媽一起睡覺，但是我的工作比較忙，晚上又要寫小說，陪伴她的時間急速減少，所以經常在我聚精會神寫小說的時候，她會來纏著我陪她玩積木或者畫畫。

在這個時候，我的脾氣會變得很暴躁。這樣的狀態維持了大概有二十多天，我意識到了不對，如果我繼續保持這個狀態，很可能對身體是種傷害，因為長時間處於緊繃焦慮的狀態，很容易誘發心理疾病，再一個，對孩子的心理成長也有很大的不良影響。

於是，我減少了每天寫作的字數，每天從六千字減到四千字左右，每天至少要陪孩子做完幼稚園的作業，再給她一個愛的親親。

在我這樣做以後，家裡的氣氛明顯緩和起來，女兒不再委屈地說媽媽妳不愛我，我也漸漸調整好了心態。就在這以為一切都順當下來以後，我在一次受涼後感染大葉型肺炎，高燒不斷，咳嗽得整個胸腔都痛。

寫到這裡的時候，我突然覺得很想笑，回憶起寫這個文的歷程真的是波折不斷。

在我肺炎住院的第二天，我上了一個最好的榜單，如果我能加大更新量，基本上就能衝到收益前十金榜的位置，可是我不敢熬夜，白天還要打點滴，只能繼續保持四千字的更新，結果只在金榜待了四個小時就灰溜溜掉下來了。

如今寫完這個文已經完結三個月了，說起成績來，一個是打字速度快了，再一個是認識到了健康的重要性。最重要的是覺得不能因為寫小說缺少對家人的關愛，於是在我又開了一部金手指的年代小說後，做了一個人生比較重要的決定：辭職。

我是在內地一個說出去全民皆知，聽起來很高大上，進來門檻又特別高的公司工作，我預測不到我辭職後生活會怎樣，唯一能確定的是，如果我辭職，這輩子都無法再回到這裡工作，所以我做這個決定的時候很忐忑不安。

我去和老公商量，去和媽媽商量，去和舅舅討論，每個人幫我分析了利弊，最後老公似乎覺得我顧慮太多，他很認真地說：「我覺得妳現在的狀態特別傷身體，如果妳喜歡寫小說就辭職，哪怕以後不賺錢，我也可以養妳啊！」

那一瞬間我感覺心裡特別開闊，舒爽得我想哭，於是，在我寫這篇後記的時候，已經遞交了辭呈。

我不知道我能寫多少年小說，不過在這一刻我既然選擇了它，就會堅持努力下去，也希望以後能有更多的作品和台灣的讀者見面。

信用卡　二〇一八年三月

漾小說 196

家有小福妻 4 完

國家圖書館出版品預行編目資料

家有小福妻/ 信用卡著. -- 初版. -- 臺北市：
晴空, 城邦文化出版：家庭傳媒城邦分公司發行,
2018.08
冊； 公分. --（漾小說；196）
ISBN 978-986-96370-5-3（第4冊：平裝）

857.7 107004968

原著書名：《穿越之福星高照》，由北京晉江原創網絡科技有限公司授權出版。

城邦讀書花園
www.cite.com.tw

作者	信用卡
封面繪圖	畫措
責任編輯	施雅棠
國際版權	吳玲瑋 蔡傳宜
行銷	艾青荷 蘇莞婷 黃家瑜
業務	李再星 陳玫潾 陳美燕
編輯總監	劉麗真
總經理	陳逸瑛
發行人	涂玉雲
出版	晴空 城邦文化事業股份有限公司 104台北市中山區民生東路二段141號5樓 電話：（886）2-2500-7696 傳真：（886）2-2500-1967
發行	英屬蓋曼群島商家庭傳媒股份有限公司城邦分公司 104台北市中山區民生東路二段141號2樓 客服服務專線：（886）2-25007718；25007719 24小時傳真專線：（886）2-25001990；25001991 服務時間：週一至週五上午09:00~12:00；下午13:00~17:00 劃撥帳號：19863813；戶名：書虫股份有限公司 讀者服務信箱：service@readingclub.com.tw
晴空部落格	http://blog.yam.com/readsky
香港發行所	城邦（香港）出版集團有限公司 香港灣仔駱克道193號東超商業中心1樓 電話：852-25086231 傳真：852-25789337 E-mail：hkcite@biznetvigator.com
馬新發行所	城邦（馬新）出版集團【Cite (M) Sdn Bhd】 41, Jalan Radin Anum, Bandar Baru Sri Petaling, 57000 Kuala Lumpur, Malaysia. 電話：(603) 9057-8822 傳真：(603) 9057-6622 Email：cite@cite.com.my
美術設計	洸譜創意設計股份有限公司
印刷	沐春行銷創意有限公司
初版一刷	2018年08月09日
定價	250元
ISBN	978-986-96370-5-3